丛正里◎著

1946-1950
国共生死决战全纪录

剑指济南府

长城出版社

图书在版编目（CIP）数据

剑指济南府 / 丛正里著. −北京：长城出版社，2011.4
（国共生死决战全纪录丛书）
ISBN 978−7−5483−0083−0

Ⅰ. ①剑… Ⅱ. ①丛… Ⅲ. ①济南战役（1948）−史料 Ⅳ. ① E297.4

中国版本图书馆 CIP 数据核字（2011）第 070621 号

责任编辑 / 徐 华 萧 笛

剑指济南府

著　　者 / 丛正里
图　　片 / 解放军画报社授权出版　**getty**images 授权出版
　　　　　资深档案专家王铭石先生供稿
出　　版 / 长城出版社
地　　址 / 北京甘家口三里河路 40 号
邮　　编 / 100037
电　　话 / (010) 66817982　66817587
开　　本 / 720 × 1000mm　1/16
字　　数 / 260 千字
印　　张 / 19.5 印张
印　　刷 / 北京龙跃印务有限公司
版　　次 / 2011 年 4 月第 1 版
印　　次 / 2014 年 3 月第 2 次印刷

标准书号 / ISBN 978−7−5483−0083−0/E · 1014
定　　价 / 49.80 元

解读国共生死大较量的历史
重温先辈们激情燃烧的岁月

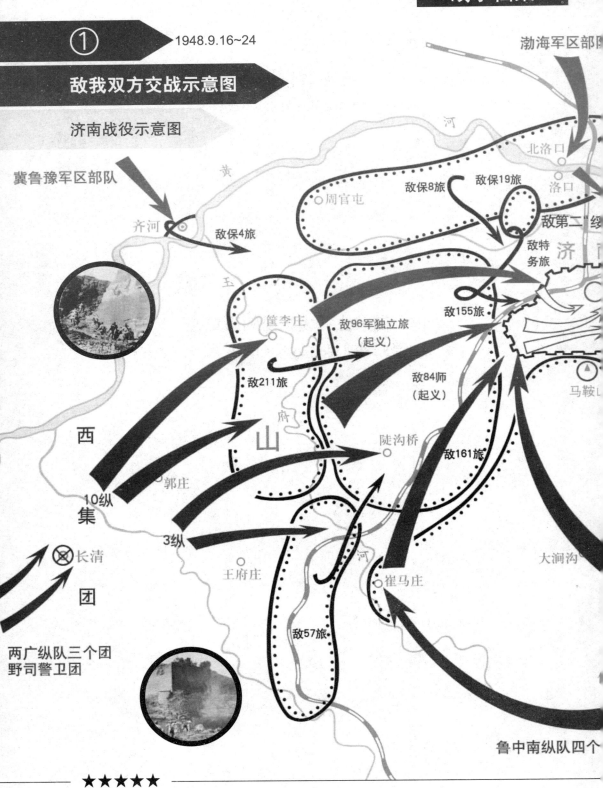

① 1948.9.16~24

敌我双方交战示意图

济南战役示意图

渤海军区部队

冀鲁豫军区部队

齐河

敌保4旅

河

黄

玉

周官屯

敌保8旅

敌保19旅

北洛口

洛口

敌第二"绥

敌特务旅

济

敌96军独立旅
（起义）

敌155旅

敌211旅

筐李庄

府

山

西

郭庄

10纵

3纵

王府庄

敌84师
（起义）

陡沟桥

敌161旅

马鞍山

河

大涧沟

崔马庄

敌57旅

长清

团

两广纵队三个团
野司警卫团

鲁中南纵队四个

★★★★★

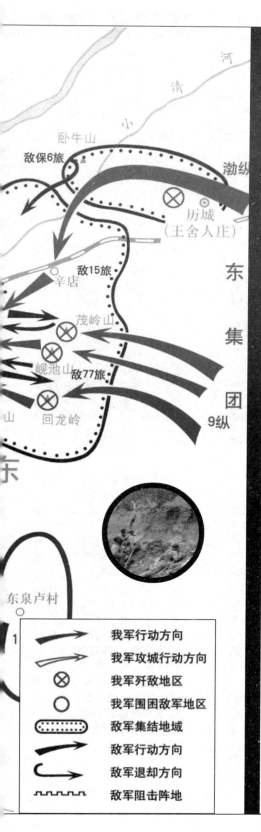

② 作战时间

1948 年 9 月 16 日～24 日

③ 作战地点

山东省省会济南

④ 敌我双方参战兵力

我军：

华东野战军组成攻城、打援 2 个兵团。攻城兵团包括：第 3、第 9、第 10 纵队、渤海纵队、两广纵队、特种兵纵队大部、鲁中南纵队一部及冀鲁豫军区一部兵力、渤海军区一部兵力、13 纵队为攻城预备队共约计 14 万人。打援兵团包括打援和阻援集团，共计 8 个半纵队，配属特种兵纵队一部及地方武装约 18 万人。

敌军：

国民党军第二"绥靖"区司令王耀武部。总兵力为 9 个正规旅，5 个保安旅以及特种兵部队，约 11 万余人。

⑤ 作战结果及意义

我军歼灭国民党军 10.4 万余人（内 2 万余人起义），俘国民党第二"绥靖"区中将司令官兼山东省政府主席王耀武等将官 34 名。我军 3,764 名指战员壮烈牺牲。该城的攻克，严重地打击了国民党军据守大城市的信心，锻炼并提高了人民解放军攻坚作战能力。同时使华北、华东两大解放区连成了一片，为华东野战军南下参加淮海战役扫除了障碍。

⑥

我军主要指挥官

华东野战军代司令员兼代政治委员粟裕，第一副政治委员谭震林，参谋长陈士榘，山东兵团司令员许世友，副司令员王建安，第3纵队司令员孙继先，第9纵队司令员聂风智，第10纵队司令员宋时轮。

★ 粟 裕

★ 谭震林

★ 陈士榘

湖南会同县人。曾参加南昌起义和湘南起义。土地革命战争时期，历任红4军、红七军团、红十军团参谋长，红军北上抗日先遣队参谋长等职。抗日战争时期，任新四军第2支队副司令员，新四军第1师师长兼政治委员，苏中、苏浙军区司令员兼政治委员等职。解放战争时期，任华中军区副司令员，华中野战军司令员，华东野战军副司令员、代司令员兼代政治委员，第三野战军副司令员等职，曾在苏中取得七战七捷的辉煌战绩。富于战略上的远见卓识，善于指挥大兵团作战，多出奇制胜。林彪称他是"尽打神仙仗"。1955年被授予大将军衔。

湖南攸县人。土地革命战争时期，历任红4军第2纵队政治委员，第4纵队政治部主任，红一军团第12军政治委员，红一方面军总前敌委员会委员，率部参加了中央苏区第一、第二、第三次反"围剿"。在闽西地区坚持了极其艰苦的三年游击战争。抗日战争时期，先后任新四军第2、第3支队副司令员，新四军第6师师长兼政治委员，新四军第2师政治委员。解放战争时期，历任中共中央华中分局副书记，华中军区副政治委员兼政治部主任，华中野战军政治委员，华东野战军副政治委员，华东野战军第一副政治委员，第三野战军第一副政治委员兼第7兵团政治委员。

湖北荆门县人。1927年参加了湘赣边界秋收起义。土地革命战争时期，历任红12军第34师参谋处处长、参谋长，红一军团司令部作战科科长，第4师参谋长，红13军参谋长、代军长。参加了长征。抗日战争时期，任八路军115师343旅参谋长，晋西支队司令员，115师参谋长，山东滨海军区司令员。解放战争时期，任新四军兼山东军区参谋长，华东野战军参谋长兼西线兵团司令员，第三野战军参谋长兼第8兵团司令员及南京警备司令员。1955年被授予上将军衔。

 王建安

时任华东野战军山东兵团副司令员。1956年被授予上将军衔。

  孙继先

时任华东野战军第3纵队司令员。1955年被授予中将军衔。

 许世友

河南新县人。1927年参加了黄麻起义。土地革命战争时期，历任红四方面军第12师34团团长，红9军副军长兼25师师长，红4军军长，红四方面军骑兵司令员。参加了长征。抗日战争时期，历任八路军129师386旅副旅长，山东纵队第3旅旅长，山东纵队参谋长，胶东军区司令员。解放战争时期，任华东野战军第9纵队司令员，东线兵团（后称山东兵团）司令员，山东军区副司令员、司令员。1955年被授予上将军衔。

  聂凤智

时任华东野战军第9纵队司令员。1955年被授予中将军衔。

  宋时轮

时任华东野战军第10纵队司令员。1955年被授予上将军衔。

⑦ 敌军主要指挥官

国民党第二"绥靖"区司令官兼山东省政府主席王耀武，整编第96军军长兼整编第84师师长吴化文。

★ 王耀武

★ 吴化文

山东泰安人。国民党陆军中将。黄埔军校第三期毕业。1927年任国民党第1军第32师第4团第3营营长；1930年，任独立32旅第1团团长；1933年，任独立第1旅旅长。抗战时期，历任第51师师长，第74军军长，第24集团军总司令，第四方面军司令官。1946年，任国民党第二"绥靖"区司令官兼山东省主席。

山东掖县（今莱州）人。1928年毕业于北平陆军大学。早年任冯玉祥部参谋，韩复榘部旅长兼济南警备司令，国民党政府山东新编第4师师长，汪伪集团军第三方面军总司令，整编第96军军长兼整编第84师师长等职。1948年9月在济南战役中率部起义。后任解放军第35军军长。

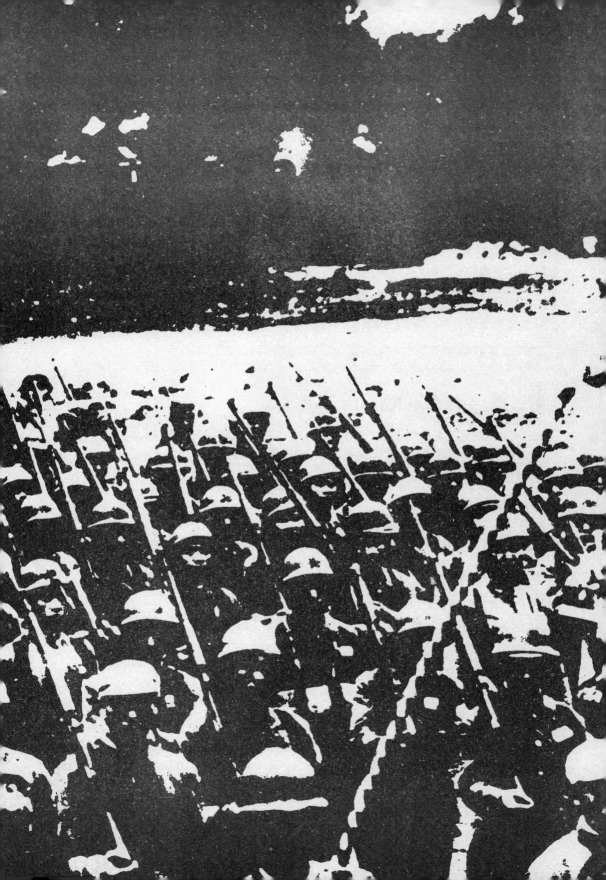

目录

第一章 西柏坡，南京城 / 2

在国共两党的大决战前夕，毛泽东的红蓝铅笔多次圈住济南。
这个重大战略决策，竟出自一个贫瘠的山沟里。这个地方叫西柏坡。

在六朝古都南京，蒋介石也把忧虑的眼睛盯在济南，思虑中他把他的爱将王耀武叫到南京。

第二章 毛泽东点兵蒋介石布阵 / 26

南北驰电，用超群智慧共铸大战奥秘。

蒋介石深恐王耀武守城意志不坚，飞临济南亲自布阵。

粟裕大胆审慎，转心编制作战方案。

第三章 毛泽东粟裕同展战争韬略 / 52

攻城打援，是一篇难做的大文章。毛泽东把他的智慧倾注于济南一战。

粟裕的肩上扛着北线攻城和南线打援两副重担。他总想在战争的不可知迷雾中，找到胜利曙光。

王耀武为增兵固守，与徐州"剿总"明争暗斗。

第四章 南线疾驰北线进军 / 76

完善而周密的大战蓝图，终于最后敲定，各路战将汇聚于古都曲阜庄严受命。

他们各自回去，将率各自的部队，向着各自的目标前进。

华东战场上，又一场战争活剧即将拉开战幕。

王耀武被迫应对，无奈排兵布阵。

第五章 姗姗来迟的许世友 / 96

王耀武在蒋介石的威逼下，终于带着沉重的枷锁下令固守。

他知道自己的命运是将同他的部队一起毁灭。当现实残酷时，他只能到曾经的荣耀里去寻觅心灵慰藉。

大战在即，攻城总指挥许世友心急火燎地奔向战场，但终于来迟了。

他感激他的多年老友王建安，为攻城做好了一切准备。

第六章 大战午夜拉开战幕 / 122

战幕午夜拉开，济南城东的两扇大门迅速打开。

王耀武以为我军主攻方向在东，急令西区的部队调头向东。判断错误，造成了指挥上的捉襟见肘。其实，我10万攻城部队的外围战斗，已在四面八方迅猛地展开。

目 录

第十一章 血染城头 / 222

我军从东西同时攻击王耀武最后的第二道防线。国民党守军精锐部队拼死抵抗。城头争夺激烈异常，十分惨烈。攻守双方倒下的战士和士兵叠摞一起，鲜血流满城头。

第十二章 受挫与奋起 / 242

王耀武知道自己的厄运即将来临，决心与我做最后一搏。许世友命令部队强攻，守军作困兽之斗，我难破王耀武的最后防线。攻城受挫，部队被羞辱激起再攻勇气。

第十三章 红旗插上内城城头 / 264

一个伤亡颇重的连队，被三次失利羞辱于城下，却无法把他们拉下阵地。
他们用生命作抵押再次攻击，终于最先突破内城，把红旗插上城头。

第一章

西柏坡，南京城

★★★★★

∧ 河北省平山县西柏坡。解放战争期间，毛泽东在此指挥了三大战略决战。

在国共两党的大决战前夕，毛泽东的红蓝铅笔多次圈住济南。

这个重大战略决策，竟出自一个贫瘠的山沟里。这个地方叫西柏坡。

在六朝古都南京，蒋介石也把忧虑的眼睛盯在济南，思虑中他把爱将王耀武叫到南京。

1. 王建安西柏坡受命

1948年6月的豫东战役刚刚结束，王建安便接到毛泽东主席的调令，秘密来到石家庄西北面的一个小村子——西柏坡。

"主席您好！"王建安见到毛泽东时心情激动，他握住毛泽东的双手，久久不肯放开。

"建安，你来了，快坐，坐！"毛泽东热情地让座并捻亮了桌上的灯。此时的毛泽东身体并不好，身旁还有一名医生守护。不过，我军的节节胜利使他精神振奋，双目炯炯有神。他展开桌上一张地图，指着他用红蓝铅笔画出的地方，给他的爱将王建安分析战争形势：

"我们经过第一年的内线作战，粉碎了蒋介石的全面进攻，也基本上打败了国民党的重点进攻。全国的军事形势和政治形势发生了重大变化。国民党军队大量被歼以后，虽然经过不断补充，但总兵力已由它发动内战之初的430万人降到373万人。正规军虽然还保留248个旅的番号，但人数已由200万减少到150万。由于整师、整旅的被歼和大批高级将领的被击毙或被俘虏，他们官兵当中充满着失败情绪和厌战情绪。"

豫东战役 ———————————————————————————— ▲—

亦称"睢杞战役"。解放战争时期，华东野战军外线兵团和中原野战军一部，于1948年6月17日至7月6日在河南东部地区，歼灭国民党军队的作战。6月17日至22日，我以2个纵队攻克开封，歼敌4万人。蒋介石急调3个多兵团反扑。6月27日至7月6日，粟裕部主力在睢县、杞县地区围歼了国民党军第7兵团主力，生俘兵团司令区寿年；歼灭了由津浦路西援的黄百韬兵团一部。此役共歼敌9万余人，为进一步开展中原和华东战局创造了有利条件。

毛泽东讲话的声音并不高，王建安听来却像每个字都敲在他的心坎上，那么令人振奋。毛泽东讲到这里停下来，点上了一支烟，说："王建安同志，这次请你来，就是要交给你一个重要的城市攻坚任务，攻下济南！"

王建安为这突然降临的重任所震动，站起来问道："我不去华北1兵团了？"

"是的。经过军委研究，你回山东去，到山东兵团，做好解放济南的准备。许世友任山东兵团司令员，你任副司令员。怎么样？"毛泽东微笑地问。他凝神注意王建安脸上的反应，同时等待着他的回答。

王建安即刻说："我没有意见。我服从军委的决定！"

毛泽东很高兴，用手示意王建安坐下，然后说："中央考虑过了，攻克济南的兵基本上是山东人，许世友在胶东部队里很有威望；你在鲁中、鲁南也颇有名气哩！你们是山东'两雄'。人言'两雄难并立'，我则说'孤掌难鸣'。你们二人的手要击得响，同心协力，那我们的战士就会跟随你们去赴汤蹈火！"

王建安静静地听着毛泽东的话，赶忙说："请毛主席放心，我一定协助许世友同志打好这一仗！"

毛泽东兴奋起来，说："好！我们来演一出《失空斩》，你就是副将王平。失了街亭，打不下济南，先斩许世友，也要打你40军棍；我则向中央上表，官降三职。行吗？"毛泽东说罢大笑，那声音洪亮而有力。

王建安也笑了。他从毛泽东那自信的神态中感到了无穷的力量。

告别毛泽东后，王建安在警卫员的引导下来到了周恩来副主席的住处。王建安坐定后，周恩来先询问了部队的情况，然后说："我们决定打下济南。毛主席大概同你谈了，我想先听听你的看法。"

"我完全赞同中央关于攻克济南的决策。"王建安说，"全国的形势，毛主席和我讲了，给我的印象是，我们已经把蒋介石的军队压缩在一些大中城市和一些战略要地、交通要点。山东的形势，在打下潍县之后，敌人只有青岛、烟台、长山岛、兖州和济南几个要点了。济

解放战争时期，中共中央军委将在各大战略区的部队划分为野战部队、地方部队和游击部队三类，并将野战部队按其所在地区分编为西北、中原、华东、东北、华北野战军。各野战军均辖若干个兵团。以后又将西北、中原、华东和东北野战军分别改称第一、二、三、四野战军，华北野战军的各兵团直属中国人民解放军总部。建国后，撤销野战军番号。

南有王耀武的10万重兵防守，它像楔在华东、华北两片土地上的一颗大钉子，给我们带来很多不便。拔掉了它，我们就可占领和巩固广大的地域，有利于我们组织更大的战役。"

周恩来说："你的意见很好！根据目前的军事、政治形势，有利于我的重大发展，中共中央和中央军委要求已经具备条件的各野战军，应明确坚定夺取敌坚固设防的战略要点、敢于打大规模歼灭战的决心。

"济南战役的打法，我和毛主席、朱老总几个人是这样考虑的：用攻济、打援两种战术。蒋介石是不会放弃济南的。济南有重兵10万；而徐州左右两翼和南边共有三个兵团近20万人马。我们把部队分为两部分，在徐州以北准备打援，但也要造成围攻徐州的架势；攻城部队则把济南围起来。文章的奥妙就在于，如果你不来增援，我就真攻城。如果你出兵增援，我就可以围而不打，变攻城为打援。是攻城还是打援，视情况及时选定。对于你们山东兵团来说，就是做好坚决打下济南的一切准备。济南战役的意义十分重大，这是一次重大的战略行动。你已经意识到了，它的重大意义就在于打下了济南，便将华北、华东两大战区连成了一片，更有利于我们集中优势兵力组织大的歼灭战。"

这一谈就是一个通宵，周恩来看了下自己的怀表，说："天快亮了，我们的话真是说不完。原是叫你去打太原的，不去了。你就带着中央的这些精神返回山东。我们也不请张云逸同志、张鼎丞同志、粟裕同志来了。许世友同志在胶东休养，也不请他来了。你好好睡上一觉就动身，随后，我们发个电报去。"

东方放亮了。西柏坡又迎来明朗的一天。

张鼎丞 —————————————————————————————

福建永定人。土地革命战争时期，任中共闽西特委军委书记，第4军第4纵队党代表，闽西苏维埃政府主席，中华苏维埃共和国中央执行委员，福建省苏维埃政府主席，闽西南军政委员会主席。抗日战争时期，任新四军第2支队司令员，第7师师长，中共中央党校二部主任。解放战争时期，任华中军区司令员，中共中央华东局组织部长等职。

2. 三巨星拟电明析战局

张云逸、张鼎丞、粟裕等华野前委领导，在当年齐都不远的一条大河边的树荫下，迎接王建安。西柏坡的电报告诉他们：王建安将带来重大战役决策消息。

王建安的汇报是简要的，执行也是坚决的干脆的，这是真正的战争节奏。前委决定马上给中央军委回电，内容如下：

一、中央决策完全正确，我们坚决拥护；二、立刻行动，成立"前进指挥所"，展开全面攻济准备工作；三、拟请许世友出山；四、成立支前司令部，动员党政军民一切力量投入战役；五、在全面工作铺开后，再召开一次大的会议作最后部署，并请中央指示。

西柏坡。1948年7月14日午夜，毛泽东为攻打济南起草好第一封电报后，请周恩来和朱德来共同商讨。虽是午夜，但周恩来和朱德仍没有休息，华北、华东、中原、东北各个战场的情况瞬息万变，每天都有数十封电报从各处发来，需要他们分析、判断、研究、批示。他们同毛泽东一样，几乎每时每刻都沉浸在各地大量歼敌捷报的激动中。

毛泽东把墨迹未干的电报稿递给周恩来，说："你们看一下，有何意见？我看可以动手了。"

朱德总司令点头道："到了下决心拔掉这颗钉子的时候了。"

周恩来接过电文。这是准备发给山东兵团许世友、谭震林并告中共中央华东局和华东野战军粟裕、陈士榘、唐亮、张震的：

（一）兖州既已攻占2/3，望立即将9纵使用于济宁、汶上方面，争取于三四日内攻克济、汶，同时派部扼守运河要点，使邱、黄援兵不能东渡。邱、黄本日已至定陶，可能向东急进，务望注意。

> 唐亮，济南战役期间任华东野战军政治部主任。1955年被授予上将军衔。

唐 亮 —————————————————————

湖南浏阳人。土地革命战争时期，任红2师团政治委员，红4师政治部组织科科长，红2师政治部主任等职。抗日战争时期，任八路军第115师343旅政治部组织科科长，师教导大队政治委员，八路军第2纵队政治部副主任，115师教导第4旅政治委员，滨海军区政治委员等职。解放战争时期，任新四军兼山东军区政治部副主任，山东野战军政治部主任，华东野战军政治部主任，第三野战军政治部主任等职。

∨ 1947年9月，毛泽东在陕北窑洞内察看军事地图，部署人民解放军的战略进攻。

（二）兖、济、汶三点攻克后，全军立即休整，暂以15天为休整时间，情况许可再延长之。立即将大批俘虏兵补入部队，不要盼望补翻身农民。

（三）中央已令华北局将泰西分区划归华东，望华东局迅速接收并注意指导该区工作，以利尔后夺取济南。

周恩来阅罢电报，表示同意，转手递给朱德。

此时此刻，中国三颗巨星——毛泽东、周恩来、朱德的智慧，凝聚成一个伟大的战略行动。

如果说华东战场上的节节胜利、大量歼灭国民党军是济南战役的前奏，西柏坡领袖们的调兵遣将、剖析军情是中共最高决策人物的运筹帷幄，那么这封即将发出的电报，便是这个战役的指令的开始。

周恩来、朱德离开了毛泽东的住处，毛泽东却未离开他那张暗褐色的写字台。警卫人员不知添过几次灯油了，那盏玻璃罩油灯依然亮着……

他走出屋子活动活动腰身，甩了甩双臂，仰头打了个哈欠。呵，天色是灰暗的，星星不多。夜露起了，有些凉意。

理清思绪后，毛泽东转身回屋，继续写下他的细致的思考——

粟裕、陈士榘、唐亮、张震并告许世友、谭震林和中原局、华东局：

雨季时间据说有两个月，雨季期内你们及许世友、谭震林、韦国清、吉洛除争取休整外，是否还有作战之可能及必要。估计敌人似将利用你们疲劳，集中力量向你们压迫，使你们不能安心休整。似须以有效行动分散敌人，你们则乘敌分散之际，歼灭几部敌人，方能实行大休整（许谭、韦吉亦然）。此种分散敌人的行动，似以许谭攻击济南为最有效。拟令许谭于攻克兖、济后，休息两星期，即向济南攻击，迫使邱清泉、黄百韬两兵团分兵北援（敌非北援不可）。此时，你们则寻敌一部攻击，使敌既被迫分散，又首尾不能相顾，利于我之各个击破及尔后之大休整。许谭攻济南，可先占领机场，以两三个星期时间完成攻城准备（包括恢复疲劳、补兵、练兵、侦察及部署等）。然后看敌援兵情况，决定先打援或先攻城。如攻城打援均无把握，则收兵休整。邱、黄既抽一部援济，即不可能向你们压迫，你们或作战，或休整，便均有了自由。目前许谭不宜和你们集中行动，若许谭加入鲁西南，将迫使邱、黄集中，不易求得歼击机会。以上请考虑复电。

启明星已从东方跃出山岭,毛泽东在桌案旁又度过了一个不眠之夜。他正欲稍作休息,忽然接到华东我军攻克津浦路中段要地兖州,全歼守敌2.7万余人的重大胜利的电报,便又起草了给许世友、谭震林并告粟裕的电报:

攻克兖州甚慰。

(一)你们将9纵插入大汉口以北,切断84师退路,准备歼灭84师甚为正确。我们要你们以9纵打济宁之提议取消。

(二)84师歼灭后,请考虑以主力立即北上,占领济南飞机场,筑工固守,使敌不能向济南增兵,以利尔后夺取济南,另以一部攻歼济宁、汶上之敌。

电报在1948年7月14日凌晨5时发出时,毛泽东已经困顿至极;当西柏坡的雄鸡高唱时,他才睡下。

3. 蒋介石对王耀武面命耳提

1948年春末夏初,"济南必有一战"的疑虑尚在南京最高层人物中纷纷传言时,蒋介石即密令他的"第二绥靖区"司令长官王耀武飞往南京。

< 莱芜战役中,国民党第二"绥靖"区副司令李仙洲被我军俘获。

国民党第二"绥靖"区副司令李仙洲 — —

山东长清人。国民党陆军中将。黄埔军校第一期毕业。1935年任国民革命军第21师师长。抗日战争时期,任第92军军长兼21师师长,第28集团军总司令,并兼任92军军长和鲁西挺进第一路总指挥。抗战胜利后,任徐州"绥靖"公署济南第二"绥靖"区副司令官。1947年2月,在山东莱芜战役中被中国人民解放军俘获。

一架军用飞机从济南西郊机场起飞，向南飞去。人们不知道这正是国民党军中将王耀武的座机。与他同机飞往金陵的还有少将参谋长罗辛理、秘书室主任钟觉非以及其他随员。

在飞机上，王耀武陷入了深深的沉之中思。自抗战胜利之后，王耀武就感到自己的命运似乎有一种不祥的征兆。第一个不祥之兆是1947年的莱芜之战，由他的"绥靖"区中将副司令长官李仙洲亲率的6万国民党军队，被解放军消灭。蒋介石怕解放军乘胜攻占济南，在3月23日亲自飞到济南，指示王耀武布置防务。他对王耀武说："济南在军事、政治、地理上都很重要，如发生问题，你要负责！"蒋介石的语气很重，而且十分严肃。如今时隔一年，王耀武想起蒋介石当时的样子，畏惧仍未去尽。也就在那一次，他觉察到，济南在"老头子"的心中，占据一个十分重要的位置。

战局从孟良崮战役国民党王牌军整编第74师全军覆灭后，便开始了不利于国民党的重大变化。74师虽不是他的部队，但他曾在这个师当过师长。74师的覆灭，使他的诸多部下，连同他的荣耀，被一起埋葬于那个令人生畏的山地战场。而他所指挥的部队，也不断地被解放军歼灭。1948年的3月，胶济线上的周村、张店、淄川、博山等小城镇，先后被解放军占领。整编第32师、交警总队和一些保安团队3万余人被歼，潍县陷于孤立。4月27日，潍县又被解放军攻克，整编第96军和第8区行政督察专员张天佑所指挥的保安团队4万多人被歼，守备昌乐的第6区行政督察专员张景月部6,000人同时被歼。整编96军军长兼整编第45师师长陈金诚被活捉，张天佑

山地战斗 ——————————————————————————————————— ▲—

部队在山地进行的作战行动，分为山地进攻战斗和山地防御战斗。其特点和规律：进攻时，着重查明敌人在各要点的部署情况，精确计算部队的运动时间，建立强有力的运动保障队，充分利用夜暗和有利地形以及敌观察、射击死角，隐蔽迅速接近敌人，对敌翼侧或后方实施突然攻击，迅速夺占和控制各制高点，各个围歼守敌；防御时，以主要兵力防守要点，阵地前沿可选在高地向敌斜面的有利地形上，充分利用发扬火力，大量杀伤、消灭敌人。

保安团 ——————————————————————————————————— ▲—

国民党统治时期的地方武装。1937年全国统一编为若干团（旅），县设总队部或大队部，下辖若干保安队。保安队主要负责治安，配合国民党军队进攻人民革命武装，镇压群众革命运动。抗日战争时期，部分保安队参加过对日作战；也有少数保安队投敌被编为伪军。解放战争时期，随着国民党军在大陆的溃败，保安队相继被中国人民解放军歼灭。

自杀。不到两个月的时间，胶济线上由王耀武指挥的部队就被歼8万多人。连同李仙洲指挥的6万人共14万人，在一年中统统化为乌有。此时的战局，真有江河日下之难挽颓势。此情此景，使这位45岁的中将司令官，感到了一种空前的孤独和命运的危机。他意识到他的兵力不足又分散，易被击破。此次，他正想趁蒋介石召他去南京密谈之机，向蒋介石建议：放弃济南，将济南一带的国民党军队撤至徐州以北地区，与徐州一带的国民党军部队连成一片，并巩固徐州至兖州的铁路交通，以利于尔后作战。他心中不安的是，不知"老头子"能否接受他的主张。

飞机在南京机场降落，王耀武一下舷梯，蒋介石的秘书室主任陈布雷便上前与他握手，说："王司令，校长早在等你了。"

王耀武十分敬重这位在蒋介石身边工作多年的国民党勋臣。他双手握住陈布雷的手说："陈兄你好！佐民多亏陈兄美言，才得到校长提拔。此事虽已过多年，但我一直念念不忘。这次来南京还望陈兄能助我一臂之力。"

"王司令，"陈布雷说，"你我至交，不必客气。不过我提醒你，蒋先生近来的火气太盛，任何事情都不可违他的意志。这也难怪，从戡乱以来，各地战场发来的战报，大多是兵损将折。就山东战场而言，也无使他提神之处。照此下去，国家前途不堪设想啊！"

"佐民正为山东战事而来。"王耀武说，"山东的形势也如江河日下，济南眼看就要变成一座孤城。我想建议总统放弃济南，将我10万国军撤至徐州以北，与徐州左右的邱公、黄公的部队连成一片，构成一道防线。这也许能阻挡共军南进。佐民数月来苦思冥想，觉得这是一剂良策。"

陈布雷认真地听着王耀武的话。看来，他是赞同王耀武的建议的，但他心有忧虑，惟恐说服不了蒋介石。

蒋介石在他的官邸内安排了家宴迎接王耀武，宋美龄还下厨炒了几个菜。王耀武受宠若惊，一看到宋美龄便忽地站起身来，笔直挺立。倒是宋美龄落落大方，说："王司令，你请坐，味道不好，请多包涵！"

酒过三巡之后，蒋介石用白绢手帕揩了揩嘴角，慢吞吞地说："请你来京，你知道我要谈些什么事？"

王耀武一时面有难色，但他又不能不直抒胸臆。于是他尽量说得婉转、温和，但最终不得不说出"放弃济南"这个实质问题。

∧ 1947 年，同为浙江同乡的陈布雷（左）与陈诚在南京合影。

蒋介石一听，有些不悦了。他站起身，离开饭桌，向客厅走去。王耀武也即刻站起来跟在身后。

蒋介石和王耀武继续在客厅里密谈。蒋训示王耀武："你不从大处着眼。对济南的问题，我曾考虑过。我们必须确保济南，不能放弃！济南是山东的省会，华东的战略要地。济南至徐州的铁路已修好通车。为了不让华东和华北的匪区连成一片，不让他们掌握铁路交通的大动脉，我们必须守住济南，这是第一点。为了不使驻在青岛的美国海军陷于孤立，也必须守住济南。否则，不但在军事上政治上于我们不利，而且将影响美国对我们的援助。因此，不论华东战况如何变化，济南决不可放弃！这是第二。第三，我们有强大的空运大队，随时可以增派援军，因此济南并不孤立，没有后方也可以作战。济南如果被围攻，我当亲自督促主力部队迅速增援。只要你能守得住，援军必能及时到达，我有力量来给你解围。为了确保济南，必要时可以增加防守部队。"

蒋介石说到这里坐到沙发上。他发现王耀武依然笔直地站在那里，便招手示意让他坐下，然后换了一种缓和的腔调说："你应该知道，打仗嘛，主要是打士气。鼓舞士气，首先自己不要气馁。我们的失败就是失败于士气的低落。你们如不奋发努力，坚定意志，我们将死无葬身之地。"说到这里，蒋介石长叹了一口气，又说："俊才呀，你不要忘记我对你的器重，我叫你当第二绥区司令官的本意，也在于希望你能率我数十万之众，以济南为依托，稳住山东形势，以保我党国天下。从抗战胜利戡乱至今，从你手上丢城失地，十多万人马被共军吃掉，我不追究你的责任，但你自己应该自责！固守济南你如丧失信心，你叫我如何安排？"

王耀武听罢蒋介石这些话，心中泛起一阵阵内疚。他虽然并不认为自己这个"放弃济南"的建议有何错误，但是他也判断出"老头子"确保济南的决心已下，很难更改了。

这时，陈布雷来了。他款款陈词，想劝说蒋介石接受王耀武放弃济南的主张，在徐州以北连成坚固的防线。但他的话遭到蒋介石的严词训斥。

< 20世纪40年代的蒋介石。

∧ 1947 年，蒋介石夫妇接见美国顾问团团长巴大维。

　　王耀武看看面露愠怒的蒋介石，自知不能再说下去，便振作精神，站起身表示："校长这些语重心长的面示，耀武句句不忘。耀武这次来京不过是向校长陈述个人意见而已，既然校长之意要确保济南，耀武将以生命许国，率我 10 万之众，誓与城池共存亡！有我王耀武在，山东就能坚持！"

　　蒋介石历来喜欢这种慷慨激昂的决心，尽管有许多将领表了决心却依然故我，他还是喜欢。因为此时的蒋介石听不得半点泄气的话。蒋介石高兴地站起来，走到王耀武跟前说："这就对了。你可以先飞回济南，国防部还要开会研究济南的防守问题，但你们不要等待。你回去后就可以拟定防守济南的作战计划，并动员那里的全部力量，誓与共军决一雌雄，力保济南！"

最后，蒋介石与王耀武紧紧握手，说："希望你成功，代问济南的各位将军和官兵好！"王耀武笔直地向蒋介石行军礼。

王耀武在与陈布雷握别时，两个人眼里都泛出一缕阴云。

4. 放弃与固守之争

就在王耀武金陵之行后，美国顾问团团长巴大维将军，也向蒋介石建议"放弃济南"，但遭到了蒋介石的拒绝。

巴大维将军在向他的上司报告时，抱怨说："蒋委员长做出保卫济南的决定，我又向蒋委员长和参谋总部指出，以单纯防御的办法对付优势的敌军，而企图在有限的范围内坚守城市，是徒劳无益的。虽然在这一地区政府军有颇大的力量，但共军主力却仍在开封东南的河南平原上取胜。

"如能从徐州向北和从济南向南进行攻势，国军就能够击溃共军并重开徐州－济南间的走廊，国军并可在此时撤出济南退至徐州。在济南守军克复潍县的企图未能实现，而对他们的斗志失掉了信心，并听了某些高级指挥官效忠已成问题的报告后，我便建议退出济南，把军队撤至徐州。中国当局说，由于政治上的理由，济南是山东省会，必须防守。"

这位美国将军的建议，未必是挽救国民党失败的灵丹妙药，但他的观察与判断却是冷静的、正确的，远比蒋介石高明。中国人的"固守"观念，既源远流长，又根深蒂固。这种传统的文化基因，传流到蒋介石和他的众多将领的身上，便成为一种思想固疾。美国人把它概括为"城墙心理"。

这位美国将军，在国民党政府国防部的大厅里，趾高气扬地评论说："原先，共军是满足于打游击战的，其活动局限于交通线和供应点上。其后由于在纯粹进攻性的作战中获得成功，遂逐渐感到攻势心态是在战争中获胜所必须的；另一方面，国军于其防守中的防御战略，却发展了一种"城墙心理"。这种心理使国军受害匪浅，诸位大概比我更清楚，共军日趋强大，而且更具信心，乃至于能够集中优势兵力以进行包围、攻击，并且击破国军在野战中的部队及其所占领的城市。你们国军防守一地或一城市的典型战略，为在挖掘壕堑或退守城内，作战到底，以等待援兵，而援兵是决不会到来的，因为从任何地方也抽调不出援兵。你们能否回答我，固守济南的国军如告急时，谁可以驰援？"

国防部的官员们听了他这一番话，大厅里几乎鸦雀无声。他们当中并非无人赞同这位红色皮肤的高个子将军的分析与批评，但他们深知"蒋总统"死守济南的决心已下，谁也更改不了！

飞机起飞了，先是在南京上空绕了一个圈儿，王耀武想再看看那些他十分熟悉的景物：中山陵、灵谷寺、总统府、玄武湖、紫金山……他似乎觉得此去再也回不来了。

国民党第二"绥靖"区司令部参谋长罗辛理

四川岳池人。国民党陆军少将。庐州中央军官训练团校尉班第二期、南京中央军校第八期第1总队炮科、陆军大学第十六期毕业。抗日战争爆发后，历任国民革命军连长、副营长、参谋，1940年9月任副处长，军参谋长，陆军第四方面军总部参谋处处长兼副参谋长。1948年任第二"绥靖"区司令部参谋长，9月在济南战役中被人民解放军俘虏。

飞机渐渐把六朝古都抛向后方。罗辛理这位身材高大且肥胖的少将参谋长问王耀武："司令，这一仗能打吗？"

王耀武以坚定的口吻说："参谋长，你我受总统栽培多年，又是军人，在总统下了决心之后，我们别无选择。成功、失败，都得打下去！"

天气并不好，飞机在穿云飞行。王耀武在飞机的颠簸中沉思，想到济南一战的开局与结果，也想到他家事的安排。

飞机在济南西郊机场降落。王耀武直接回到家中，妻子郑宜兰在卧室里听出丈夫的脚步声，急忙迎出。但她只见到了丈夫的背影，王耀武径直先到母亲的房间去了。

"娘！"王耀武唤着母亲，"娘，我回来了。"然后便搀扶着他

70 岁的老母慢慢坐下。外出时向母亲禀告，回来时向母亲问安，这是王耀武多年来的一条规矩。上下左右无人不知他是一位孝子。然而，今天他见母的另一个用意，是将他在飞机上已经想好的一个决定告诉母亲。即在与共军开战之前，把母亲、妻子和子女统统送到南京。一来是军人不能带家眷作战，二来是叫蒋介石和国府上下都知道，我王耀武已将妻室老小作抵押，决心与济南城共存亡了。"资父事君，日严与敬，孝当竭力，忠则尽命"。这是数千年来做官、做人的两根精神支柱。王耀武此刻之所以依然把它当作时时要遵循的"国训家规"，怕是离不开齐鲁古训的熏陶。

夜里，王耀武把蒋介石严令他死守济南，济南必有一场恶战，眷属必须远离战场，才能保证作战胜利的道理说与妻子听。郑宜兰听后不觉一阵悲伤，但她很快止住眼泪，劝王耀武"不要为我们担忧"。她爱丈夫，但也习惯了军人的离别。她表示听从王耀武的安排，带领全家人尽早动身。

几天之后，王耀武请他的政府秘书王昭建安排一家人南迁之事。虽然王耀武一再叮嘱"此事一定要保密"，但人们还是从他言行的蛛丝马迹中，判断出他的动向。很快，军中上下左右对此就有议论了。王昭建出于全局的考虑，对他的司令官说："王主席，你这一动家眷，下面就沉不住气了！"

"他们都怎么说？"

"连司令都安排后事，这城还能守得住吗？"

"你不懂，军人不能带眷属打仗。我送走她们是为了表示我将与大家固守到底的。"

"我倒是认为，眷属在城内，可以向十万国军表明，王司令是准备携带家眷死守济南。"

王昭建的话，似乎隐隐触动了王耀武的内心。他说："我只想为党国坚守济南，直到战至一兵一卒。我不想让我的眷属遭我同样的命运。所以，她们必须走！"

王耀武的话说服了王昭建。经过几天的安排，南迁之事布置妥当，王耀武特地把在南京看守他别墅的随从召到济南，命他全面管好他的母亲、妻子和儿女的生活，以及他的全部财产。

济南火车站，王耀武送母亲和妻子儿女南下。

❶我军某部正向敌阵地运动。

❷ 延安军民正在召开庆祝延安光复大会。
❸ 我军在缴获敌之铁甲列车上清查胜利品。
❹ 车站上堆放着大批面粉和鞋子，准备运往前方支援我军将士。
❺ 我军正与敌军激战。

许世友
（时任华东野战军山东兵团司令员）

　　在东北战场，东北野战军主力南下锦州，正在展开围歼东北国民党军的行动。

　　山东腹地只有济南尚为敌所盘踞，其对外水陆交通均被切断，仅赖空运接济，三面绝援，一面远离徐州地区国民党主力300公里，茕茕孑立，形同孤岛。

　　济南守敌大部曾经被解放军歼灭过或受到严重打击，战斗力减弱，在人民解放军胜利威势与政策影响下，军心愈益动摇。

　　济南人民深恶国民党反动统治，迫切要求解放。

　　我华东野战军经过洛阳、周村、潍县、宛西、兖州、开封、涟水、睢杞等一系列战役的胜利，士气高昂，装备有很大改善，部队攻坚作战能力和战术、技术水平大大提高。

　　华野内、外线兵团胜利会师后，主力集中，又有中原野战军待命配合作战。

　　华东解放区空前扩大，有广大群众的拥护和支援。

　　这些条件表明，攻克济南的时机已经成熟。

——摘自：许世友《攻克济南》

★★★★★

王建安

（时任华东野战军山东兵团副司令员）

不打无准备之仗，不打无把握之仗，每战都力求有准备，力求在敌我条件对比上有胜利把握。

这是毛主席为我军制定的一条克敌制胜的重要军事原则。华东野战军首先遵照毛主席、中央军委的指示，领导所属部队夜以继日地进行准备工作，采取有效的方式和手段侦查敌情；组织部队进行战役战术训练；召开作战会议，研究制定具体作战方案；加强对参战人员的政治动员。

经过充分的战前准备，特别是在"打到济南府，活捉王耀武"的响亮战斗口号的鼓舞下，广大指战员大大提高了必胜的信念，决心为摧毁蒋介石反动集团在山东的最大堡垒——济南，进而解放全山东贡献力量。

——摘自：王建安《一往无前 无坚不摧》

第二章

毛泽东点兵蒋介石布阵

★★★★★

∧ 1948 年，陈毅与粟裕（左）在西柏坡。

南北驰电，用超群智慧共铸大战奥秘。

蒋介石深恐王耀武守城意志不坚，飞临济南亲自布阵。

粟裕大胆审慎，精心编制作战方案。

1. 粟裕的战略己见

把时光倒回到 1948 年 5 月 5 日夜，毛泽东在西柏坡约见陈毅和粟裕。毛泽东在听取了粟裕关于华东战场的军事形势和他建议暂不率师插进江南的陈述后，对粟裕说："粟裕同志哟，中原的刘伯承、邓小平来电，要向你们华东借个人啊！"

粟裕问："借谁？"

毛泽东说："陈毅。"

粟裕一怔，急切地说："主席，大战在即，华东也离不开陈军长啊！"

毛泽东将这一决定的缘由讲了个透彻明白，然后说："中原当前更需要陈毅，华东野战军的司令兼政委准备让你担任。"

粟裕是个严谨的人。他考虑了一下，请求道："既然这样，那就请中央保留陈军长在华东的职务，我可以暂时代理，重大问题我还是向他请示。"

毛泽东微笑着点点头："好吧！"

陈毅当即表态："我陈毅愿作过河的卒子，有进无退，一切听从中央调遣。"

陈毅离开西柏坡奔向中原战场，粟裕在与陈毅握别后则奔向华东战场。是毛泽东的信任，给了粟裕独挑大梁，展示指挥才能的机会。

鲁国故都曲阜，华东野战军指挥部在我军攻破兖州城后不久移驻这里。鲁国旧城早已不复存在，但是孔老夫子却在这里"享受"了两千多年的荣耀，他的后人也得到了历代国君的重视。"三孔"建筑可与北京的故宫试比高低。然而连年战火，蒋介石虽为祝贺孔家后代的婚礼送来了绸缎贺幛，却没有组织力量去修缮即将倒塌的危楼险阁。不过，蒋介石的空军也不会轰炸这里。

1948 年 7 月 15 日午夜，就在埋葬孔子处不远的一幢旧式房屋里，粟裕还没有入睡。昨天，他刚接到毛泽东签发的两封电报，要华东野战军立即组织济南战役。这犹如千

刘伯承

四川开县人。土地革命战争时期，任中共中央长江局军委书记，红军学校校长，中央革命军事委员会总参谋长兼中央纵队司令员，中央红军先遣队司令，中革军委总参谋长，红军大学副校长，中央援西军司令员等职。抗日战争时期，任八路军第129师师长。解放战争时期，任晋冀鲁豫军区司令员，中原军区司令员，第二野战军司令员，南京市军事管制委员会主任，南京市市长。

< 解放战争时期的刘伯承。

钧重担直落双肩。此时，粟裕是华东野战军代司令员、代政委，集军政指挥于一身。他立即召集参谋长陈士榘、政治部主任唐亮、副参谋长张震开会，研究如何执行西柏坡的电报指令。

展开地图，一个严峻的国共两军对垒态势展现在他们眼前——

在华野的正南方向，徐州"剿总"国民党军上将总司令刘峙坐镇徐州，南辖李弥的第13兵团，策应徐埠一线。刘峙重兵在握，似有坚不可摧之势。

在华野的西南方向，邱清泉的第2兵团列阵于河南东部商丘、砀山、黄口一线；孙元良的第16兵团镇守郑州；国民党军第四"绥区"陈兵于开封、兰封及山东菏泽一带。这里的数十万国民党军可数日内向东北突进，以解济南之围。

在华野的东南方向，国民党军第三"绥区"列阵于临城、枣庄、台儿庄一带；黄百韬的第7兵团位于陇海路东段的新安镇一线，这里的十数万国民党军已经摩托化，可以在广阔的平原上向北疾驰。

此时，山东的中心革命根据地临沂也为国民党军占领，这部分国民党军部队，可以成为向北突击的先遣力量。

济南在华野的北方，王耀武率国民党军第二"绥区"的10万守军据险死守，因而济南不可能轻而易举地拿下。

摩托化部队

以建制内的轮胎车辆实施运动和作战的部队。在一些国家的军队中，把装备汽车和装甲输送车的部队称之为摩托化部队。第二次世界大战之后，许多国家由于摩托化部队装备有大量的汽车和装甲输送车，使步兵具备了一定的装甲防护能力、较强的突击能力和快速的机动能力。因此，它在常规武器条件或核武器条件下均可作战。

而我军的兵力态势尚被敌军阻隔在四块区域:

以曲阜为中心,华野第6纵队位于兖州、济宁一带;第3、第10纵队和第11纵队分布于金乡、巨野、嘉祥一带;第9、第13纵队位于莱芜、泰安一带。

渤海纵队位于济南以东的邹平一带。

华野总部所率第1、第4、第8纵队和先遣纵队位于徐州的西南方涡阳、马店子一带。

苏北兵团的第2、第11、第12纵队则在苏北的涟水一带。

图上谈兵,从国民党军的兵力和位置上看,都不能说他们处于劣势;而此时我军的指挥员们,也不能断言我军兵力强大。中国共产党与国民党的战略决战还未开始,济南战役究竟能够打成个什么样子?谁也不能未卜先知。这是数十万军队的一场大厮杀。世界上的军事家们谁也懂得其中的道理:胜利,这是双方都在拼死争夺的东西。为了得到它,谁都想运用自己的智慧去制胜对方,包括不惜使用最残酷的手段。粟裕从接过了组织济南战役的重担之后,就进入一种严谨而良苦的思考之中。

在这次会议上,参谋长陈士榘率先直抒己见:如何理解中央军委的电令?我认为,如果这个部署主要是为了分散敌人,以帮助我们取得时间来休整,我的意见则不必如此。因为在这段时间我们的各路纵队,除4纵、8纵外,已大体得到一定的休整,疲劳已经恢复,只是弹药尚未得到补充。我们正在分别给以补充,大约在半月至20天内即可完成。在这期间,即使黄百韬兵团和邱清泉兵团仍全力转向我们,我们亦可采用分散或犄角形势,以争取休整。只是我军连月苦战,营、连、排级干部伤亡较大,建议华东局能督促军大抽调大批这样的干部补给我们。

政治部主任唐亮说:豫东战役后,邱清泉兵团虽然善于投机,常常尾随我军北进,逼我与其发生战斗,但他的第5军伤亡甚大,其战斗力大为减弱。我许谭兵团兖济大捷后,即屯兵那里休整。黄百韬兵团转向东南对付我4纵和8纵。根据以上情况,我以为,邱兵团目前不敢再向兖、济。因此,兖、济尽可巩固。如果万一邱兵团再乘机向兖济进犯,则许谭也可乘邱兵团兵力不足和疲惫之机,迎头予以打击。

副参谋长张震表示同意陈、唐两位的见解。他补充说:邱清泉这个兵团虽属国民党军的支柱，但据俘虏们说，战斗减员已严重到各团普遍只剩下一个营的程度，最多者也只存两个营。其中的第600团已全部被我打散，团长被邱清泉撤职。近来，第5军每天均有大批的士兵逃亡。厌战情绪弥漫在该兵团的官兵之中。不过，邱清泉是个治军有方的人物，他会寻机同我作战。我以为，我许谭兵团目前暂留兖、济为宜。如果邱清泉敢于来犯，除许谭兵团可以迎击以外，我们尚可命令6纵和11纵两翼夹击。目前的核心问题是怎样攻下济南。

粟裕静静地听着各位的发言，胸中实际上怀有一个宏大的战役构想。他的战役思绪在津浦、陇海两大干线的千里大地上驰骋。他不仅在心中调动着他统率下的32万大军，也拨动着以济南、徐州为中心列阵的数十万国民党军队。以他的32万人马去打掉济南的10万国民党军并不困难，但他的深层构思是，把中央军委攻下济南的战略决策，变成一个完整而周密的"攻济打援"，并进而揭开与蒋介石江北近百万大军战略决战的序幕。

粟裕说："目前如果令我许谭兵团的一部抢占济南机场，恐怕部队本身有困难。他们自潍县、兖州战役之后，伤亡很大；他们东征西杀，驰骋于山东、河南许多战场，再也难以连续作战了。在此种情况下，再去攻击济南，势必迫敌北援。这样，兖、济仍有被敌重占的可能。以许谭现有的兵力，攻济南与打援势难兼顾。如以许谭专攻济南，兵力虽可，但时间需长，南线之敌仍可能北援。如邱清泉、刘汝明两兵团北援，则许谭专事打援，会感到兵力不足。因此，我建议：许谭与我们争取时间一个月，而后协力攻打济南，并同时打援；于打援中选择有利阵地，以求歼灭邱清泉兵团的大部或全部，这都是有可能的。为了攻占济南，必须抽出几个长于攻坚的部队参战。依你们的看法，许谭兵团的哪些部队擅长于攻坚？"

张震说："我华东战区的部队人人都知道，原新四军是长于野战；原山东的许多部队则长于攻坚，这些部队自抗战以来多是从小规模的攻坚战中成长起来的。据我所知，像9纵、13纵，这些从胶东拉起来的部队，在潍县战役、兖州战役中表现出了顽强的攻坚精神。"

粟裕说："拿上这样的部队，估计只要半个月时间即可攻下。我一直在想，只要济南攻下来，打援方面又能取得胜利，整个战局就可能向南推进，今年攻占徐州似有极大的可能。所以，我以为我们不能孤立地看待这个济南战役。把'攻济'和'打援'两个环节放在整个作战的棋盘上思考，这是我们华野前指指挥战役的重大策略。我们还要让南京、让徐州，始终估不透我军作战的目的是意在济南？还是意在徐州？意在打援？这就是我们全部谋略的奥妙所在。"

这次重要的华野指挥部会，结束在启明星将升起的黎明时刻。会议决定将这些意见汇总起来，用电报上报西柏坡，请中央军委定夺。

兖州之战

1948年夏，山东国民党军队主力退守济南，以11个团2万余人防守兖州等地。为配合我华东野战军外线兵团进行豫东战役，华野山东兵团奉命以一部兵力包围兖州，主力待机歼灭援敌。此役共歼敌3.7万余人，俘整编第12军军长霍守义。兖州战役的胜利，使鲁中南、鲁西南连成一片，进一步孤立了济南地区敌军。

∨ 兖州之战中，我军某团召开营以上干部会议，研究战法。

∧ 时任华东野战军代司令员兼代政治委员的粟裕。

2. 蒋介石亲飞济南布阵

蒋介石的座机徐徐降落在济南西郊机场。

蒋介石出现在机舱口。他一身戎装，干净利落，神态充满自信。这种姿态半是他作"总统"的需要，半是他气质的本相。蒋介石在众多群众场合的讲话一般比较简短，每次都是用他那又高又尖的浙江口音壮怀几句就结束。人们从未见过他在热烈的掌声中激动过。只有在他的感情最为激动的时候，他才会在公众面前撩开自己的面纱，露出真正的面目。

蒋介石走下舷梯，与前来迎接他的爱将王耀武握手、寒暄，一套官话悦耳动听。但他此刻的心境却是不平静的。对济南他并不陌生，甚至可以说，济南留下了他历史中的耻辱，他是不愿光顾这个"家家泉水，户户垂杨"，具有悠久文化的历史名城的。

在从机场驶往"第二绥靖区"大楼的路上，蒋介石没有对身边坐着的王耀武说些什么。从进入商埠起，他就陷入了痛苦往事的回顾。1928年迄今，刚刚过去20年，一切全在他的记忆之中。那年5月1日的夜里，他率北伐军总司令部到达济南，在旧督署设立总部。5月2日上午，日军福田彦助中将率领的第6师团3,000人开进济南，在"正金银行"楼上设立了司令部。作为中国军队总司令的蒋介石，对日军明目张胆的侵略挑衅，没有采取任何防范措施，只派他带来的外交部长黄郛去和日军谈判。日军为了麻痹黄，派一个叫佐佐木的特务来见他。黄向这个日本特务保证国民党军与日军和平相处，只请日军拆除阻碍交通的工事。佐佐木"欣然"应允。日军果然拆除了障碍物，并撤去了哨兵。

5月3日上午，日军突然对国民党军第40军第3师第7团的两个营发起攻击。当时国民党军队的营长都在师里开会，无人指挥，部队大乱，损失惨重，其中第2营全部被日军歼灭。国民党军第92师是被指定的济南卫戍部队，该师奋起反抗日军，第93师也参加了对日作战，一下子压倒了日军的嚣张气焰。日军师团长福田立即派佐佐木去见蒋介石，逼他下令停火，并且威胁说，如不停火，日中将全面开战。

佐佐木走后，蒋介石立即失魂落魄地命令10个参谋组成传令班，打着白旗，到各部队传令停止对日还击。

日军趁国民党军停止还击之机，开始对中国军民大肆屠杀。

＜时任国民政府驻北平政务整理委员会委员长的黄郛。

＞1928年5月，日军在山东半岛登陆，随后制造了济南惨案。

国民政府外交部长黄郛 ———————

　　浙江绍兴人。日本振武学校毕业。早年加入同盟会。辛亥革命时任沪军都督陈其美的参谋长兼第2师师长。后任北洋政府外交总长、教育总长，一度代理内阁总理，并摄行总统职权。北伐战争期间投向蒋介石，积极参加策划反革命阴谋活动，并代表蒋与日本政府密谈。南京国民政府成立后，历任上海特别市市长，外交部长，行政院驻北平政务整理委员会委员长。1936年黄郛病逝于上海。

　　商埠区的国民党军全部被日军缴械，外交部长黄郛的办公处被日军占领，卫士被缴械，黄郛与卫士徒手退出；中国新任驻山东外交特派官员蔡公时等16人遭日军捆绑毒打，并被残暴地割下耳鼻和舌头，最后16人全部被杀；在马路上、商店里、理发店里、澡堂里，市民只要碰上日本兵，便立即遭到杀害；日军挨家挨户搜查，逮捕无辜百姓，用铁丝穿肉，串成长队，百般折磨，直至杀死……

　　这次惨案，日军共杀害中国军民3,254人。蒋介石身临其境，耳闻目睹日军在济南的暴行。对所有事件的处理，都是他亲自指示的。

蔡公时 ———————————————————

　　江西九江人。日本东京帝国大学毕业，早年加入同盟会。曾任九江军政府交通司司长、保商局局长。1917年起，任李烈钧部参议、秘书，金陵关监督交涉员。1928年春，任战地政务委员会委员兼外交处主任。当年4、5月间，蒋介石率北伐军进入山东时，日军以保护侨民为由横加阻挠，蔡公时奉命赴济南与日方交涉。1928年5月，在日军制造的"济南惨案"中惨遭杀害。

济南惨案 —————————————————

　　1928年4月，南京国民政府开始第二次"北伐"。北伐军节节胜利，很快就攻入了山东省。日本借保护侨民之名，驻兵济南。4月30日，奉系军阀军队撤离济南。5月1日，北伐军进入济南。从3日到4日，日军四处寻衅，抢劫财物，焚毁建筑，强奸妇女，枪杀战俘，屠戮百姓，罪恶令人发指。蒋介石为了求得日本"谅解"，命令部队不准抵抗，绕开济南继续北上，致使济南城被日本帝国主义占领一年之久。由于"济南惨案"发端于5月3日，故又称"五三惨案"。

二十年来，蒋介石把这些丧权辱国的丑事压在心底，却专心于对付共产党。这是打开蒋介石内心秘密的钥匙。在这一点上，王耀武如今尚不得要领。

"俊才，"蒋介石一路无话，直到快要到他下榻的官邸时，才向王耀武开口问道："你知道我为什么再次专程到这里来？"

"这是校长对我的特殊爱护。"王耀武心中知道，即使是到了济南城破时，也不能对蒋说丧气的话。"当然，卑职知道，校长此次亲临济南，是敦促我决心与共军决一雌雄。校长越是看重济南，越是说明济南在战局棋盘上的重要位置。我在校长身边思虑再三，深为我曾欲放弃济南，南撤徐州的无谋少略的举动而内疚。还望校长见谅我的幼稚！"王耀武望着蒋介石，观察他的反应。

"你终于领会了我心中的要旨。"蒋介石高兴了，他说，"济南是万万不能放弃的。我们在一个点上垮下来，许多点上都会顶不住。我们党内一些同志，也同意美国人的调调，欲置济南于不顾，到徐州去，垒一道墙，以阻挡共军。他们听那些高鼻子的话，真是岂有此理！我这次来济南，无心吃你们的名菜糖醋鲤鱼，我要听听你对防守济南的看法，也想看看你的行动部署。"

说话间，汽车已到王耀武官邸。国民党军"第二绥靖区"所属守军将级军官和许多校官都身穿整洁的军服排列两旁。

蒋介石从车上走下，环顾左右，看到这般整齐的将校阵容，心中颇感欣慰。他微微点头招手，显示出"领袖"的气派。他一生中练就了这种气质，意在以自己的榜样教化他的军队。王耀武站在他的前面，把自己的部下一一介绍一番。

蒋介石说："见到你们我很高兴。在党国生死存亡之关头，有你们这些忠臣良将，不愁打不垮共产党！我常常对人说，我年轻的时候，就打定主意要当兵；在日本求学时，我不喜欢那里，但喜欢军队生活。我一直相信军队生活是人生最好的里程，也是革命活动的最高形式。我现有的一切经验、精神和个性，都是从军事训练和军事经历中获得的。"

蒋介石自以为他是第一流的军事"领袖"。然而，美国人却说："他虽指挥着全国作战，却称不上一个战略家。"美国官员在谈到蒋介石的战略部署时说："对于一个足智多谋的军事家来说，他还是一个吃奶的孩子。"美国人的这种态度，使蒋介石无法容

∧ 1947年，蒋介石同时任国民党军参谋总长的陈诚（左二）巡视山东济南。右一为时任山东省主席兼第二"绥靖"区司令官的王耀武。

忍，常常为此大动肝火。然而在济南这里，从王耀武说起，到他的国民党军嫡系部队，都是忠于他的。

　　如血的残阳从西部黄河之畔渐渐落下，华灯初上，泉城毫无战争气氛。专为蒋介石临驾而举行的盛大宴会开始了。虽然蒋介石说过他不是为吃济南名菜糖醋鲤鱼而来的，但王耀武还是特嘱厨师做好这道菜。

　　数十位将校偕夫人早已在豪华的大厅里等候。

　　蒋介石来了。人群沸腾，欢声颂词，鼓乐齐鸣……

　　宴会在男欢女悦中至夜方散。深夜，蒋介石与王耀武、罗辛理倾心交谈。

　　王耀武将他从南京回来之后的一些思虑与安排，坦诚地讲给他的校长听："目前，山东省除青岛、临沂之外，均被共军占领，济南周围300公里左右的地区，也被共军所控制，济南已完全陷入孤立。当前，济南遭受共军攻击的可能性最大。共军为了巩固后方，必将集中力量攻取济南，拔除其心脏这把刀子，以解除他们南下的后顾之忧，进而使华东与华北连成一片。这是我同我的参谋长、以及师旅长们的共同看法。"

罗辛理接上说："从共军攻占潍县、兖州的情况来看，他们的炮兵及工兵的力量已大为增强。如果他们没有顽强的攻坚力量和攻坚技术，我们的潍县和兖州是不会丢失的。据可靠报告，共军对胶济铁路、津浦铁路及新占领地区的公路，不但不加破坏，而且均在抢修中，并不断地向济南延伸；他们在作战中所得到的火车头、车厢，也大都修好并投入使用。这一切都表明，他们是为攻击济南做准备。"

罗辛理讲到这里停下来。王耀武想听听蒋介石说些什么，蒋介石却催促罗辛理继

炮 兵 ━━━━━━━━━━━━━━━━━━━━━━━━━━━━━━ ▲

以火炮和战术导弹为基本装备的兵种。又称"地面炮兵"，包括反坦克炮兵、火箭炮兵、摩托化炮兵、配属炮兵、野战炮兵等。炮兵是陆军的重要火力突击力量，其主要任务是：歼灭或压制敌步兵、坦克和装甲车辆；破坏敌人防御设施；摧毁敌指挥所、雷达站和通信枢纽；压制或歼灭敌炮兵；摧毁或封锁敌机场、渡口等重要目标；压制或歼灭敌空降兵；射击水上目标，击沉、击毁敌舰艇及登陆上岸工具等。目前炮兵的主要装备有：各类加农炮、榴弹炮、迫击炮等。

续讲下去。于是，罗辛理接着说："共军从多方面对我济南 10 万守军进行攻心。他们不断地把俘去的军官释放回来；还对在潍县、兖州城破后失散的我军眷属给以优厚待遇，发给路费，派车送回济南。这些回来的军官眷属都说共军纪律严明，秋毫无犯；由潍县跑来的商人也说共军好。这些也说明共军正在做着攻城先攻心的瓦解工作。据此，我认为华东共军下一个作战目标必是济南无疑！"

蒋介石同意地点点头，转而问王耀武："那么你的对策是什么呢？"

王耀武站起身来说："我从南京回来之后，遵照校长的训示，一切以固守济南，歼灭共军于城下，为作战宗旨。我已命令各部队增修工事，凡是重要的据点，均须挖掘外壕与陷阱，架设鹿砦及铁丝网，并轮流练习射击和夜间战斗动作。命令在千佛山和城区之间修一条飞机跑道，以备在西郊机场被共军占领后使用。还命令将城北五柳闸加宽加高，拦住小清河的河水，以备共军来攻时开闸放水，使城北一带成为水患区，用水阻止共军的进攻。为了鼓励士气，我和省党部主任委员庞镜塘以及各部官长、政训处长，分别对军民进行'精神讲话'，破坏共产党的攻心战术。我们还加紧训练民众，防止共产党活动，编组壮丁队、纠察队、担架队、运输队，以利对共军作战。我的这些考虑与准备，如有不妥，请校长面示与纠正。

▽ 我军炮兵在兖州战役中缴获的国民党军榴弹炮。

∧ 抗战时期的蒋介石。

"不过，校长既在济南，我也当面呈请校长批准：第一，将整编83师周志道部空运济南，以增加防务力量；第二，请求增屯弹药及11万多人所需的两个月的粮食。所屯弹药中均配一部分催泪性毒气弹，以便在万不得已的情况下使用。以上各点都是耀武与我的同僚几经反复所得。校长如此关心济南，耀武如守卫不住，愿我的部下以斩我的头送到校长面前谢罪！"

"好了，好了！"蒋介石被王耀武的剖腹陈词所打动，"你们的作战部署是好的。我回南京后，将以国防部名义下达作战命令。所言周志道部空运事及粮弹等事，也一并研究决定。"

蒋介石起身站在王耀武的面前，看着王耀武。他确实是喜爱他的这个部下的。他无限感慨地说："我一生中最恨的是共产党。我在四年前就说过，你们以为这些年来我抵挡住日本人扩张是重要的，我告诉大家，今天我也告诉你，其实，我不让共产党人扩张才是最重要的呢！日军只是皮毛之灾，共产党才是我的心腹之患！"

济南的盛夏是闷热的，蒋介石却睡了一个安稳觉。第二天，他便急匆匆地飞回了南京。

3. 粟裕胸中的宽阔战场

当西柏坡第一次提出济南战役的宏观构想时，粟裕就已经在胸中展开了一个宽阔的战场。他与西柏坡的毛泽东、周恩来、朱德等中央军委领导人决策的共同点在于，不仅要拿下济南，而且还要大量歼灭国民党军队。如今，对于即将展开的济南战役，他已经有了一个大胆而审慎的决战谋略。

8月中旬的齐鲁大地，暑气已经消散，阵阵凉风带来秋的迅息，华野总部的战前会议即在这薄凉的秋意中进行。粟裕摊开他的笔记本，说："我华东野战军指挥部为执行中央军委电令精神，组织济南战投，准备在雨季后集中包括许谭兵团、韦吉兵团在内的三十多万人，或先攻占济南，或先转到外线进行大规模歼灭战。针对当前的敌情，我们拟向中央军委提出以下几个作战方案：

"第一个方案是，集中全力转向豫皖苏及淮北路东地区作战，截断徐埠铁路，孤立徐州，把重点放在打援上，求得在运动中首先歼灭5军，继而扩大战果，歼击其他兵团。此方案的有利之处是，将战争完全带到陇海线以南，减轻了老解放区的负担。但请你们注意，济南没有攻下，老区人民还是要负担的。我攻歼5军，敌人非援救不可，这就便于我们在运动中歼敌。但这个作战方案的不利之处是，一个巨大的兵团在新区作战，供应会极为困难；而各路敌人增援却较容易，敌机械化部队易于活动，迫我必须以相当数量的兵力担任阻击。同时，许谭兵团和韦吉兵团初次转到外线，雨水未干、道路泥泞的情况，多少会影响他们的战斗力。而且这样打虽能歼灭敌人一批有生力量，却达不到孤立徐州的目的。"

会场里除粟裕的声音之外，就是"沙沙"作响的众多人的笔录声音。室外，国民党军的飞机正在天空中盘旋飞行，栖息在高大古柏上的白鹤、灰喜鹊不安地惊叫着。

粟裕继续说："第二个作战方案是，集中主力首先攻占济南，对可能北援之敌，以必要的兵力予以阻击。此方案有利处是，使济南敌人工事及守备兵力不致继续加强，便于攻击。如济南能在短期内攻占，则对全国战局及政局均有好的影响，将造成下一步更有利的战略形势。比如，贯通津浦、德石和华北、东北的联系，并便于华北、华东兵力的运转，也便于山东兵团全力转到外线机动。但不利之处是，济南守敌兵力已有相当数量，且设防已久，恐非短期所能攻占。我们估计攻济需20天左右时间。阻援部队将非常吃力，如援兵阻止不了，有打成僵局的可能。如果那样，则对大局不利；且把重点放在攻济的情况下，兖州、济宁有被敌重占的可能。如敌守济、兖，我须再攻，如敌不守，则敌有破坏两城的可能，对我也不利。

"第三个作战方案是，攻济与打援同时进行，但应有重点地配备与使用兵力。这个方案分为两个阶段，第一阶段以两个纵队抢占济南机场而巩固之，并在济南敌人反夺机场

中，尽量歼灭其反击力量，以削弱其守备兵力。同时以其余11个纵队打援，则兵力足够歼灭援敌一路或两路。敌增援的可能性很大，我们要首先歼灭他的5军。只要援敌被歼，则攻济南有保障。第二阶段则于歼灭敌人援敌之主要一路后，以一部任阻击，而将主力转到攻济南。此时，守敌和援敌在遭到惨败后，均易被我歼击，攻济南也将更有保证。这一作战方案的有利之处是，将第一、第二两方案配合执行，使攻坚与打援有重点地进行，以达一箭双雕之目的；同时，我们在预定战场上吸引敌人来援，可取有利地形，达到运动歼敌的目的；另外，我军在有后方作战的情况下，补给容易，战斗力也将大增。"

粟裕说到这里站了起来。他很少这样亢奋，只听他用满怀信心的、激动的声音说："此役如能取得决定性胜利，则对下一步全军转到陇海以南也较为有利。那时，敌人的机动兵力少了，雨季也过了，向前延伸的补给线也较安全了，进而对下一步实现孤立徐州的作战目的，也有了较大的可能性。同时，各方援敌离济南较远，不易适时增援。但是，这个重大的战役，还将给山东人民带来最后一次巨大的负担；虽然可由河北、河南分担一些，但这重大负担还必须主要由山东人民来承受。山东人民太苦了！我们只有用胜利来报答人民！"

粟裕动情了。他缓缓地坐下来，喝了一口清茶，继续说："我以为，这第三个方案为最好。请大家发表你们的见解和意见。"

与会华野军政领导几乎毫无异议地同意"攻济打援"同时进行的第三作战方案。

本来，战争是充满不确定性的领域。战争中的行动所依据的情况大多隐藏在云雾里。这就必须有敏锐的头脑，以便准确而迅速地作出正确决策。粟裕的战役指挥，具有德国军事家克劳塞维茨在《战争论》中所说的天才军事家的两种素质"一是在这种茫茫的黑暗中仍能发出内在的微光以照亮真理的智力；二是敢于跟随这种微光前进的勇气。"

粟裕就执行第三方案中关于打援战场的选择，发表他几经思考的意见："打援战场有两个选择。第一，引诱援敌至汶河以北、泰安以西、肥城以南地区而歼灭。这个战场为起伏地带，水多山多，敌机械化部队进展困难，对我军有利；但不利于我军之处是，敌沿铁路北进与沿鲁西南一带的运河西岸北进，这两路可以靠拢，不易分割，有打成僵局的可能。因距济南太近，又恐影响攻城。而且敌可以兖州、济宁两城作攻守依托，对我扩大战果不利。

"第二，打援战场选择在鲁西南的金乡、巨野、嘉祥地区或邹县、滕县之间。其有利之处是，敌沿铁路北进和沿运河西岸北进不易靠拢，而易为我分割，易为我各个歼灭。我则可控制兖州、济宁为中心之地带，转移兵力均极便利。这里距济南也较远，对攻济南部队没有影响，对尔后的扩大战果也较便利。其不利之处是，在鲁西南的金、巨、嘉地区作战，水围较多。此方案战场究竟选在邹、滕间或金、巨、嘉地区，则以敌 5 军来援之路为定。总之，打援一定要以首先歼灭 5 军为主要目标。"

华东野战军很快拟就了一套完整的关于 32 万人马的调动安排，以及有关敌情和三个作战方案的电报：

（一）1 纵、4 纵、8 纵留豫皖苏，归叶飞统一指挥。如执行第一案，则在豫皖苏易于发起战斗；如执行第二、第三案，则该三个纵队可随敌后由鲁西南向兖、济前进，以配合正面夹击敌人。

（二）6、10 两纵仍留济宁、汶上。11 纵在菏泽东北，继续休整待命集中。

（三）野直率 3 纵即北移定陶地区休补。我们并拟于 15 日赶往兖州，与许谭商定下一步作战问题。

（四）请韦吉兵团应同时准备进入淮北执行第一案，或北上进到台、枣地区准备执行第二或第三案之作战。

（五）请许谭刘加速完成攻济之各种准备，并布置邹、滕间之打援战场。

关于粮食供应。如执行第二、第三案，则华野请冀鲁豫供给，许谭及韦吉兵团请山东供给。并请军委在山东前线及冀鲁豫河北（寿考地区）准备大批弹药，以便适时供应。

为更有效配合 9 月攻势，除令江淮军区两旅准备袭击徐州机场，令豫皖苏集中四至五个团破击徐埠段铁路外，并令淮南部队破击蚌浦段铁路。同时，华中之 11 纵则应适时以主力转移到运河线或沿江地带，积极作战，以收配合之效。

建议中原军区以主力向信阳或南阳汉水流域进击，以吸引 18 军南下，使其不易北援。同时建议以陈谢有力一部位于郑州附近，使郑敌不敢东援。

以上各案，究以何者为妥，请示复。其详细部署，俟与许谭商定后再告。

此电文于 1948 年 8 月 10 日凌晨 4 时发往西柏坡。

整个华东战区处在大战前的寂静中。阴云低飞，风雨暗涌，谁都不知道明天这里将会发生什么事情……

①

★②

★③

★④

❶ 我军某部向前挺进。
❷ 我军某部正在涉水渡河。
❸ 我军战士向前线运送攻城云梯。
❹ 向南进军的我军炮兵行列。

粟 裕

（时任华东野战军代司令员兼代政治委员）

　　济南战役发起前，在攻济打援战场上，出现了解放军在兵力上优于敌人的新局面。华东野战军外线部队北上和山东兵团会合，苏北兵团的两个纵队北调山东，华野在山东的总兵力达15个纵队共32万人，而敌人守城和可能增援兵力总共仅28万人。战役何时发起，主动权掌握在我们手里，对战役的筹划的准备，都不像以往那样紧迫，可以做到准备充分才动手。

　　然而，济南是山东省会，北靠黄河，南倚群山，地势险要。国民党军在日伪时期原有工事的基础上，大加扩建，筑成了支撑点式的永备和半永备型的城市防御体系，易守难攻。蒋介石命令其第二"绥靖"区司令官王耀武统帅9个正规旅、6个保安旅（总队）和特种兵部队10万人死守济南；同时，在徐州附近，集中了邱清泉、李弥、黄百韬3个兵团伺机北援，这3个兵团的机动兵力约17万余人。

　　当时陈毅司令员兼政治委员在中原军区工作未回，中军军委电示，整个战役由我指挥。我既要指挥攻城集团，又要指挥阻援打援部队，任务是艰巨的，深感责任重大。

——摘自：粟裕《回忆济南战役》

★★★★★

王耀武
（时任国民党第二"绥靖"区司令官兼山东省政府主席）

当时南京笼罩着一片悲观失望气氛。不但我已丧失了作战的信心，蒋介石也精神沮丧，焦虑不安。我在南京听张乃衡等人谈过这样一件事：1948年3月1日，中央训练团党政训练班在南京孝陵卫中央训练团大礼堂举行10周年纪念聚餐会，参加的有张群、陈立夫、陈果夫、王世杰、吴铁城、朱家骅、张厉生、谷正纲、谷正鼎、蒋经国、萧铮，以及党政训练班各期在南京服务的学生，共约1,000人左右，蒋介石亲临参加。蒋介石在训话中说："我训练出来的人都是官僚，毛泽东训练出来的人都是革命的。我今天的训练失败了。你们如果不好好努力，明年我们这时候就不能在这个地方集会了。"蒋讲完话，进入礼堂后面房间休息后，全场就骚动起来。有的人起来说："我们是委员长训练出来的人，难道都是官僚？我们负不了这个责任，是官僚头子引导我们这样做的。"会场上还有人高喊口号，要打倒张群、陈果夫、陈立夫、宋子文、孔祥熙、陈诚等人。上下埋怨，弄得一团糟。

——摘自：王耀武《济南战役的回忆》

第三章

毛泽东粟裕同展战争韬略

∧ 抗战时期，陈毅（中）与粟裕在一起。

攻城打援，是一篇难做的大文章。毛泽东把他的智慧倾注于济南一战。

粟裕的肩上扛着北线攻城和南线打援两副重担。他总想在战争的不可知迷雾中，找到胜利曙光。

王耀武为增兵固守，与徐州"剿总"明争暗斗。

1. 毛泽东的韬略飞驰鲁国古都

华野前指的秘密会议后，将三个方案上报到西柏坡。粟裕在等待中央军委回电的间隙，仍昼夜不寝地对三个方案做着细节上的反复比较。他的思路沿着第三个方案的进程飞驰，准备一旦中央军委的电令下达，便迅速提出执行这既定方案的更为完善的运筹。

三天之后，1948年8月12日黄昏，军委主席毛泽东签发的中央军委电报终于来了。粟裕激动地伏案阅读电文。他仿佛觉得这是毛泽东在和他谈话：

10日4时电悉。你们所提三个方案我们正考虑中，待你们和许谭会商提出更接近实际的意见以后，再正式答复你们。现我们只提出一些初步感想，作为你们会商时的参考材料：

（一）9月作战，预计结果有三种可能。第一，打一个极大的歼灭战。这即是你们所说既攻克济南，又歼灭5军等部大部分援敌。第二，打一个大的但不是极大的歼灭战。这即是攻克济南，又歼灭一部分但不是大部分援敌。第三，济南既未攻克，援敌亦不好打，形成僵局，只好另寻战机。

读到这里，粟裕点头。军委对华野三个作战方案的看法，正切合他自己内心的基本预测。

（二）你们第三方案之目的，是为了争取第一种结果。其弱点是只以两纵占领飞机场，对于济南既不真打，而集中11个纵队打援，则援敌势必谨慎集结缓缓推进，并不真援。邱清泉、区寿年兵团之所以真援开封，是因为我们真打开封。敌明确知道我是阻援，不是打援，故以10天时间到达了开封。如果你们此次计划不是真打济南，而是置重点于打援，则在区兵团被歼，邱黄两兵团重创之后，援敌必然会采取（不会不采取）这种谨慎集结缓缓推进方法。到了那时，我军势必中途改变计划，将重点放在真打济南。这种中途改变计划，虽然没有什么很大的不好，但丧失了一部分时间，并让敌人推进了一段路程，可能给予战局以影响。

粟裕敏锐地发现，毛泽东高瞻远瞩地指出了华野的第三方案的"弱点，"是只以两纵占领飞机场，对于济南既不真打，而集中11个纵队打援"。这样，"攻济"的兵力不足，则难以攻下；而"打援"又因兵力太强，敌又不可能出援。

（三）再一个条件，即是在使用许谭全力而不要其余各纵参加，或者即使参加也只是个别的师，至多不超过一个纵队的条件下，我们目前倾向于攻城打援分工协作，以达既攻克济南，又歼灭一部援敌之目的。即采用你们的第二方案，争取上述第二项结果。我们觉得这样做比较稳当，比较能获结果。因为此次作战，是在区兵团主力被歼，邱黄又受重创，25师后撤的情况之下，虽然新来了8师、64师，至多只能抵上区兵团主力之被歼及25师之后撤。你们集中6至7个纵队，不但能阻住援敌于适当地区，而且能歼灭其一部分，至少能保障攻克济南。这就是我们所想的攻城打援分工协作计划。

明白了，粟裕明白了。毛泽东认为，只要用上6至7个纵队，即能"阻住援敌于适当地区"。这样，原来拟用于打援的4至5个纵队便可用于攻城，而攻城力量的加强，即可缩短战役的时间，最终体现"攻克济南"的目的。

（四）不管你们采取第二方案或者第三方案，在兵力部署方面，叶飞所指挥的3个纵队，应于本月下旬结束整训，北移嘉祥、巨野地区。已经在北面之各纵及正在移动中之第3纵，则应适时位于兖州、济宁或其以南地区。即是说，除韦吉之5个旅可以临时决定参战位置外（该部似以担任攻击徐州、蚌埠段为宜），一切正规兵力均应位于正面，先求阻击，然后寻机歼其几部。而不要企图以叶飞3个纵队尾邱黄之后，作夹击邱黄之部署。如果你们是企图打援，则邱黄决不分散走两路，而让

∧ 20 世纪 40 年代的毛泽东。

阻援打援集团应留出强大预备兵力，准备在第三种情况下手里有足够力量予以威力援敌。为达此种目的应着重于掩护多道坚固阻援阵地的构筑，以便于一方面节省阻援兵力，不使自己的大量兵力消耗和疲劳于阻援之中。另一方面使敌大量消耗于我阻援阵地之前。弹药的使用及储备粮秣的筹集均须和上述要求相适应即要注意在第三种情况（最困难的情况）出现时，你们不但在兵力上，而且在弹药和粮秣上，均有办法战胜敌人。军委廿六日三时

只有在你们预先准备好了这一切才能保证胜利。

∧ 1948 年 8 月 26 日，毛泽东起草的以"中央军委名义发给粟裕、谭震林、陈士榘、唐亮的电报"。

你们夹击其一路。那时敌之部署，极大可能是以一部位于运河以西（例如金乡）以钳制我军一部，而以主力沿津浦路北进援济。或者相反，发一部抗击津浦路，而以主力沿运河西北上援济。因此，我军必须事先夹运而阵，并构筑几道防御工事，以便随时转移兵力于运东或运西，阻击与歼灭援敌。

来自西柏坡的这段电文，集中反映了毛泽东的作战思想。在两军对垒的棋盘上，他强调"一切正规兵力均应位于正面"，不主张"叶飞的三个纵队尾邱、黄之后，作夹击邱黄之部署"，提出了"夹运而阵"打援战场的选择与设置构想。

粟裕坚决执行毛泽东的战略决策，立即调整已经见诸文字的作战要点；但他坚持他的战役分两步进行的构想，再次发电报给西柏坡，陈述己见。对这场战役，粟裕承受着巨大的压力。他懂得，战争是充满偶然性的领域。人类的任何活动，都不像战争那样，给偶然性这个不速之客，留有这样广阔的空间和时间；也没有一种活动，像战争那样从各个方面和偶然性经常接触。偶然性会增强各种情况的不确切性，并扰乱事件的进程。

粟裕认为，从一定意义上说，这次战役是解放军和国民党军战略决战的序幕，必须谨慎从事。在以往攻城失败的战例中，有些是正当守敌已到山穷水尽之际，而我军也精疲力竭无力再作最后一击之时，数路援敌却蜂拥而至，使我军背后受敌，只得被迫撤围。这种"为山九仞，功亏一篑"的事情，决不允许在战略决战即将到来的时刻重演。要在一场充满偶然性的战役中获得绝对的胜利，他的压力正来于此。

经过 10 天的苦苦等待，1948 年 8 月 22 日，西柏坡终于来电：

（一）关于攻济及打援的作战计划，由你们会商电告。

（二）关于作战时间，提议在 9 月 15 日以前完成有关攻城及打援的一切准备工作，9 月 15 日左右开始攻城，御援及打援部队 9 月 15 日以前进入指定阵地。

（三）9 月 15 日以前及 9 月 15 日以后两个月（包括作战及战后休整）共约 80 至 90 天，全军粮食、草料必须筹备齐全。

（四）由临城至大汶口及由金乡至汶河两条敌援道路上，我军防御阵地的构筑，要有多道防御阵地，要能在临城至兖州间、金乡至济宁

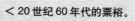

间阻止援敌20天以上，打援歼灭战似应预定在兖州附近地区。

（五）叶飞所率1、6、8纵应于攻城发起前若干天出动北移，不过早也不过迟。

2. 攻济？打援？奥妙无穷

西柏坡的电报，推动一个重大战役的迅速形成。华东战场上我军30万大军的一切活动节奏都在加快。

就在粟裕接到这封电报的前7天，即1948年8月15日，毛泽东电令刘伯承、陈毅、邓小平：

9月华野攻济打援是一次严重作战，需要你们的有力配合。

西柏坡的毛泽东对济南战役的宏观运筹，越来越深入到许多细部的考虑并及时将此各考虑电示粟裕等人，提醒其注意。1948年8月26日，毛泽东致电粟裕、谭震林、陈士榘、唐亮：

攻济打援战役必须预先估计三种可能情况：

（一）在援敌距离尚远之时攻克济南；

（二）在援敌距离已近之时攻克济南；

（三）在援敌距离已近之时尚未攻克济南。

毛泽东、周恩来、朱德和任弼时等人，还叮嘱粟裕等人，应首先争取第一种，其次争取第二种，又其次应有办法对付第三种。在第三种情况下，即应临机改变作战计划，由以攻城为主，改变为以打援为主，在打胜援敌后再攻城。估计到这一点，在你们将全军区分为攻城集团和阻援打援集团之后,两个集团均应留出必要的预备兵力,特别是阻援打援集团,应留出强大的预备兵力,准备在第三种情况下,有足够力量歼灭援敌。

为达此目的,西柏坡的伟人们要求粟裕,应着重构筑多道坚固阻援阵地,以便一方面节省阻援兵力,不使自己的大量兵力消耗和疲劳于阻援作战之中,另一方面使敌大量消耗于我阻援阵地之前。弹药的使用及储备,粮秣的筹集,均须和上述要求相适应,即在第三种情况(最困难的情况)出现时,你们不但在兵力上,而且在弹药和粮秣上均有办法战胜敌人。只有预先准备好了这一切,才能保证胜利。

许多年后,粟裕在回顾当时的心境时说:"军委着重提出集中最大兵力阻援打援和真攻济南,给我很大启示,在中国革命战争走农村包围城市的道路上,已发展到了最后夺取大城市的新时期,应以新的发展的观点来认识歼灭敌人有生力量和夺取大城市的辩证关系。以往,不论'攻城阻援'还是'围城打援',都是为了歼灭敌人有生力量;济南战役则不仅为了歼敌有生力量,而且为了将大城市永久地巩固占领之。这样,我们无后顾之忧,可以集中更大兵力去争取前所未有的更大胜利。"

8月27日清晨,粟裕在看完毛泽东的电报后,又一次召开战前会议,将他一夜的思考,滔滔不绝地讲给刚从攻城兵团赶来的谭震林和华野总部的指战员们听。

粟裕说,"济南战役的奥妙就在攻城与打援,使南京统帅部始终无法判断准确。分两段打的设想是:第一阶段,我们把2到3个纵队使用于济南方面,首先攻占济南飞机场,并吸引敌援北上。在这一阶段力求歼敌6个旅,迫使各路援敌不敢前进;第二阶段,集中我们东兵团全部和西兵团3到4个纵队的主力一部分兵力担任阻援。

"据情报说,敌57旅和19旅已空运济南。敌人的人数已达12万,战斗部队约9万,其中有7个正规旅。这些国民党军虽然大多被歼灭过,但经过补充基本满员,兵力不少。济南是国民党在山东的巢穴,反动头子都聚集那里,他们已经无路可退,必作困兽之斗。

"济南城防坚固,和潍县、兖州、洛阳、开封全然不同。潍县是东西两个城,敌人指挥不统一;兖州是敌指挥官腐败,战术落后;而打洛阳与开封是偷袭性质。济南不能设想短期攻下。济南的工事开始构建于日伪时代,从去年秋天到今年春夏,又增加了许多钢骨水泥工事。济南水壕很多，而且有近代建筑的城市设防，每幢洋房都会成为一个立体据点，可能发生逐屋逐楼的争夺。这样，时间就会延长。

"经一年多了解，我们知道王耀武是国民党军中在指挥上较有才能的人，在他的军队中颇有威信。这就增加了他守军的抵抗力。

"有人认为，济南的敌人在动摇中，说我们还有些内线关系。这个问题可作为一种情况估计在内，但不能作为一种力量计算。再从敌援兵力量看，邱清泉有10个旅，黄百韬和第8军也有10个旅，并可能有2至3个快速纵队参战。他们鉴于洛阳、开封的迅速丢失，援济可能加速。在济南战役的末期，敌孙元良部兵团和刘汝明部，甚至18军，都有可能赶过来。关于我华野部队自身情况，唐政委你谈谈。"

唐亮说："我华野西兵团7纵队自开封、睢杞两战役后，所补俘虏不多，补偿部队伤亡很不充实，许多连队只有四至六个步兵班。我们的干部伤亡太大，许多连营有政干无军干，有军干无政干，而且营连排干部太新太弱。有的副连长三个月前还是新兵，班排干部俘虏成份多。团的干部老的多，与营连干部有严重脱节现象。部队中普遍存在着悲观情绪。他们看到连年征战，斗争激烈，伤亡太大，想到后方过安定舒适生活。他们看到革命快要胜利了，想保存自己的生命，过胜利后的快乐生活。根据我知道的情况，东兵团打一个月到两个月无问题，但西兵团打一个月的阻援，却很难完成任务。"

3. 为防困兽之斗

根据粟裕的提议，华野指挥部决定以粟裕个人的名义发电给西柏坡，将战役分两阶段进行的意见和部队存在的消极因素，如实地报告给毛泽东、周恩来、朱德，并要求中央军委能在8月27日晚示复。

西柏坡。接粟裕电文后，毛泽东、周恩来、朱德迅速商讨决定，再由毛泽东起草回电。中央军委充分尊重前线指挥员的意见。毛泽东挥笔饱蘸浓墨写下了1948年8月28日2时给粟裕的电文。

在粟裕看来，毛泽东既像统帅，又像师长。毛泽东说：

此役关系甚大，根据敌我两方情况，你的顾虑是有理由的。战役计划应以能对付最坏情况，即我们26日3时电所说第三种情况为根本出发点，而不应以第一、第二两种情况为根本出发点。攻克济南之时间不能预先只规定一种，而应预先规定三种，即20天、一个月、两个月。这三种时间中，我们固然要争取第一种，其次是第二种，但这在战役发起之前，只是一种理想，是否能实现，要依攻击过程中敌之防御能力如何才能确定。或者20天左右即可攻克，这样我阻援兵团是有把握阻得住援敌的（包括歼敌一部分）；或者要一个月左右才能攻克。这样我必须歼敌几个旅，虽然不一定是6个旅，但歼其3至4个旅则是完全必须的，否则就不能阻住援敌，我攻济必功败垂成。但最重要者是一个月左右还不能攻克济南，必须大量歼灭援敌，例如6个旅、8个旅或更多些，根本停止了援敌前进，给我以所需要的一切攻城时间，例如一个半月，两个月，或者更多些（打临汾曾费去72天）才能克城，你们的根本出发点应放在这种情况上。我们不是要求你们集中最大兵力，不顾一切硬攻济南，这样部署是非常危险的。我们要求你们的是以一部兵力真攻济南（不是佯攻，也不是只占飞机场），而集中最大兵力于阻援与打援。济南是否攻克，决定于时间，而取得时间则决定于是否能阻援与打援。故我们于12日12时电要你们只用东兵团攻城，至多加个别的师或一个纵队，而用其余全力阻援及打援。26日3时电则要你们不但在阻援打援方面留出强大后备兵力，就是在攻城方面亦须如此，以便在必要时机集中全力先歼援敌，因不真攻济南，则援敌必不来。攻城使用兵力太大，则打援又无力量。在此种形势下同意你的意见，第一阶段以足够兵力攻占机场及吸引援敌之力量（2至3个纵队）用于攻城，其余全部用于打援。依情况发展，如援敌进得慢，而攻城进展顺利，又有内应条件，则可考虑增加攻城兵力，先克城，后打援。如援敌进得快，则应以全力先打援，后攻城。

毛泽东几乎把这场战役可能发生的情况都考虑到了。

4. 固守！增兵！各执一词

位于济南经二路的国民党军"第二绥靖区"司令部周围岗哨林立，气氛紧张。从停放的卧车、美吉普的数量上判断，这里正在举行一个重要的军事会议。

"绥区"司令部的作战室里气氛异常严肃。徐州"剿总"中将副司令长官杜聿明被安排在座位的正中。他是奉蒋介石和南京统帅部之命，特来济南与王耀武等人研究如何固守济南及援军如何协同作战等问题的。

另外参加会议的有：中将副司令长官牟中珩，"绥区"少将参谋长罗辛理，少将副参谋长干戟，司令部作战处少将处长李昆治，第三处少将处长廖毅文，第四处少将处长张介人等。

王耀武以多少天来少有的干练姿态，衣着整洁地站在杜聿明的身旁。他是想以这种临大战而处变不惊的大将风度，让杜长官相信，第二"绥区"的首领们将以"誓死报国"的忠心与"共军"作战。

> 杜聿明，时任国民党徐州"剿总"中将副总司令。

国民党徐州"剿总"副总司令杜聿明 —————————— —

　　陕西米脂人。国民党陆军中将。黄埔军校第一期毕业。抗日战争时期，任国民党第200师师长，第5军军长，中国远征军第一路副司令官，第5集团军总司令兼昆明防守总司令，东北保安司令官。抗战胜利后，任徐州"剿总"副总司令兼第2兵团司令官，东北"剿总"副总司令。1948年11月复任徐州"剿总"副总司令参加淮海战役，于1949年被俘。

国民党第二"绥靖"区副司令牟中珩 —————————— —

　　山东黄县人。国民党陆军中将，保定陆军军官学校第九期毕业，早年投东北军。抗日战争时期，任国民党中央陆军114师师长，第51军副军长，鲁苏战区第51军军长，山东省主席，第十战区副司令长官，徐州"绥靖"公署第二"绥靖"区副司令。1948年在济南战役中被俘。

　　他说："蒋总统和南京统帅部十分关注济南会战，徐州剿总刘总司令、杜长官也百倍关怀我辈。他今天特从徐州飞临济南，一来转达南京统帅部会战计划，二来要与我们共商作战事宜。对杜长官的到来，我们特表热忱欢迎！现在请杜长官讲话。"

　　杜聿明虽属王耀武的上级，但军阶却与王耀武同为"中将"，就战功而言，他远不如王耀武显赫。所以，他说话的口气十分缓和："兄弟此次临济是奉命而来。王司令是一向深为蒋总统器重的党国良将。为确保济南之战成功，王司令几经与蒋总统谋算，并

∨ 1948 年 9 月，邱清泉出任国民党军第 2 兵团代理司令官。

得总统面示。多少天来，王司令和诸位对济南防务已殚精竭力，昼夜苦劳，实为我之效仿榜样。这方面已为国人耳闻目睹，我不再赘述。"

杜聿明翻开文件夹子，语气变得严峻起来："国防部济南会战之计划，已于中华民国37年8月4日策定，蒋总统于此后几日核准下令实施。其中有关部分称，国军为增强战力，堵匪流窜，逐渐削弱匪军力，准备大举进剿。为达目的，拟将主力分置在陇海、津浦、平汉及汉水、丹江各要点组编进剿兵团，先充实战备，在整备未完成前，全盘战略暂取攻势，在战术上则仍取守势，配合"绥靖"区积极清剿，肃清散匪、残匪、潜匪，消灭其地下政治组织，巩固我地方政权。建立总体战之基础一俟整备完成，实力充沛，战力较匪优势后，立即大举进剿，分别围歼匪军，尔后再准备进出华北地区。

"如陈毅匪军北窜鲁西，即以杜聿明兵团实施猛进，不使其有整补之机。同时依情况以黄百韬兵团进剿苏北或鲁南之匪；当陈匪主力越陇海路南窜时，即以李振清整编40师为基干，配合地方武力秘密进出淮阳、范县等地区，袭击匪聚集之地，予以破坏后，迅即仍回原防。

"南京统帅部奉蒋总统谕，为确保济南，特拟定一个27万人的会战计划，亦可称之为固守济南之方针大要，即增强守备力量，确保济南，控制强有力的预备队，采取机动防御，加大围攻济南共军的死亡，削弱其力量，尔后再配合进剿突围，内外夹击，打败共军。南京统帅部还特令我指挥黄百韬、邱清泉、李弥三个兵团17万人与陈毅的主力作战，以解济南之围。这就是南京统帅部的战略要旨。我认为，有总统之亲自指挥，又有我数十万国军的协同作战，还有王司令指挥下的10万将士的誓死决战，不愁济南不保，也不愁共军不败。"

此时的杜聿明似乎变成了一个演说家。他说到这里停下来，想看看在座诸人的反应。他发现他所转达的这些南京统帅部纸上的东西，并没有给王耀武等人带来精神上的振奋。他接着说："容我再明确地说，这个27万人的会战计划，即在济南国军遭到共军攻击时，以你们王司令统帅的第二'绥区'所属10万之众坚决固守济南，又以第2、第7和第13兵团共17万人由徐州北援，拟在兖州、济宁间击破华东共军主力，解围济南。另，南京统帅部还决定以济南、青岛为主基地，北平、徐州为辅基地，集中战斗机162架，进行空中支援作战；又拟用重型轰炸机42架，对攻城共军、阻击我驰援之共军以及其后方运输线实施轰炸。这足以证明，南京统帅部有充分信心和足够力量

∧ 邯郸战役中，我军某部缴获的美式武器。

平汉战役

亦称"邯郸战役"。1945年10月中旬，国民党军第十一战区3个军4万余人，由郑州、新乡沿平汉路进攻晋冀鲁豫解放区。晋冀鲁豫军区司令员刘伯承、政治委员邓小平奉命统一指挥所属3个纵队和冀南、冀鲁豫、太行军区主力共6万余人，在10万民兵和自卫队的配合下，于10月20日发起平汉战役。此役至11月2日结束，共歼敌4万余人，俘战区副司令长官马法五，争取起义约万人。

与共军决战。"

杜聿明这个补充消息，倒使二"绥区"的诸将为之一振，但他们依旧沉默，谁也不发表自己的意见。此时，杜聿明和王耀武的心中都明白：按王耀武的本意，他认为济南是守不住的；在受到蒋介石的批评之后，他只能硬着头皮坚决守下去。他这个人，一旦决心下定，也就别无它图了。但他守济的条件是必须增兵，这所要之兵员势必从杜聿明手中来抠。在有兵就有官的国民党军队中，保存实力是不丢官的公开秘密，试问他又怎么会轻易松手呢？杜聿明在众人尚未发言的空档儿，向王耀武提出："王兄，此次我来济时，刘总司令嘱咐我了解一下二'绥区'部队的编配情况，请王司令能否一并谈谈？"

王耀武示意罗辛理，将一份国民党军"第二'绥靖'区部队编成一览表"递给杜聿明。杜聿明的目光迅速落在一览表上：

国民党整编第96军 ————·——————————————————

该军是抗日战争胜利后由国民党收编的伪军吴化文部（原属西北军系部队）于1948年6、7月份改编而成。军长吴化文，隶属第二"绥靖"区，下辖整编第2、第84师。1948年9月济南战役中，军长吴化文率部起义。1949年2月，与鲁中南纵队合编为中国人民解放军第35军。另有1948年初组建的整编第96军，军长陈金城，该军在胶济路中段战役中被人民解放军全歼，两军无渊源关系。

整编96军，军长兼整编84师师长吴化文，辖155旅，旅长杨友柏（三个团）；161旅，旅长赵广兴（三个团）；整编96军独立旅，旅长何志斌（三个团）。

整编第2师，师长晏子风，辖211旅，旅长马培基（三个团）；213旅，旅长胡景瑗（三个团）。

整编73师，师长曹振铎，辖15旅，旅长王敬箴（三个团）；77旅，旅长钱伯英（三个团）。

第二"绥靖"区独立旅，旅长杨晶（三个团）。

第二"绥靖"区特务旅，旅长张尊光（三个团）。

第二"绥靖"区青年教导总队，教育长张叔衡（三个团）。

保安第4旅，旅长刘振策（二个团）。

保安第6旅，旅长徐振中（三个团）。

保安第8旅，旅长孙荣扬（三个团）。

人民先锋总队，队长孟昭进（二个团）。

第二"绥靖"区特务团，团长赵峙山。

榴弹炮1营、野炮1营、整编12师炮兵1营、第4兵站总监部监护营1营、工兵1营、通讯1营、装甲车2列、汽车1营、装甲汽车1连。

杜聿明看罢这张编成表，笑着说："王司令，你的兵力可是不少啊？可以说，你手握10万重兵，共军再能打，十天半个月也是啃不动你的。"

王耀武笑了笑，说："杜长官，你我都是军人，都懂得'兵不在多而在勇，将不在多而在谋'的道理。我的这些部队，除少数几个能打的以外，多数是经不起打的。不瞒你说，凡那些与共军较量过的部队，都成了惊弓之鸟。尤其那些保安部队，哪里像军队的样子。所以我认为，在共军作战力量渐渐增强的形势下杜长官要我守住济南，必须调整编74师、整编83师来加强兵力。今天杜长官在济，请你把我的要求转呈刘总司令、南京统帅部和蒋总统。"

参谋长罗辛理的发言却有点直言快语："杜长官，这么说吧，如想守住济南，就必须增加兵力！"

杜聿明看看他们二"绥区"的人齐呼增兵。他不能不表明他与刘峙既定的原则了："我和刘总司令的看法是，只要加强工事，就是不增加部队济南也可以固守。如守不住，即使再增兵也守不住。因此，我们不同意再增加部队。打起来，只要你们能守15天，我指挥的部队就一定可以到达济南解围！"

王耀武说："杜长官，你的增援部队，必定会受到华东共军的截击。我看15天绝对到不了济南。所以，还是必须增加防守部队。"罗辛理对杜聿明的拒不增兵的态度早已反感。他增大了嗓门儿说："杜长官，请恕我直言，光靠工事而部队兵力不强是不行的。那些保安队，那些地方杂牌货，都是他妈的叫共军赶到这里混饭吃的，枪炮一响，你知道他们要干什么？如果不给我们增兵，济南只能打三五天就完蛋了。"

杜聿明对罗辛理的话极为不满。他也有些发火了："罗参谋长身居绥区要职，在党国命运系于此战的关头，如此看不起自己，说出这等泄气的话来，怕是太不合适了吧！"

国民党第二"绥靖"区司令官王耀武 —————————————————

　　山东泰安人。国民党陆军中将。黄埔军校第三期毕业。北伐战争中,任国民革命军连长、营长。后任国民党政府军独立 32 旅第 1 团团长,第 51 师师长,第 74 军军长。1944 年 1 月,擢升第 24 集团军总司令,次年升任第四方面军司令。1946 年 1 月,任国民党第二"绥靖"区司令,同年 11 月兼山东省政府主席。1948 年 9 月在济南战役中被俘。

Ｖ 1948 年,杜聿明(右)在徐州前线。

罗辛理听出了杜聿明话中的味道，但他不想憋住心中的愤怒：
"我罗辛理也是在军中吃粮多年的一条汉子，我也知道此次济南一
战，身为参谋长的我将怎样行动。二绥区是在徐州剿总统帅之下，
杜长官是我的上峰，我有话自然要对你杜长官讲。我只求在济南一
战中效忠党国，打败共军，别无它图。我们王司令、牟副司令和我
都要求增兵，杜长官手握17万大军，能答应给我一兵一卒，也算
打发了要饭的一口冷饭，但……"

"罗参谋长不要说了。"王耀武一看气氛有些紧张，杜聿明的脸
色也由红变紫，急忙劝住自己的参谋长，"增兵之事只是我们的要
求，给不给还请杜长官和刘总司令定夺。不过，我们也应体谅杜长
官的难处。再说，兵力调动需南京统帅部核准。我们也准备直接向
总统申请调兵，还请杜长官与刘总司令在总统面前多帮我们说话。"

一场增兵的争执，在双方的克制中结束。

中午的宴会是丰盛的，在推杯换盏中，罗辛理与杜聿明一片欢
声笑语，都说了些挽回面子的套话。

济南西郊机场。杜聿明要飞返徐州。王耀武、牟中珩、罗辛理
等人到机场为杜聿明送行。

一阵风撩起各位将军的黑色斗篷。他们环视机场左右，各自心
中都有一番难以言状的感慨。杜聿明与王耀武等人吵归吵，但要打
败"共军"则是他们共同的夙愿。杜聿明要走了，王耀武心中顿感
失落。风云变幻，局势难测，军人身系大任，谁知下次见面将是何
时何处？

王耀武紧紧握住杜聿明的手说"杜长官登机吧！佐民盼望在我
10万国军苦战济南城头时，能看到杜长官督帅大军，兵临城下！"

杜聿明也有些动情了："不说你我都是党国将领这一层，就凭你
我多年私交，一旦济南告急，我会即刻挥师北上的。"

罗辛理上前给杜聿明敬礼，说："辛理在杜长官面前的那些话，
失礼了。还望杜长官谅解！"杜聿明说："国军中难得有你这样铁血
伟男。济南一战就看你们的了，再会！"

涡轮机已经轰鸣，杜聿明走上舷梯，机上机下频频招手，专机
飞上蓝天。罗辛理望着南飞的专机，对王耀武说："他们会给我们一
兵一卒？鬼才相信！"

❶ 我军战士们把俘虏押上帆船，运送到后方。

❷ 我军某部通过浮桥。
❸ 我军某部正与敌人激战。
❹ 彭德怀（举望远镜者）亲临前沿阵地视察。
❺ 我军行进在水网地带。

粟　裕
（时任华东野战军代司令员兼代政治委员）

中国人民解放军历史上有过"攻城阻援"的战法，即以攻城为目的，大部兵力用于攻城，小部兵力用于阻援，阻援是攻城的手段。

我军历史上也有过"围城打援"的战法，即以小部兵力围城，这是诱敌来援的手段，而以大部兵力用于歼灭来援之敌，这是目的。

由我指挥的豫东战役是既围城又打援，但那是先攻城后打援，战役分为两个阶段，可伺机行事。

中央军委确定的济南战役"攻城打援"的作战方针，则是在新的条件下的崭新战法，其特点是在保证有足够的兵力攻下济南的前提下，以大部分兵力用于打援，求得在攻济南的同时，歼敌军一部，这是达到攻击目的的必要手段。

这一新的战法，是中央军委和毛泽东主席经过反复思考才确定的。

——摘自：粟裕《回忆济南战役》

★★★★★

许世友
（时任华东野战军山东兵团司令员）

　　我们清楚地意识到，攻打济南，既不同于打潍县，也不同于打兖州，这是我解放军第一次攻打坚固设防的大城市。打好这一仗，既有很大的军事意义，又有重要的政治意义。当时，不仅那些帝国主义的预言家们，嘲笑人民解放军将在深沟高垒的现代化城防工事面前碰壁，就连我们的一些朋友，对我军是否能攻克国民党反动派坚固设防的城市，也持怀疑态度。因此，敢不敢攻打济南这样的大城市，能不能迅速攻克济南，就成了对人民解放军敢打必胜信心和攻坚能力的严峻考验，甚至在国际、国内都将产生很大的影响……

——摘自：许世友《攻克济南》

第四章

南线疾驰北线进军

∧ 1948 年 8 月 25 日，出席华东野战军军事会议的纵队以上干部在山东曲阜合影。

完善而周密的大战蓝图，终于最后敲定，各路战将汇聚于古都曲阜庄严受命。

他们各自回去，将率各自的部队，向着各自的目标前进。

华东战场上，又一场战争活剧即将拉开战幕。

王耀武被迫应对，无奈排兵布阵。

1. 粟裕将战幕拉开

1948年8月25日。山东曲阜。华东野战军军事会议。这是华野为组织济南战役召开的最大一次会议。

参加会议的有华东野战军前委委员，东兵团和西兵团纵队以上干部，中共中央华东局和华东军区的代表，中共冀鲁豫军区党委的代表，华野前委和华野军政领导人代司令员兼代政治委员粟裕、副政治委员谭震林、参谋长陈士榘、副参谋长张震、政治部主任唐亮、政治部副主任钟期光；华野前委委员刘先胜、刘瑞龙，以及各路纵队司令员、政委等。

会议由粟裕主持。衣着整洁、神色庄严的粟裕来到时，会场顿时肃然，人们等待着一个个庄严的决定。

粟裕首先请华野司令部副参谋长张震，宣布参加此次济南战役南北两线纵队以上干部名单。

张震洪亮的声音在一幢古建筑中回荡。在点到许世友的名字时，他特别声明，许世友司令员因病未能出席会议，山东兵团的前指工作暂由兵团副司令员王建安和谭震林负责。

80余名纵队以上参战干部及各路纵队共计32万的大军，构成了济南战役南北两线

刘先胜 ———————————————————————————————— ▲ —

湖南湘潭人。土地革命战争时期，任红九军团直属队总支书记、团政治委员，军团卫生部政治委员，红六军团第18师52团政治委员等职。抗日战争时期，任新四军苏北指挥部第3纵队政治委员，新四军第1师3旅政治委员，第18旅旅长兼苏中军区第1军分区司令员，新四军第1师参谋长，苏浙军区参谋长等职。解放战争时期，任华中军区参谋长，华中野战军参谋长，华东野战军副参谋长，苏北军区副司令员。

1948年春，华东野战军山东兵团集中22个团围攻潍县，另以22个团分别在东、西两线担任阻援任务。4月2日，攻城部队向潍县开进。至18日，攻占外围据点50余处，肃清了四关守敌。23日开始攻城，27日解放潍县。后又歼灭昌乐、安丘等地守敌，击退青岛西援、济南东援敌军。此役共歼敌4.6万余人，俘敌整编第96军中将军长陈金城。

我军的强大阵容。这80余名从雪山草地滚爬过来，或在江南游击战中苦熬过来的将领，在1955年的授衔中，全部步入将军行列。他们的名字同济南战役的伟大胜利一起被载入共和国的史册。

粟裕站起来说："同志们，自从中央军委要求具备了条件的各野战军应明确树立敢于夺取敌坚固设防的战略要点，敢于打大规模歼灭战的决心之后，我们连续攻克了洛阳、开封、潍县、兖州，并取得了豫东战役的胜利。中央军委又制定了我华东野战军准备在8、9两个月攻克济南，然后于今冬明春夺取徐州的重大战略决策。根据我的提议，明确改变了5月间曾要我率3个纵队在4至8个月后渡长江南下的计划，确立了将国民党军主力消灭于长江以北的战略设想。华野接到中央军委电令后，我与谭副政委、陈参谋长、张副参谋长、唐主任以及作战部的许多同志几经会商，也同各纵队的同志不断会商，迅速拟定了作战计划，及时呈报了中央军委毛泽东、周恩来、朱德等领导同志。他们对济南一战极为关注，一个月中曾数次来电，不断提醒我们注意的问题，通报敌情，改正我们的一些设想。在前天召开的解放军总部战况汇报会上，朱老总又说，'自古以来谁在中原取得胜利，最后胜利属于谁的问题就能解决。而且提出要在今后10个月内解决傅作义，拔掉济南、太原诸点。可以说，在西柏坡中央军委的领导下，济南战役的作战计划已基本形成。这次请同志们来这里，是请你们了解全部的作战意图，并明确你们各自的任务，再请你们对作战计划作最后的研究。"

粟裕喝了一口水，指了指挂在墙上的军用地图，说：

> 潍县战役中，我军某部突击队登上潍县城头。

∧ 时任华东野战军副政治委员的谭震林。

"战局显示，人民解放军已经到了可以拿下国民党军任何坚固设防的大城市的时候了！

"由于我们的接连胜利，济南已经成为突出山东解放区的一个孤立据点。济南已经成为我必攻击、国民党必坚守的争夺焦点。因而，济南的国民党10万守军必作困兽之斗，而蒋介石也会尽其一切可能组织救援。因此，你们一定要看到，这是一场大规模的歼灭战。这就要求我全军将士，坚决执行命令，克服可能遇到的任何困难，不怕部队伤亡，不等待观望，不埋怨叫苦；在大兵团作战的情况下，切勿出现因小局而影响大局的问题，而是要想尽一切办法，完成各自所负担的任务。

"攻城部队，你们要很好地运用攻城经验，周密地组织火力与运动的配合，很好地使勇敢与机智结合起来。你们要从实战中培养出大批的爆破手、投弹手、神枪手、神

歼灭战 ——————————————————————————

　　全部或大部杀伤、生俘敌人，彻底剥夺敌人战斗力的作战。主要特点是集中优势兵力，各个围歼敌人。对于在战略上处于劣势的军队来说，只有在战役战斗上打歼灭战，才能有效地、迅速地减杀敌人战略上的优势和主动，改变自己在战略上的劣势和被动。歼灭战是毛泽东人民战争思想中战略战术原则的核心，是贯彻积极防御战略方针的主要手段，是中国人民解放军迭挫强敌的最基本作战原则。

炮手、架桥英雄、突击英雄。我们的战士要发挥进取精神，不错过机会，夺取与巩固阵地，压缩敌人，并有力地打垮敌人的反扑，争取早日打下济南。

"打援部队，你们要组织部队控制有利阵地，构筑坚强工事，布置天罗地网，等来援之敌进入圈套，一举歼灭掉。你们要发挥猛冲猛打的勇猛精神，你们也要有到敌人心脏里去的胆量。你们要敢于分割敌人，并各个击破。你们的阵地要坚不可摧，你们要以你们的胜利，保障攻城部队的胜利。"

粟裕的讲话给与会者以激励和振奋，大家都准备将火热的身躯投入到这场大战中。

接着，谭震林传达了10天前召开的中共地委书记、地方政府专员联席会议精神。这个会议的中心议题，就是济南战役的支前工作。谭震林说：

"兵马未动，粮草先行。我们的大军未动，全省50万支前大军就已开始行动。山东的解放区人民将为大军准备0.7亿公斤粮食；在济南百里至数百里的范围内，将设立许多巨大的供应站，粮食、油盐、柴草、门板、麻袋、布匹、鱼、肉、虾皮、蔬菜……将堆积如山……"

∧ 支前民工用独轮车将粮食运到济南前线，支援我军作战。

2. 醉卧沙场君莫笑

上午的会议在激昂的情绪中结束了。

华野司令部准备了极为丰盛的午餐，款待这些来自前线的带兵人。美国人送给国民党军队的各类罐头，常常成为解放军的战利品。今天，除了有数不清的美国罐头外，还特请专做"孔膳"的厨师来操刀掌勺。在征战中，以苦为乐的军人们极少能有机会享到这般口福。第10纵队司令员宋时轮是有酒必喝，喝了又不免要醉的人物。他与王建安碰杯中的亲昵对骂，惹得大家哄然大笑。到了华野总部，这些将军们就如同姑娘远嫁回到娘家那般亲切。

谁也不会劝谁少喝几杯。古诗云："葡萄美酒夜光杯，欲饮琵琶马上催。醉卧沙场君莫笑，古来征战几人回？"时空虽已不同，但心情依旧。曲阜会后，又是一场空前残酷的恶战，谁都不知道老战友下次相逢会在何处，何不趁此机会开怀畅饮，把酒言欢？

在"华东野战军战勤计划"里，人们看到如下数字：

济南战役吃粮人数统计：9.4万人。每人每日原粮 1.25 公斤，每天需原粮 117.5 万公斤，马粮 14 万公斤，共 131.5 万公斤。

战中，鲁中南应立即准备鞋子补充，除东兵团 10 万双外，应准备西兵团 30 万双。

这些巨大的数字，是共产党、解放军靠自己一贯亲民爱民的作风、正义之师的形象，从广大老百姓处调运来的，这对国民党军的作战供给来说是不可想像的事。

曲阜会上数天的讨论绝非平静无奇。战法之不同，用兵之各异，愿打援者有之，愿攻城者有之，使得会场上的探讨、乃至争论，其热烈程度不亚于战场上的酣战。美国的"红圈儿"香烟在这里大量消耗，讨论的声音在烟雾中缭绕。解放军历来有"争啃骨头"，打艰苦硬仗的传统，此刻谁都想把最艰苦、最险恶的任务留给自己的部队来完成。最后，还是由陈士榘参谋长受粟裕司令员委托，宣布各纵队的任务：

"济南战役作战之第一阶段部署：组成北线攻城集团，以原东兵团之9纵、13纵及渤纵的6个团共计29个团，组成攻城之东兵团，由许世友司令员、王建安副司令员直接指挥，由东及东南向济南攻击；以原西兵团之3纵、10纵及鲁纵共19个团，组成西攻城兵团，归10纵宋时轮司令员、刘培善政委指挥，由城西及西南向济南攻击。该两攻城集团统归许世友司令员、王建安副司令员统一指挥。"

陈士榘说到此处停顿了一下，用眼睛的余光看了一下宋时轮。宋时轮抽着香烟，露出一种不置可否的神色。

粟裕知道，许、宋两将都暴烈如火，都擅断擅行，都勇猛过人，官阶又都不相上下。一个是少林寺里打出来的和尚、大刀队长；一个却是正儿八经的大学生、黄埔出身。粟裕将这两员虎将用于攻城，这是他选将的聪明一着。许、宋督率部队，从东城和西城两侧实施强攻，简直能把济南城撕成碎片。

陈士榘继续说："华野前委要求你们，首先占领济南西郊飞机场、辛庄兵营及济南市东郊及东南郊外围阵地后，协同向纵深发展，攻歼济南守敌，夺取济南。具体部署由许司令员、王副司令员决定。

"以原西兵团之1、6、4、8纵、中野11纵，原东兵团之7纵及苏北兵团之2、11、12纵（欠33、34两旅）并冀鲁豫军区之独立1、3两个旅，鲁中南之4个基干团，共76个团，组成南线阻援打援集团，负责阻援打援，保障攻城作战之完全胜利。现将部署公布如下：

"以1、2、7、6、11纵队及中野之11、12纵队并鲁中南4个基干团，共56个团组成打援突击兵团，由本部直接指挥，以邹滕地区为战场，诱歼由津浦线北上之黄、李兵团，以邹县、济宁线为打援阵地。

"以4、8纵队并冀鲁豫之独立第1、3旅共20个团为阻援钳制兵团，由本部陈士榘参谋长统一指挥。第一步部署于嘉祥、巨野、龙山集、城武、金乡地区，负责可能由鲁西南北援之杜、邱兵团，并应于万福河以南，金乡、单县、城武之内地区为前进阵地，该线以北之大义集、羊山集、张凤集、龙山集、太平集之线至嘉祥、巨野及袁口、梁山、郓城之线为阵地，以济宁及以北戴家庙运河沿线为最后阵地，坚决阻击邱兵团于运河以西地区。

"广纵附本部警卫团及政治部警卫营，于战役开始时，拟以5天时间，首先扫清长清地区之土顽，而后增加至西路阻援兵团。

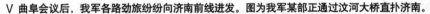

▽ 曲阜会议后，我军各路劲旅纷纷向济南前线进发。图为我军某部正通过汶河大桥直扑济南。

"特纵全部参加战役作战，以美榴炮16门配合3、10纵攻城，以日榴炮全部6门及野炮团全部，配合打援突击与阻援兵团作战。

"战役开始前后，拟令江淮军区两个旅袭击徐州飞机场，以威胁徐州。尔后即转向徐蚌段协同豫皖苏部队辗转破击徐蚌段。豫皖苏部队则可集中5个团兵力，于战役开始时即负责破击徐蚌铁道，并尽力向徐州近郊扩张。尔后，豫皖苏及江淮军区武装共10个团，即辗转于该线两侧及徐州近郊活动，迫使援敌分兵以防徐州。同时，令淮南部队破击浦蚌，苏北部队第33旅则向运河线进袭。

"华野前委决定：攻城战斗拟于9月16日开始发起。

"最后，我宣布：曲阜会议的全部作战指导思想、部署等，我们拟电告中央军委。各路纵队同志散会后应即刻返部，待西柏坡回电，战役即可开始。"

历史这样记载着：1948年8月的最后一天，粟裕、谭震林、陈士榘以数千字的电文，向西柏坡报告了曲阜会议的全部内容。

时隔两天，1948年9月2日，由毛泽东签发的中央军委电报，分别发给粟裕、谭震林、陈士榘并告华东局、中原局：

完全同意8月31日电所提攻济及打援之整个部署。

令下山倒。华东野战军的32万大军，浩浩荡荡的50万支前大军，在西柏坡电令的鼓舞下，向着各自的目标开进！

3. 南京徐州空喊固守

没有一种权威去协调南京、徐州、济南的分歧，这是国民党的最大悲哀，也是王耀武的悲剧所在。

王耀武要求增援的决心坚不可摧，他甚至越过了徐州"剿总"，直接向南京统帅部和蒋介石要求。但刘峙和杜聿明的原则是决不给兵，只要求王耀武拼力死守，并空头许诺将火速增援。

南京国防部说，济南被包围和孤立了，但粮食仍在从四乡运到该城。我们遵照蒋总统谕示，将一师人空运济南，以协助该城防御，济南可守。

美国军事顾问团团长则强烈反对这种意见，说："该城已等于失陷了，这无异使国军增多一师人的损失而已。我建议，与其运军队去，毋宁把济南现有的守军空运至徐州。"

蒋介石倒不违他对王耀武所许下的诺言，于华野曲阜军事会议期间，终于下令刘峙给济南增兵——"总统8月27日电刘总司令：83师于9月1日空运济南，限两周内全部运达。"

蒋介石这道电令，等于是王耀武借蒋介石的手扼住了刘峙的脖子，做非他所愿之事，他能咽下这口气吗？

老谋深算的刘峙绝对不干，他自有"高招"。试看下面的电文："徐州剿总9月2日电请缓运83师，先运济南粮弹及工事材料。""徐州空运油存量有限。"这是缓兵之计，不说不运，说运别的，而且也在蒋介石面前请求缓运，看你王耀武怎么处理。奇怪的是蒋介石竟然准了刘峙所奏："本部经签奉总统9月5日枢审代电，核准83师俟待必要时再行空运济南。"

那个苦心建议而屡遭驳回的美国人哀叹："我们对于我们自己的在华有资望的军人为大使所支持的综合意见与南京中国政府现行的军事及有关政策间的巨大鸿沟，深感惊异。尽管大使方面在美国军事顾问支持下，一再继续努力要说服中国政府在军事战略与战术上实行改变，但鸿沟依然存在。"

强大的运输机群一架架降落在济南西郊机场。巨大的轰鸣增加着大战的气氛，也增加着济南国民党守军的信心和力量。

王耀武亲到飞机场，与空运来的整编19旅官兵见面。王耀武衣冠楚楚，昂首挺胸，阅兵般地走动，举起带着白手套的右手向官兵行军礼。他的中将星徽在阳光下闪着光，他的将官斗篷在秋风中飘动。这一切都在向新来的国民党军官兵显示一种决心，一种要与城池共存亡的气概。

他对数千官兵慷慨陈词："19旅的官兵们，你们奉蒋总统之命，空运抵达济南。我以第二'绥靖'区司令官的名义欢迎你们，欢迎你们这支以赵旅长为统领的国军精锐部队。你们的到来将大大增加济南的防守力量。我们全体济南守军将与你们一起，精诚团结，誓死与共军作战，将敢于来犯之敌，消灭于济南外围和济南城下！"

王耀武声音洪亮，确实给初来乍到的19旅官兵以精神上的鼓舞。

国民党军"第二绥靖区"司令部作战室。

这是在战云低垂的情势下召开的一次军事会议。国民党守军旅以上军官和独立团、营的团长营长们正襟危坐，听取王耀武的临战训示：

"保卫大济南，早告诉你们'必有一战'，今天可以再告诉诸位，不仅必有一战，而且迫在眉睫。南京国防部于8月27日来电称，匪有攻济南之企图。对防守要领之指示如下：1.济南防备应缩小防御圈，守备重点；2.控制强大预备队，采取机动防御，依靠火力及机动部队之出击以歼进犯之匪；3.注意夜间防御战，勤加演练。统帅部的电示即是济南守军的方针大要。

"再者，蒋总统对济南防守特别关注，不仅对我有数次面示，而且他心中自有精妙安排；他一再强调，只要我济南守军能顶得住共军的攻击，他将督令援军北上，与我济南守军南北夹击共军，那时必能打败共军。

"我们有10万守军，有星罗棋布的堡垒群工事。可以毫不夸张地说，我们的防御阵地是难以攻破的。我们的外围防御地带，以齐河、长清、张夏、王舍人庄等地为警戒阵地，沿鹊山、华山、茂岭山、砚池山、回龙岭、千佛山、马鞍山、腊山、药山之线构筑了主要阵地，纵深达10多公里，有160个支撑点。我们的基本防御地带，以商埠为第一线阵地，外城为第二线阵地，内城为核心阵地。这样的阵地不仅比潍县、兖州好得多，而且也是华北大城市防御体系所不能相比的。

"我现在宣布第二绥区防守济南命令：为确保济南之目的，将济南地区划为东、西两个守备区。守备重点置飞机场以西以南，自城北沿黄河洛口至城南八里洼之线以西至长清为西守备区；自城北黄河洛口至城南的八里洼之线至郭店为东守备区。"

"吴军长！"王耀武开始点将。

整编第96军军长兼整编第84师师长吴化文站起来，垂手而立，接受命令。

"任命你为济南西守备区指挥官。由你指挥整编84师151旅、161旅、整编96军独立旅、整编2师的211旅、青年教导总队、人民先锋总队、保4旅，以腊山、周官屯、白马山、青龙山一带为主阵地，防守济南西部地区。要求你尽职尽责，担起此项重任；以上所列西守备区各部队主官，希望你们听命于吴军长，如有怠慢或失职者，严惩不贷！你的司令部设置于商埠。"

"是！"吴化文领命后坐下。

"曹师长！"王耀武又点到整编第73师师长曹振铎少将。曹师长也忽地站起来听令。

"任命你为济南东守备区指挥官。由你指挥整编73师15旅、77旅、整编2师的213旅、特务旅、保6旅等部，以黄台山、茂岭山、砚池山、千佛山、四里山一带为主阵地，防守济南东部地区。你的司令部置于城内窗后街西首。要求你同吴军长一样，尽职尽责，严整军纪，完成任务。"

"是！"曹振铎朗声应到。

"晏师长！"王耀武接着点到整编第2师师长晏子风，晏也站了起来。

"任命你为守军总预备队指挥官。由你指挥57旅、19旅和可能再空运之国军部队。57旅置于党家庄，19旅置于北蒋山。要求你尽职尽责，对违犯军纪者，从严处置！"

"是！"晏子风也应声受命。

王耀武最后说，"对外围独立据点的守备部队宣布如下：齐河由保4旅防守；崮山由57旅派部队防守；仲宫由213旅部队防守；王舍人庄由历城自卫团等部防守。你们这些固守外围据点的任务是，守住你们的据点，消耗共军的战力，以掩护主阵地的固守。如有不以大局为重玩忽职守者，本司令官必将军法从事！"

命令既下，与会守军将校们各自心中都明白，这一仗已是箭在弦上一触即发了。

4. 王耀武无奈排兵布阵

宣布了命令之后，王耀武率领与会将校主官们到各处视察阵地。

十数辆美吉普鱼贯驶出"第二绥靖区"司令部大楼，调头向北直奔黄河南岸的洛口渡口。车队卷起的尘土扑向路上的行人。

王耀武、牟中珩、罗辛理、吴化文、曹振铎、晏子风等来到黄河大堤。只见混浊的黄河水滚滚东流。巨大的渡轮上挤满了急欲逃离这兵乱之地的人们。向东遥望，雄伟的黄河铁桥横跨两岸，没有列车通过。王耀武知道，这桥曾为阻止日军南侵被韩复榘下令炸毁过。今日，为阻止共军进犯，是否也应命令将其炸毁？不，不到万一，决不动手；况且共军不会由此主攻，放少许部队，严加守备即可。

王耀武等人走下黄河大堤，驱车直奔飞机场、辛庄营房、东西白马山、四里山、千佛山、砚池山、洪家楼、黄台山……他们看到各要点上都有了钢筋水泥的工事，挖有外壕、陷阱，架有铁丝网、鹿砦。内城有护城河可利用；外城及商埠挖有8米宽、4米深的外壕，也架有铁丝网、鹿砦。

在五顶茂岭山上，王耀武等仔细观察了这里的防御工事。此山位于济南东郊，是东大门的一道屏障。山并不高，但修筑了一个完整的防御体系：中心山包筑一座大母堡，可容一连人防守，各山头均筑成子堡，子堡又向山腿处延伸出前哨掩体。在子母堡之间筑起"夹壁墙"堑壕，可以隐蔽运兵，又可以作战。这种工事的构筑是效仿西方某国工事样式所建。看了守军的这些布防，将校们顿增安全感。

王耀武让这些将校们走下阵地，命令炮兵用榴炮三发直落五顶茂岭山工事，以检验工事的坚固程度。三炮打中，烟尘滚滚。当尘烟稍散王耀武等人检查那工事时，工事竟完好无损。王耀武满意地对曹振铎说："有这样的工事，共军如想攻下一个据点，是极不容易的事。我们如再守不住，那真是太无能了。"

曹振铎信心十足地说："我在抗战时期也没有见过这样的工事。我们的工事做好了，只怕共军不敢来，他们若胆敢冒死，定会把他们击败！"

坚固的工事，给王耀武和他的将校们带来精神的亢奋，王耀武轻盈而敏捷地坐进美吉普。游龙般的车队从茂岭山上滚滚而下。

∧ 1948 年，蒋介石与国民党高官在一起。

　　王耀武是一个"攻守兼备"的国民党军高级将领，但严格地说，他是长于进攻的。此时，"固守可胜"的意念，却悄悄袭上他的心头，固守文化传统基因在左右着他的战略思想。他的这种变化先由"老头子"相逼死守开始，又因恪守"为将必以效忠党国为本"的信条而最终成形，现在，他除了"固守"绝无它路可走了。坚固的工事一扫他多日来的忧郁、困惑，他的心随着汽车的颠簸而欣喜地跳荡着。

　　王耀武回到自己的官邸时天已黄昏。随从副官向他报告说："司令，南京太太来电话，说她和老太太一切都好，孩子们也都在刻苦攻读，望你放心。倒是太太嘱咐司令注意保重自己的身体。"

　　"她们都好就好啊！"言及此，王耀武心头顿时飘起一阵思念之情。

　　晚餐已经准备好了，厨师端上了比平时稍许丰盛一些的菜肴。副官取来一瓶法国白兰地，说："司令，今天少喝些吧？"王耀武高兴地连喝数杯。

　　可是他终于喝多了。副官扶他进卧室，他看到自己那幅胸前挂着"青天白日勋章"和美国国会"十字勋章"的大照片在墙上左右晃动。醉眼惺忪中，他仿佛走进一片硝烟烈火之中……

❶我军在大沙漠上行军。

② 我军某部向前线进发。
③ 我军俘虏敌官兵之一部。
④ 我军某部指战员向前线挺进。
⑤ 我军在机枪掩护下，向敌军阵地冲击。

王耀武
（时任国民党第二"绥靖"区司令官兼山东省政府主席）

蒋介石为了妄想以改革币制的手法来挽救他在财政经济上的危机，在1948年8月19日发行了金圆券。

在这以前不久，约在8月10日，他派了4架运输机，满载法币，由南京飞运济南，交给当地的中央银行，并密令我立即在解放区的边缘或派部队突入解放区，用这批即将作废的法币抢购粮食，以作军用。

我当即督促各部执行了这个命令，派部队及兵站人员持法币四处抢粮，将济南百里左右村镇人民手里的粮食抢夺殆尽。

我根据蒋介石的命令和意旨所作的一系列备战措施，给人民带来了更大的灾难。

他们愤怒地说："蒋介石不打倒，我们百姓活不了。"

全省人民在"打下济南府，活捉王耀武"的口号下，纷纷地动员起来，支援解放军攻打济南，只是鲁中南一带地区就来了20万人参加各项支前工作。

人心向背，决定战争的胜负，这是一个颠扑不破的真理。

可是我为了挽救国民党反动派政权垂死的命运，还妄想扭转历史的车轮，竭力挣扎，结果必然碰得头破血流，落到被消灭的下场。

——摘自：王耀武《济南战役的回忆》

★★★★★

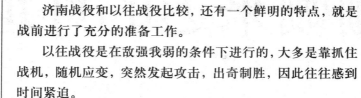

粟 裕
（时任华东野战军代司令员兼代政治委员）

　　济南战役和以往战役比较，还有一个鲜明的特点，就是战前进行了充分的准备工作。

　　以往战役是在敌强我弱的条件下进行的，大多是靠抓住战机，随机应变，突然发起攻击，出奇制胜，因此往往感到时间紧迫。

　　而济南战役之前，我军即处于主动，有条件进行充分的有针对性的准备工作。

——摘自：粟裕《回忆济南战役》

第五章

姗姗来迟的许世友

★★★★★

∧ 1937 年淞沪会战期间，中国士兵向日军阵地冲锋。

王耀武在蒋介石的威逼下，终于带着沉重的枷锁下令固守。

他知道自己的命运是将同他的部队一起毁灭。当现实残酷时，他只能到曾经的荣耀里去寻觅心灵慰藉。

大战在即，攻城总指挥许世友心急火燎地奔向战场，但终于来迟了。

他感激他的多年老友王建安，为攻城做好了一切准备。

1. 长夜梦回抗日光辉

　　1937年"八一三"淞沪战争爆发。王耀武的第51师奉调赴沪参战。35岁的王耀武在驻地举行誓师大会，各界赠旗、又赠物品，官兵人人振奋。部队从陕西宝鸡登车，经陇海、津浦、沪宁三线，到达上海近郊嘉定下车，列入国民党军第三战区序列。国民党军委会为便于指挥部队，成立第74军，以俞济时为军长。51师担任阵地守备。

　　气势汹汹的日军由川沙镇登陆，企图直趋罗店、刘行，进出真如、嘉定，切断沪宁线及苏州河南岸国民党军后路。因此，罗店的得失关系整个战局。

　　9月，日军对罗店发动四次猛烈攻击。王耀武指挥下的51师官兵奋战在港汊纵横和空旷的原野，白昼加强工事，夜间派小股部队袭扰日军，击毙日军联队长竹田和炮兵联队长鹰轰，受到通报表彰。上海多家报纸把王耀武的照片登上头版。

　　醉梦中的王耀武，仿佛听到了那支鲜为人知的军歌：起来，弟兄们，是时候了，我们向日本强盗反攻……军歌又把他引入过去。1938年8月底，日军以九江为据点，兵分数路：一路沿南浮线而下，直逼德安，一路西攻瑞昌，另一部向岷山疾进。防守该处的川军不战而退，一时情况严重。当时负责赣北战场的国民党军指挥官第1兵团总司令薛岳，命令王耀武的51师出击。

　　日军在空军扫射轰炸与炮兵集中攻击掩护下猛烈进犯。51师则利用近战夜战打击敌人。经过七昼夜血战，在友军合击下，终将日军击退，并为10月上旬的万家岭大捷

万家岭大捷 ————————————————————————————▲

　　1938年武汉会战中，日军第106师团奉冈村宁次命令，意图从万家岭一带穿插。第九战区代司令长官薛岳立即集中3个军的兵力将第106师团包围，经顽强攻击，中国军队全歼日军4个联队。后日军第106师团虽在空军支援和第101师团、第27师团拼命解围下逃脱被全歼的命运，但万家岭大捷挫败了日军突破南浔路的战略企图。

奠定了胜利的基础。

9月底，日军以第27师团及第9师团之一部，在瑞昌、武宁之线攻击；以第101、第106师团及近卫师团之一部，沿南浔线和九江虬津公路进犯，企图进出修河，切断德安国民党军队后路。

国民党军针对日军企图，以一部分兵力在右翼阻击日军101师团于星子、溢口；以一部分兵力在左翼阻击日军27师团于瑞昌至武宁之公路；集中主力包围孤军深入的日军106师团1万余人于万家岭地区。部署在万家岭的国民党军，有第4、第32、第66、第74军；其中，32军居右翼，66军居左翼，4军和74军居中。

万家岭。德安城西18公里的绵亘山地。这里构成了国民党军抗战史上的重要一页，这里有王耀武一份殊功。

王耀武的51师是攻击万家岭侧翼张古山的主攻部队。他调用三个团的兵力，先偕同参谋长刘辉增、参谋主任刘启勋，与第151旅旅长周志道、第153旅旅长唐生海及第302团团长张国献、第305团团长于清祥、第306团团长常孝德等，亲到第一线侦察进攻路线。在讨论作战方案时，王耀武认为：张古山是战场阵地的钥匙，应该全力以赴。在无重炮的情况下，可采取正面佯攻，逐次前进；组织突击队，从人迹罕至的崎岖山崖攀藤附葛，奇袭日军背后，造成前后夹击之势。这一招在接下来的战斗中果然奏效，进攻成功了，51师占领了张古山阵地。

但日军不会善罢甘休。白昼来临后，日军飞机对张古山叠次轰炸扫射，炮兵也猛烈轰击。硝烟弥漫，山崩石飞，阵地一片焦土。国民党军无法固守，只好后撤，阵地复失；入夜，国民党军又利用夜战优势组织反击。日军拼死抵抗，两军胶着肉搏。经13天的恶战，日军在国民党军总攻下，遗尸4,000余，马尸千匹，大败后撤。其106师团师团长松浦中将，在空军掩护下狼狈逃至九江。

万家岭一战后，王耀武升任为74军副军长，仍兼51

∨ ＞ 抗战时期在万家岭一战中，中国军队予以日军以重创。这是士兵们在废墟中向进攻的日军射击。

师师长。王耀武特邀在长沙的田汉、范长江到74军演出。田汉为74军作军歌歌词，由《渔光曲》的作者任光作曲。词曲高亢壮烈，一直鼓舞着74军官兵的抗日热忱。

　　1939年春末，王耀武升任为74军军长。他用战绩压倒了那些资深历久的"党国元老"。

　　1941年3月，盘踞南昌的日军第33师团樱井中将、第34师团大贺中将、独立第20混成旅团长池田直三等，率4万日军、飞机100余架、坦克40辆，进行鄱阳"扫荡"战，攻击目标是上高，目的是巩固南昌外围。他们分进合击，北路为33师团，沿丰新南下；中路为34师团；南路是20混成旅团，渡赣江，向锦江南岸进犯。

　　国民党军第19集团军以第70、第49军为诱击兵团，担任第一线防守任务，尔后

田　汉 —————————————————————————

　　中国戏剧活动家、剧作家、诗人。湖南长沙人，1916年赴日留学。1921年与郭沫若等创办创造社。1930年任中国左翼戏剧家联盟执行委员会书记。1932年参加中国共产党，任上海中央局文化工作委员会委员。抗日战争时期，参加郭沫若主持的军委政治部第三厅。抗战胜利后，在国民党统治区积极投身反美反蒋的爱国民主运动。他是中华人民共和国国歌《义勇军进行曲》的词作者。

转到外翼；王耀武的第74军为决战兵团，担任正面上高阵地防守。在友军失利转向外翼的危急形势下，74军与日军在上高城郊核心阵地血战四昼夜。敌机数十架次从早到晚轮番轰炸，阵地岿然不动。由于王耀武指挥74军固守上高核心阵地，才使两翼友军和增援的第27军得以完成包围态势。最后，日军在中国军队的合击下惨败。

上高会战历时20天。战后，荣誉纷纷落在王耀武的身上：

王耀武率领的第74军被授予"飞虎旗"——这面蓝色绸料旗上绣着白色飞虎，这是国民党军中的集体最高奖赏。

王耀武被授予"青天白日勋章"。这是国民党军中的个人最高勋章。

蒋介石亲笔誉赞74军为"攻击军"。

勋　章 —————————————————————————

标志特殊功绩的荣誉的奖章。勋章可授予个人，也可授予部队、机关、团体、学校、城市、企业的集体单位。各国一般都用条例规定勋章的种类、等级、样式、授予范围、授予条件，佩戴场合等。1955年毛泽东对中国人民解放军在土地革命战争、抗日战争和解放战争时期参加革命战争的有功人员，分别授予八一勋章、独立勋章和解放勋章，每种勋章分一、二、三级。

< 孟良崮战役中，国民党整编74师师长张灵甫被我军击毙。

> 抗战时期常德会战中，时任国民党军第74军军长的王耀武（左二）在前线指挥作战。

国民党第74军

　　1937年9月1日在浙江组建，由王耀武第51师和俞济时第58师合编而成，俞济时任军长，后由王耀武、施中诚、张灵甫继任。1946年该军改编为整编第74师，师长张灵甫。在抗日战争中战功显赫，有"御林军"之称。后在孟良崮战役中该师被人民解放军全歼。战后重建整编第74师，师长邱维达。1948年，改称第74军，军长邱维达，淮海战役中该军被全歼。

　　1943年秋，王耀武升任第29集团军副总司令，仍兼74军军长。

　　1944年春，王耀武升任为第27集团军总司令。

　　1944年冬，经蒋介石提名，王耀武升任为国民党军第四方面军司令官。

　　到此时，王耀武的荣誉和官职已达顶峰。

　　1945年4月初，日军发动侵华战争中的最后一次大战——雪峰山会战。日军旨在打击正面战场的中国军队和突袭芷江空军基地。

制空权

　　交战一方在一定时间对一定空间的控制权，按其规模和作用可分为战略制空权、战役制空权和战术制空权。掌握了制空权，就能限制敌方航空兵和防空兵力、兵器的战斗活动，保障己方航空兵的行动自由，使陆、海军的作战行动得到有效的空中掩护，国家重要目标不受敌方航空兵的严重危害。20世纪初，意大利将军杜黑是第一个把制空权放到战略高度来讨论的人。

会战一开始，王耀武召集处长以上军官开会，说："我们四方面军负有保卫芷江空军基地和川黔门户的重任，只许胜，不许败！"

王耀武决定将司令部一分为二，他同副参谋长罗辛理等一些参谋人员、译电员，在安江组织精干指挥所；另由参谋长邱维达率领大部人员移驻辰溪，指挥右翼部队，并与第六战区及王敬久兵团联系。

王耀武判断，日军进攻的重点可能放在安江、洪江之间。于是派兵先期占领关隘有利地形，在雪峰山南麓构筑工事，据险固守。蒋介石为确保胜利，将刚从缅甸回到云南的远征军新6军廖耀湘部空运芷江，开抵前线，归王耀武指挥。这样，王耀武这个四方面军司令便拥有统领国民党军著称的"五大主力"中的第18、第74、新6军等3个军的强大阵容。实力之雄，一时无二。

日军采取以联队为单位的钻隙战法，冒死西进，狼奔豕突。当钻到雪峰山丛林之时，遭到第74军、第18军、第100军和第三方面军之第90军的围剿痛击。

此战历时20天，日军竭尽战力，已失去制空权，飞机不敢出战。而中国军队在王

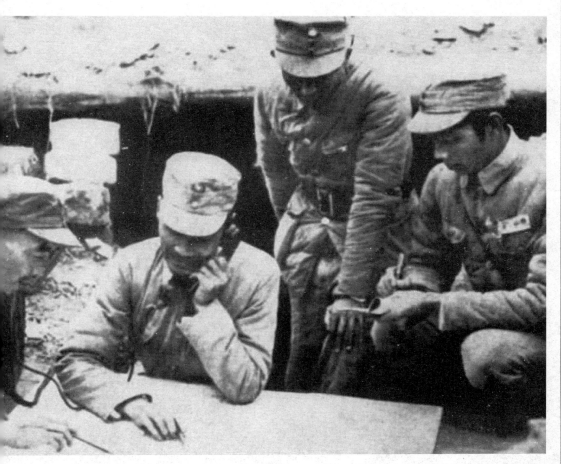

耀武的指挥下，则越战越勇，陆空配合，终于大胜。日军死伤5,000多人，尸满山谷。扔下的辎重、枪支、战刀、战旗堆积如山。

雪峰山会战为蒋介石政府、为国民党军队、为王耀武指挥的第四方面军增添了异彩，也是王耀武军旅生涯中光辉的顶峰。

王耀武升任为陆军中将。在授勋仪式上，美国将军麦克鲁手捧一个精致镀金的小方盒走到王耀武面前："我尊贵的英雄司令官阁下，你的战功使我们美国人也深感荣幸！作为你的朋友，我赠送你手枪一支。"

一支小小的银柄手枪，静静地卧在那只装饰精美的盒子里。手枪的手柄处镌刻着如下汉字：

王耀武将军阁下 余对将军阁下之才干及卓越之功勋深表敬仰 特以此自用之手枪敬赠阁下以作纪念 美军中将麦克鲁敬赠 1945年8月21日

这支手枪作为心爱之物，王耀武十多年来一直带在身边。后来，解放军攻进济南时，它在旧山东省政府指挥所里成为解放军的战利品。

2. 许世友为何姗姗来迟

1948年9月11日，粟裕驱车来到第10纵队驻地，先是面见了攻城西集团总指挥宋时轮、政委刘培善，然后召见营以上干部。他在讲话中激励大家道："攻击济南的战役就要开始了，我相信10纵的广大官兵，一定会在你们宋司令、刘政委的率领下，从济南的西部攻击前进。你们要发扬10纵的光荣，英勇奋战，打进济南府，活捉王耀武！"

进军！向着国民党军固守的最后堡垒济南进军！

在北至黄河北岸、南至徐蚌、东至苏北的大运河河畔、西至豫东商丘的广大辽阔的大地上，华东野战军32万大军和数十万支前民工在运动——向着各自的目标前进！

< 抗战期间，在中国战区任职的美军中将麦克鲁（右）与时任国民党军陆军总司令的何应钦（中）等人留影。

　　十多个熙攘纷乱的昼夜，在原野山岭、山村重镇、大路小河间，一股股巨大的力量排山倒海地向前流动。炮车隆隆，车轮滚滚，战旗飘扬，军号嘹亮，战马嘶鸣；大车小车，肩挑手推，灯笼火把，夜与昼同。这是中国革命战争史上的奇观。

　　一辆中型美吉普从胶东腹地穿过烟潍公路向西疾驰。车前座坐着许世友，后面坐着他的警卫排战士和参谋、警卫员。汽车以接近100公里的时速疾驶着，但这丝豪不能缓解许世友心头的焦虑。

　　许世友心急如火。一个攻城兵团总指挥，在离战斗打响只剩几天的光景，还未到达自己的指挥位置，这无异于失职。所以，他怎么也不能再在胶东栖霞呆下去了。他把妻子扔在胶东，酒和猎枪却带在车上。当然，他的左轮手枪是终年扎在腰间的。

　　汽车在颠簸中行进。望着眼前这片由自己亲率胶东子弟兵所解放的沃土和城镇，许世友心中感慨万千。他懂得，毛泽东让他担任攻城总指挥，是把一场硬仗的担子压在他的肩上。这种信任使他的心头有一种暖烘烘的惬意。毛泽东是爱他这员勇将的，他也绝对忠于毛泽东。许世友原名"许仕友"。"许世友"的名字是在被任命为军长那天，由毛泽东提议更改的。许世友一生追随毛泽东，从他的身上可以找到"士为知己者死"的古风遗训。

　　许世友的生命征程中充满了神奇和坎坷，历经战火硝烟。

　　解放战争时期，许世友任华东野战军第9纵队司令员，又任东线兵团司令员，山东军区司令员。1947年，在陈毅、粟裕的指挥下，率部参加了莱芜、孟良崮等重大战役。1947年下半年和1948年上半年，他

左轮手枪 —————————————————————

　　多发装填式非自动武器。结构简单，携带方便，主要特征是，装有一个回转式圆筒弹仓，内有6～7个弹膛，圆筒在枪管的周围与击发机关相联系。当扣动扳机时，圆筒随即转动并使下一发枪弹到位，可杀伤100米以内的目标，为近距离防御武器（现已被自动手枪取代）。除了军用左轮手枪外，还有民用左轮手枪和射击运动专用左轮手枪。

1947年7月9日，蒋介石为快速结束山东战事，令陆军副总司令范汉杰指挥6个整编师进犯胶东解放区。华东野战军内线兵团司令员许世友、政治委员谭震林遵照军委保卫胶东的指示，从9月至12月通过打中小规模歼灭战，共歼敌3.3万余人，粉碎了国民党军对胶东的进攻，扭转了山东战局，有力配合了中原战场的战略进攻行动。

　　和谭震林一起，指挥4个纵队又2个师，接连取得胶东保卫战和潍县、兖州等战役的重大胜利。

　　战争中的泰安城已是一座不夜之城。当雄伟的岱庙还在晨雾笼罩之下时，许世友的一干人马已经到了山东兵团司令部。

　　警卫人员高兴地喊道："许司令来了！"谭震林、王建安这两位一夜未眠的攻城指挥，立即笑呵呵地迎出来。

"你可来了！你违背了诺言。"王建安说。

"真的晚了，戴罪立功，怎样？"许世友笑着说。

"到底把你盼来了。"谭震林与许世友紧紧握手。

三个战友难得会聚一堂。在许世友没来前线的日子里，作战计划的拟定以及部队的调动等等，都是由王建安提出并征得谭震林的同意而作出决定的。王建安这段前指工作井井有条，许世友十分满意。

许世友说："我在路上一直在想，在这次攻击济南城时，我们要用'牛刀子战术'。这个口号好懂好记。杀牛要杀要害。济南工事强固，纵深长，明碉暗堡一定有成千上万。我们要抓住敌人的要害部位，集中兵力、火力，杀开一条血路，钻进去打，像一把锋利的尖刀，直插敌人的心脏！"

谭震林和王建安认真地听着许世友的良策，一个勇猛果敢的战将形象跃然眼前。他们二人赞同地点点头。

∨ 胶东保卫战期间，我军向敌阵地发起冲击。

一摞电报堆在许世友面前，他拿起"山东兵团攻城命令"看下去，这是已经下发了三天的电文：

本兵团奉命担任夺取济南全歼守敌之任务，兹将各部第一步作战任务决定于次：

攻城东兵团第一步担任肃清济市东郊及东南郊外围阵地，分割歼敌，造成攻城有利条件，尔后配合攻城西兵团协同夺取济市。

9纵附属本部炮兵团并指挥渤海纵队，担任由东南向西北攻击济南东南阵地，力求歼灭73师77旅于城郊地带。该纵主力第一步向茂岭山、砚池山、燕翅山、千佛山、开元寺、马家庄、霸王桥、残废院、体育场、五大牧场等地攻击前进，迫近城垣，控制济城东南及以东有利阵地，准备由东或东南攻城。

渤海纵队（坦克队及胶东榴弹炮连配合其作战）并指挥渤海军区4个基干团，担任由东向西攻击济南东郊阵地。该纵以一部围攻王舍人庄，主力沿铁路南与9纵并肩向祝店、辛店、洪家楼、戚光中学攻击，控制济城东北及以东有利阵地，准备由东北攻击济城。其基干部队首先相机夺取洛口，控制铁桥，尔后乘胜向南攻击前进。

以上9纵、渤纵具体部署由聂（凤智）、刘（浩天）、袁（也烈）决定之。

13纵第一步集结上港，窝铺及西营以西地带，担任总预备队。该纵务须积极进行攻城之一切准备工作（准备由南向济城攻击及由西南向商埠攻击），并以一部向城南兴隆山、青龙山等地逼近，东与9纵、西与鲁中纵队密切联系，加强侦察，积极准确掌握敌情变化。

攻城西兵团第一步迅速抢占飞机场，打破蒋匪空援济南企图，并控制济南以西阵地，造成攻击济南有利条件。该部须抓紧一切有利战机夺取商埠，尔后配合攻城东兵团，逼近济南城垣以西地带，协同夺取济南。具体部署由宋司令员、刘政委决定。

许世友的红色铅笔沿攻城命令的文字移动，只见在攻城西兵团"配合攻城东兵团"、"协同夺取"和"宋司令员"等处画了个问号，而且注上了"10纵"、"3纵"。

许世友猜着了。王建安曾告诉过他，9月7日的攻城命令一下达，宋时轮便火冒三丈地在电话里质问他："华野粟司令决定我西攻城兵团为主攻方向，你们的命令上只字不提我10纵、3纵，而且写着'配合'、'协同'，谁配合谁？"不等解释，"咔"地一声扣了电话。

因此，在后来的电报中，许世友均十分注意尊重宋时轮，并加上了"对济南以西攻击部署，请粟就近指示，并请宋刘研究决定后告"。

粟裕得知许世友已到前线，甚为高兴。发电报给西柏坡和许世友，告许世友，同意他的建议。

∧ 时任华军野战军东线兵团司令员的许世友。

许世友来到攻城总指挥部之后,谭震林立即奔粟裕而去,而许则在稍事停留之后又来到泰安以东的9纵驻地。

9纵是许世友从胶东拉出来的部队。这支队伍的作风,到处体现着许世友的性格。许世友到达9纵驻地时,已经鼓满了战斗情绪高涨的数万胶东子弟兵,正在举行誓师大会。会上,几乎每个连队的队列中都飘扬着"打开济南府,活捉王耀武"的旗帜。9纵司令员聂凤智告诉许世友,这个口号最先就是在9纵的连队中喊出的,后由谭震林政委在曲阜会议上提出,如今已成为所有攻城部队的战斗口号。

聂凤智,这位爱打篮球、个子不高的司令员,在誓师大会上宣布:"同志们,我们的老司令、许司令来啦!"

袁也烈

湖南武冈人。土地革命战争时期,任中国工农红军第8军1纵队参谋长兼第1营营长、1纵队纵队长,红7军第20师59团团长。抗日战争时期,任山东军政干部学校副校长,中国人民抗日军政大学第一分校训练部部长,清河军区参谋长,渤海军区参谋长、副司令员。解放战争时期,任渤海纵队司令员,渤海军区司令员,山东军区副司令员兼参谋长。

天福山起义

　　1937 年 12 月，日军分两路向胶东进犯。中共胶东特委决定以坚持在昆仑山开展游击战争的队伍为骨干，在天福山立即举行起义，建立共产党领导的人民抗日武装。12 月 24 日，中共胶东特委宣布成立山东人民抗日救国军第 3 军，并命名天福山的抗日武装为第 3 军第 1 大队，分 3 个中队，共 60 人左右。天福山起义，打响了胶东抗战第一枪。从此，抗战的烽火在胶东大地熊熊燃烧起来。

　　整个会场沸腾起来。战士们看到老司令来看他们，都高兴异常，同时也知道这预示着一场恶战即将到来。许世友讲话了，他先把左轮手枪解下，放在桌子上，然后挥臂大声说："9 纵的同志们！你们是一支打遍胶东，打遍山东、河南的部队。从天福山起义到现在，你们打了千百次仗，胜利总在你们手中。你们和 13 纵一样不愧为胶东子弟兵。我刚从胶东来，来了就准备带你们去攻打济南。我相信你们都会用自己的生命去英勇拼杀，我相信你们哪一个也不是孬种，我希望你们在这一战中立大功，当英雄啊！"

▽ 济南战役打响前，我军炮兵在擦拭榴弹炮。

参加完 9 纵的誓师大会，许世友带着一种欣喜的心情驱车返回泰安城。

又一封由毛泽东起草专发给许世友并告粟裕、谭震林、陈士榘、华东局、中原局的电报送到许世友的手上：

你已到前方，甚慰。你所说的重点使用兵力，是正确的。此次作战部署是根据军委指示决定的，即目的与手段应当联系而又区别。此次作战目的，主要是夺取济南，其次才是歼灭一部分援敌。但在手段上即兵力部署上，却不应以多数兵力打济南。如果以多数兵力打济南，以少数兵力打援敌，则因援敌甚多，势必阻不住，不能歼其一部，而且不能取得攻济的必要时间，则攻济必不成功。而以 1、4、6、7、8、11、韦吉等 8 个纵队担任打援，以其余各纵队担任攻城。这种部署，在下列两种情形下是准备予以改变的，即：

（一）在阻援与打援有出乎意料的顺利（歼敌甚多，敌已停顿），而攻城尚未攻击之时，应当从打援方面抽调兵力参加攻城。

（二）攻城已有把握，但尚不能最后解决战斗，而援敌则因被阻难以急进之时，亦可从打援方面抽调一部兵力参加攻城。

但在另一种情况下，则应准备作和上述调动相反的调动，即在攻城第一阶段中，已经证明不能短期解决战斗，而援敌又已大举进犯，非歼援敌不能继续攻城，在此种情况下则应坚决由攻城兵团中抽调一部至半数兵力（除占领飞机场及其他必要部分外），加入打援。此点，你们亦应预先作精神准备。

至于攻城部署应分两阶段：第一阶段，集中优势兵力于西面和飞机场，东面不要使用主力，此点甚为重要，并应迅速部署；第二阶段，则依战况发展，将主力使用于最利发展之方向，如果东面利于发展，则应使用于东。整个攻城指挥由你们担负。全军指挥由粟裕担负。整个战役应争取一个月左右打完，但是必须准备打两个月至三个月，准备对付最困难的情况，并以此作为一切部署和工作的主要出发点。

看完电报，许世友处于极度的亢奋之中。他被一种信任感和庄严感激励着。他焦急地等着攻城时间的到来。

3. 王耀武急飞南京搬兵

王耀武焦急地等待着援兵的到来。他的办公桌上不断地堆积着来自多方的文电、情报：距济南市 30 余公里之遥的外围据点长清、万德已发现共军在活动；共军的 10 纵、3 纵和两广纵队由西南方向济南移动；9 纵、13 纵以及渤海纵队已由南面、东面悄悄地向济南接近；

∧ 我军某部向济南进军途中。

﹥ 此时的蒋介石未曾意识到国民党军的溃败已是必然之势。

南20公里的仲宫及龙山一带也发现共军向前移动；共军华东军区指挥下的各军分区的地方
独立旅、团也都在向外围据点围拢；共军组织的大批民工从四面八方向济南压过来……

"参谋长，"忧心忡忡的王耀武对罗辛理说，"据各方面情况看，共军要打掉济南的
计划早就完成，估计有20万人马在向济南移动。我认为济南一战即将爆发，你看，刘
峙为了保住自己，就是不运兵来。我们只好再去求老头子了。"

1948年9月14日，王耀武乘飞机专程飞往南京。此次到南京，他只带了他的秘书
室主任钟觉非。一下飞机，他们便急匆匆地直奔蒋介石的官邸。

蒋介石见到王耀武忧心忡忡的样子，先对钟觉非说："钟主任请在会客室坐。"然后
把王耀武领进密室，急迫地问，"济南那里怎样？"

王耀武双手垂立，说："共军约有20万部队已经逼近济南，有即刻攻击济南之势。以
他们攻占潍县、兖州的情形来看，他们的战斗力确比过去增强很多。他们已具有攻坚的
力量和技术了。原定的73师空运济南，刘总司令又报请校长核准缓运。杜长官日前去济
南与我等共商守济之事，我们也提出增兵的要求。但他一再强调死守即可。卑职为他部
下，难以直言请兵，只好在共军兵临城下之时，来请校长派兵。如不增加一个师，济南
是守不住的。请将我过去带过的74师立即空运济南增防，这样固守济南才有把握。"

蒋介石在密室的绿色地毯上踱着步子。王耀武仍然在一旁站立，只是用余光留意着

蒋介石脸上的神色。

蒋介石说："我自革命以来，迄今有40年。我在长期战争之中，都是倍历艰辛，饱经挫折，受尽诬蔑，无论失败到什么程度，我始终持有必胜之信念，而最后也必能达到成功。俊才啊，你胸中就缺少这种不屈不挠之精神。"

王耀武不得不陈说苦衷："耀武每时不忘校长对我的厚爱，也总想以剿共之战绩以表校长对我之恩德。今在校长面前，我敢直言不讳。国军之失败，常在将领们置党国利益和他人于不顾，各保自己势力。以过去屡次增援都没有完成任务的经验来说，是因为我们对共军截击我增援部队的力量估计得太小了。依我看，如济南被围攻，共军之主力极可能部署于兖州、济宁及其以北地区，阻我援军北上。又加我军士气不振，增援部队力量小了，很难完成任务。"

王耀武把话说完，静听蒋介石如何回答。沉默了很长时间后，蒋介石说："好吧，我即下令再把74师邱维达部由徐州空运济南。济南既有坚固工事，再有援兵，完全可以守得住。你记住，共军的战术是猛冲猛打，只要守备部队头几天稳得住，他们的攻势就会受到挫折。我已准备了强大的增援部队，一旦共军围攻济南，我当严令援军迅速前进。最后一点你要注意：待我军援兵到达兖州、济宁以北地区时，你应随时与援军取得联系。在援军与共军打得精疲力竭之时，你要抽出两个师的兵力出击，南北夹攻，定获胜利。"

在获得蒋介石的增兵许诺后，王耀武心事略有平缓，离开了总统府。一阵秋风从长江江面吹拂过来，他忽然想起了母亲，想起了妻子郑宜兰和在南京的孩子们。他一刻不停地驱车来到自己在南京的别墅。

王耀武的到来使全家人惊喜不已。在战火纷飞的年代里，一家团聚的机会是那么的稀少和珍贵。

9月15日，王耀武从南京飞回济南。途经徐州时，在机场向刘峙、杜聿明通报了蒋介石答应增兵济南的许诺，请求他的两位上司鼎力相助，增兵济南。对此，刘峙与杜聿明只是以空话搪塞，王耀武早就知会是这种情形，冷笑一声，立刻登机北飞济南。

到达济南后，他乘坐防弹黑色卧车（此车后来为华野缴获送给了毛泽东），回到"第二绥靖区"司令部大楼。

太阳将要落下时，济南警察局长为关押在青训总队军人监狱的200余名共产党员之事，第三次呈请王耀武批准枪杀。

王耀武思虑再三，挥起毛笔涂去"密裁"二字，写上："全部放走。"他写完后并没有马上放笔，仍在凝思。许久，他又写上："不留市内，立即分别送出济南。"

警察局长看到王耀武的批示，吃惊地问："王司令，蒋总统对共产党……"王耀武却意味深长地说："为人何必把事做绝！人各有志。放走！放走！"警察局长迟迟不肯离去，王耀武愤怒地大声喝令："放走！"他一生中极少这样发怒，他是为自己留后路。

∧ 1947年，我军在平汉路破击战中，攻克许昌城。

❶我军一部乘木船向前进发。

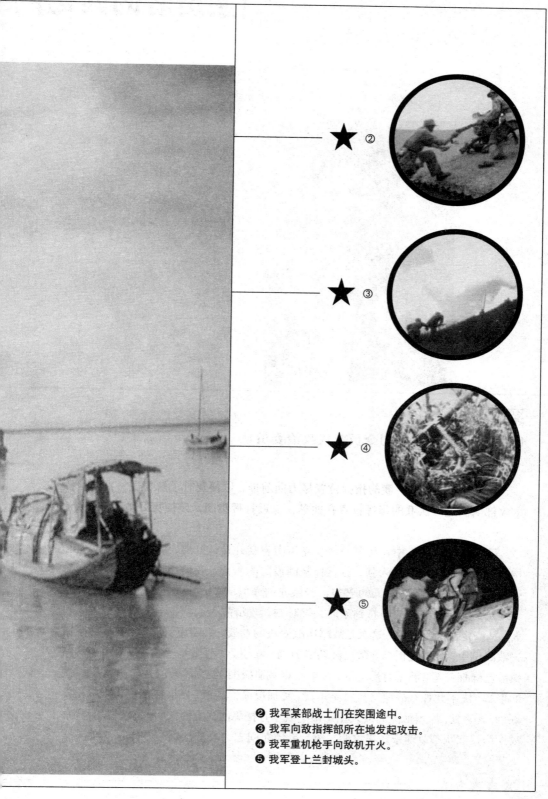

❷ 我军某部战士们在突围途中。
❸ 我军向敌指挥部所在地发起攻击。
❹ 我军重机枪手向敌机开火。
❺ 我军登上兰封城头。

粟 裕

（时任华东野战军代司令员兼代政治委员）

在以往的战役中，我的指挥位置尽力向前推，以便及时了解情况，直接指挥主攻部队。这一次我的指挥位置在曲阜，靠近打援集团，以便更好地关照全局。

……

虽然在豫东战役中，我军一度攻克河南省会开封，但是，济南守城的兵力和构筑的工事，都比开封为强，打这样坚固设防的省会，我们还是第一次。毛泽东一再以攻打临汾费去 72 天的事实，告诫我们谨慎从事，这是正确的、必要的。

尤其是在战略决战即将到来的关键时刻，攻济能否成功，与战争全局关系很大。从一定意义上来说，这次是战略决战阶段的初战，必须谨慎从事。在以往攻城失败战例中，有些是正当守敌已经精疲力竭，再经受不住最后一击之际，可是各路援敌已蜂拥而至，我军背后受敌，以至只得被迫撤围，这种"为山九仞、功亏一篑"的事情，决不允许在战略决战时刻出现。更何况谨慎从事，以最坏情况作根本出发点，并无害处。徐州地区的敌人正是慑于我军打援集团兵力强大，才不敢冒然进犯。敌人增援部队不敢前来，正说明军委、毛泽东同志"攻济打援"方针的正确。

——摘自：粟裕《回忆济南战役》

★★★★★

王耀武

（时任国民党第二"绥靖"区司令官兼山东省政府主席）

    何应钦由美国回来，我与他在一次谈话中，说到与共产党作战的问题时，他以讽刺的口吻对我说："抗战胜利后，我们与共产党作战以来，我们的将领送给共产党的礼很多，你也送的不少。陈辞修（陈诚，字辞修）曾夸口说过只需要3个月、6个月就可以解决共军的主力，可是现在已打了两年多了，不但没有解决共军的主力，我们的军队反而已经消灭了约有二百多万。这样下去，真是不堪设想。希望你守住济南，不要再向共产党送礼了。"我在南京也与张群见了面。在谈到作战及粮食、兵员问题时，他说："主席（指蒋）总是说政治配合不上军事，兵员、粮食困难也要怪我们。军队一打就败，地区不断地缩小；地区愈缩小，兵员、粮食也就愈没办法。这样打下去，真是危险。" 由此可见，当时蒋介石虽然就任所谓"总统"，力图挣扎，可是不少的军政大员对于同解放军作战，已经丧失了信心。

——摘自：王耀武《济南战役的回忆》

第六章

大战午夜拉开战幕

∧ 我军某部指挥员在作战斗动员。

战幕午夜拉开，济南城东的两扇大门迅速打开。

王耀武以为我军主攻方向在东，急令西区的部队调头向东。判断错误，造成了指挥上的捉襟见肘。其实，我10万攻城部队的外围战斗，已在四面八方迅猛地展开。

1. 济南东大门一夜打开

1948年9月16日，再过一天就是中秋节了。

唐家沟。一个不为人知的山村，从这一天起，将同济南战役一起被写进史册。攻城总指挥部就设在这里，许世友就是在这里发出了第一个开始攻击的命令。

黄昏，一轮圆月冉冉上升，把冷光洒在这里的山山岭岭。晚10时，许世友同王建安登上一座山头。从这里可以遥看济南。济南这座历史名城静卧在黑夜中，即将承受一场血火洗礼。

许世友看看手腕上夜光表的时针，自语道："娘的，时间走得这么慢！"转而又问王建安："我们的部队都到位了吧？"

"我想他们已经到了攻击位置。"王建安回答。

"王耀武在干什么呢？也许在做梦？"

"不，他不会睡觉。"

"他该知道自己的路走到头了。"

"不到输得净光，他不会认输。"

他们二人在对话中等待着一个庄严而沉重的时刻的到来。秋虫在鸣叫，宿鸟早已归巢，黄叶在秋风中轻轻飘落，今天的一切似乎比往常静。好不容易等到午夜，许世友和王建安二人回到自己的指挥位置，看着表上的指针依然慢慢地走……

午夜12时整，在许世友发出"开始"两个字的命令后，围绕济南城的百里方圆内万炮齐鸣，硝烟弥漫，火光闪烁，大地和山岭都在抖动。"齐烟九点"在忽明忽暗中隐约可见。济南城被惊醒了。

战报纷纷传来：

两广纵队向济南的西南屏障长清发起猛烈攻击。

第10纵队沿黄河东岸之开阔地带，由济南城的西南向古城疾进。

第3纵队和华野司令部警卫团与10纵并肩由西南向琵琶山一带攻击。

冀鲁豫军区部队已于上午向济南西北黄河彼岸的齐河守军发起攻击；午夜，已发起追歼逃窜之敌的战斗。

渤海军区部队由济南正北的黄河渡口彼岸，攻击鹊山并扑向黄河铁桥。

渤海纵队从济南的东北向东北屏障王舍人庄攻击。

第9纵队由济南之正东及东南向济南的东大门茂岭山、砚池山攻击。

鲁中南纵队由济南之南方向双头山等地攻击。

只有第13纵队的全部人马作为总预备队集结在济南之南。

这是一个瞬间形成的10多万兵力的具有排山倒海之势的强大打击力量。

第一梯队

　　在梯次排列的战斗队形、战役布势和战略展开中，配置在最前面的梯队。通常以主要兵力编成，担任主要任务。进攻时，区分为主攻和助攻，用于突破敌人的防御、分割围歼第一线防御之敌，完成本级的当前任务，为后续梯队向敌防御纵深突进创造条件。防御时，坚决制止敌人突破，以火力和反冲击、反击大量杀伤、消耗和牵制敌人，挫败其进攻。

　　在中天圆月的照射下，茂岭山隐隐可见。第9纵第25师第74团第1营和第2营的8个连队，在秘密运动接近守军地堡。按分工，1营由西北、东北角攻击；2营由东南角攻击。2营在营长杨年伦的指挥下，迅速运动到茂岭山的山脚下；第4连为第一梯队，在消灭三个游动哨时打响战斗。1营在东北角爆破成功。

　　华东野战军第9纵队的战史里记载着第25师第74团第4连——"茂岭第一连"的事迹：

　　1948年9月济南战役，4连奉命主攻茂岭山。茂岭山为济南城东天然屏障，地形险要，敌筑有钢筋水泥半永久性工事，夹壁墙与地堡相连，周围4个小山筑成触角集团工事。9月16日夜12时，战斗打响，全连轻重机枪一齐开火，压制了敌火力。8班战士王俊英和姜瑞福连送两包炸药，炸毁了两个地堡。随即，2排长李景璋率领突击队冲了上去，打退了敌人几次反扑，将敌压缩在西南角。在我军事压力和政治攻势下，敌70

多人缴械投降。战斗中，连长刘文五处负伤不下火线；指导员李炳璋负伤站立不起，躺在突破口上指挥战斗。经两小时激战，攻占了茂岭山，全歼守敌，打开了济南城东的重要屏障。

茂岭山的两军拼杀正处于白热化时，济南城东的又一重要屏障砚池山的争夺战也已开始。

攻击砚池山的是第9纵第75团第8连。这是一支在1940年从胶东腹地五龙县诞生的老连队。军史记述——

∧ 济南战役期间，群众将木头送到前线，供我军修筑工事。

1948年9月济南战役，8连奉命主攻砚池山。砚池山是济南城东重要屏障，山高坡陡，只有一条小路可通山顶。四周密布侧防堡、子母堡，并筑有钢筋水泥夹壁墙工事。战斗中，连长张克信组织爆破，2排长张银恒、3班长潘洪兴接连送两包炸药炸毁了敌夹壁墙工事，全连迅速突入。向纵深发展时，突然遭到敌第二道工事火力封锁，排长吕东升拣起敌人掷来的手榴弹扔向敌群。趁敌混乱之机，他又抱起一包炸药将工事炸毁。随之，全连冲上去和敌人展开了白刃格斗。12名同志负伤不下火线。经50分钟激战，占领了砚池山，俘敌60余名。战后，纵队授予

8连"砚池连"光荣称号。

攻城东集团连克茂岭山和砚池山，犹如打开了济南城东的左右两扇大门。站在这两个山巅向西遥望，济南全城一览无余。

当全歼茂岭山和砚池山守敌的报告，通过电话传到攻城东集团指挥部时，9纵副参谋长叶超即报告给司令员聂凤智。聂凤智大呼："打得好！这个74团打得好！75团也打得好！"他之所以特别高兴，是因为他的部队用首战告捷的战例，证明了他的作战思想是对的。

> 叶超，1961年晋升为少将军衔。

叶 超 ————————————————— ▲

湖北黄陂人。抗日战争时期，任新四军司令部作战科参谋、副科长。解放战争时期，任山东军区司令部作战科科长，华东野战军第9纵队参谋处处长、纵队副参谋长，第三野战军特种纵队参谋长。

在战前的作战会议上，曾确定以聂凤智为首的攻城东兵团的任务是"助攻"。这两个字眼儿，对于聂凤智是一个隐隐作痛的刺激。会上，他看到宋时轮那为抢到"主攻"而高兴的样子，心中便伏下一股不服之气。在纵队的作战会议上，聂凤智主张把"助攻"改为"主攻"。

他说："我们9纵是打遍胶东、打遍山东的一支能打硬仗的部队。跟战士们讲，你们的任务是'助攻'，这意味着将是磨灭他们的锐气。不错，济南的西面有飞机场，地势平阔，城墙又低，进攻济南的主动方向选在这里，无疑是正确的。但是，上级赋予我们的是'助攻'而不是佯攻，是真打而不是假打。我们如果能首先攻进济南城不是更好吗？东面攻得紧，不是更有利于西线夺取飞机场的战斗吗？"

聂凤智的意见大家都同意，而且作为文字下达给东线攻城集团各师、团。聂凤智命令叶超向许世友报告，同时命令把他的指挥部向前移至茂岭山。

2. 王耀武捉襟见肘

9月16日夜，"第二绥靖区"司令部大楼。从圆月东升时起，这里便一直紧张而繁忙。午夜，东面的茂岭山和西面的长清同时告急。

王耀武的判断是：共军的主力一定在西，东面的战斗虽然激烈，守军会凭借坚固的工事将共军击退。因此，他首先要解决的还是西面。他要通了西线守备区指挥官晏子风师长的电话。他说："晏师长，西线长清守军从昨天已与共军接战，今夜又频频告急，将士们在拼死苦战。我命令你带19旅和57旅迅速向古城以西增援，以策应长清作战。这样做完全是为了确保飞机场的安全，使74师迅速运达济南。"

晏子风听命于王耀武，从城里拉走了两个旅。

王耀武判断有误。他怎么也料想不到，他原以为能守半个月的茂岭山，竟在一夜之间丢了。他在被俘后的回忆中写道：

17日上午1时，解放军以榴弹炮及重迫击炮，集中火力掩护步兵直向济南城东郊的屏障茂岭山、砚池山猛扑，与固守该地的15旅激战甚烈。解放军以火力封锁守军堡垒的射击口，奋不顾身地向前猛冲，并向堡垒内投掷爆破筒。很多处堡垒被炮火及爆破筒炸坏。整编73师也集中炮火向来攻的解放军还击，掩护防守茂岭山、砚池山的部队反攻，双方争夺甚烈。此时，解放军又增加部队冲上来，并以猛烈炮火阻止守军增援，守军伤亡颇重。我视为济南屏障的茂岭山、砚池山经一夜的血战，就被解放军占领。

9月17日的黎明，是在两军对垒的枪炮声中来临的。早晨的太阳从茂岭山和砚池山之间冉冉上升，它身边缠绕着撕不开的硝烟晨雾，它的颜色特别红，仿佛是从两军拼杀的血流中跃上晴空的。

一夜未眠的王耀武怎么也不明白，茂岭山这样"固若金汤"的阵地会在一夜之间丢失。吃完早餐，王耀武便嘱咐罗辛理看守指挥部，他要到茂岭山前线。他充满信心地说："我要组织力量把茂岭山夺回来，把共军打回去！"

王耀武乘美吉普直奔东郊姚家庄国民党军第15旅所属李朴团团部。这里距东面茂岭山和砚池山不过二三里。王耀武下车站定,用望远镜观察这两个山头。他向前继续行进,不料踩着了国民党军自己埋设的地雷。但这地雷未响,可把跟随他的作战处长吓出了一身冷汗。

直到这时,一夜督战未眠的东守备区指挥、整编第73师少将师长曹振铎,才知道王耀武视察前线来了。他慌忙从作战室出来见他的司令官,垂泪自责。但他又辩解说:"守军在共军一个团兵力的轮番进攻下,打得十分顽强。然而,我们终于丢了阵地。15旅有一个姓朱的营长,带着他的营在茂岭山的后面溃逃!"

"什么!"王耀武愤怒不已。

"我派人拦住了这个营的后路,"曹振铎说,"把那个营长捉了来,我请求以军法从事,不然,我们的阵地将一个也守不住。"

"军法从事"意味着什么,王耀武的心里自然明白。他一贯从严治军,但他不主张为治军多杀人,除非不得已。他问身边的曹振铎说:"那个营长呢?"

"就在这里。"

"我想见见他。"

姓朱的营长被五花大绑地站在王耀武的面前。他知道眼前站着的是他的最高司令官,他没有向王耀武乞求什么。二人默默地对视许久,终于王耀武先开了口:"你叫什么名字?"

"朱国华。"

"别的部队正与共军作战,你为什么溃退?"

"我喝酒了。醒来后,共军已占领了茂岭山。"

"你知道你犯了什么军纪?"

"临阵脱逃。"

"你知道你将受到什么惩处?"

"枪毙。"

"你……你有什么话要说?你的父母还在吗?"

朱国华点点头。

"你可有妻子儿女?"

问到这里,朱国华突然变得发疯似地大哭起来:"我伏法,我在九泉之下也伏法。但不要叫我的父母知道我是这样死的。也不要告诉我的妻子我是这样死的。我不知道我是为谁而战,我也不知道将来的天下是谁的,但是我不愿这样去死啊!"

朱国华的话震撼着王耀武的心。他看着曹振铎师长，像是在说你看怎么办？但最终，他没有改变他的决定，朱国华被处决了。在处决朱国华时，王耀武仰天长叹一声。

王耀武在丢失了茂岭山、砚池山之后，又判断解放军的主力在东。这时，他作出下列决定，让作战处长李昆治记录：

命令晏子风师长迅速从古城以西把19旅和57旅拉回城里，稍作准备后，令19旅即向城东茂岭山、砚池山攻击，一定要夺回那两个阵地！命令73师预备队与19旅合力向共军反击，坚决夺回茂岭山、砚池山！命令西郊飞机场空军从本场起飞战斗机，对茂岭山、砚池山实施低空扫射轰炸！将目前战况和我的部署立刻报告徐州"剿总"刘峙、杜聿明司令长官，报告南京统帅部。

这是王耀武的战争生涯中，所见不多的捉襟见肘时刻。

3. 济南战局

东大门既已打开，第9纵队司令员聂凤智便不失时机地命令部队控制茂岭山、砚池山两个城东制高点。当东方的太阳刚从山谷升起时，聂凤智便带纵队指挥部人员登上茂岭山，同时命令部队居高临下地向西攻击。9纵第25师第74、第75、第76、第77、第78团和第27师81团6个团的兵力，分左右两路向前突击，这是付出巨大代价的勇猛突进。

茂岭山如今成了9纵一个极好的指挥阵地。聂凤智用手指弹着"噔噔"作响的钢筋水泥大型中心碉堡，高兴地说："王耀武怎么也不会想到，他们为我们建筑了一个非常好的指挥所。不走了，我们就在这里了。"

他用望远镜向烟尘弥漫的西方看去。从茂岭山到济南城约10里之遥，在9纵宽阔的攻击方向上，布下了40多个地堡群式集团工事。这种工事采取低下的子母堡阵地筑成，中央为母堡，周围为子堡，间隔为30到50米，火力可以互相支援，堡与堡之间有交通壕相连接，外围有壕沟、鹿砦、陷阱、铁丝网等……硝烟滚动，钢铁的碰击和士兵的厮杀声交织成一幅壮烈的图景。在国民党守军的猛烈火力下，解放军数十数百人倒在血火中……

聂凤智放下望远镜。他当然知道，突破敌军这种艰固完备的工事，绝对是要以战士

< 张清化，1964年晋升为少将军衔。

张清化 ────────────────────────────────

　　河北获鹿人。抗日战争时期，任中国人民解放军抗日军政大学编译科科员，八路军驻重庆办事处参谋，军委一局第二科副科长、报导科科长、材料室副主任。解放战争时期，任军委一局敌军科科长、一室副主任，作战部一局副局长兼作战室主任。

戴镜元 ────────────────────────────────

　　福建永定人。土地革命战争时期，任共青团永定县委书记，中央军委二局研究员。抗日战争时期，任中央军委二局股长、处长、副局长。1939年出色地完成了侦察任务，获毛泽东题词嘉勉。解放战争时期，任中央军委二局局长兼政治委员。在辽沈、淮海、平津等战役中，所部受中央军委传令嘉奖。

的鲜血为代价的。他在思考如何尽量减少伤亡。他想起在潍县战斗中，战士们创造了挖掘坑道接近敌人火力点的战法。他命令部队：在平坦的攻击地段，用挖堑壕的方法接近敌人。

　　济南战局紧紧地牵动着西柏坡伟人们的心。毛泽东在他的小院里向南遥望。自中央军委9月2日回电华野，完全同意粟裕等人的作战方案后，十多天来不知华野情况如何。前天，他以军委为名起草了一封给中原战场刘伯承、陈毅、邓小平的电报，告诉他们要有所动作，以配合华野作战。

9月16日夜，毛泽东照例睡得很晚。17日清晨，秘书在他的办公桌上看见他用铅笔在一张纸上写下了"16日，攻济"几个字。17日上午，毛泽东比往常起得早。他站在小院里像等待什么。

终于，军委二局的戴镜元局长来了。他将一份电文交给军委机要室的叶子龙主任。叶子龙看着电文，脸上微露喜色，马上呈送给毛泽东。电报称：

济战已按原定之16日发起。攻济东兵团9纵已于17日凌晨攻占济城东重要屏障茂岭山、砚池山，现正攻击前进；攻城西集团之广纵、野特团、10纵特团已肃清长清外围及四关，毙敌数百，俘约1,000余人。10纵28师于16日晚攻占杜家庙，歼敌19旅辎重连，俘其副团长以下100余人。另路已将滕槐树屯之敌19旅55团及57团之一部包围并突进两个营，正巷战。3纵于17日肃清饿狼山及其以北之360高地，俘敌数百人。齐河敌已逃，该城已为冀鲁豫部队占领。

毛泽东正在阅读电文，周恩来、朱德已经悄悄地来到他的写字台前。接着，作战室的赵云慈、江友书、成普、张清化等人也来了。他们知道，毛泽东、周恩来、朱德三位的会聚之时，常常是中国革命军事韬略和英明决策的诞生之日。

4. 蒋介石急令援军北上

南京统帅部也在蒋介石的督催下忙碌起来。

就在济南战役开始的头一天，南京国防部下达了一份文件称：

总统9月15日电令刘（峙）总司令、空军周至柔总司令及王耀武司令官：

(1) 王司令官来京面请将74师空运济南后即可持久固守。

(2) 本部准王司令官之请，下令74师于9月17日空运济南，限一周内全部运达。

就在我军发起对济南的全面攻击时，蒋介石令南京国防部下达了增援命令：

总统9月17日电令刘总司令：

(1) 2兵团（邱清泉）（欠74师、12师，另配属96师及1骑兵团）及13兵团（李弥）（欠新26师，另配属74师）统归杜副司令指挥，由鲁西方面求匪主力攻击，并相机进出济宁、兖州、汶上地区。

（2）7兵团（黄百韬）（欠72师）置于徐州附近地区，向鲁南匪军以牵制攻击，适时加入主作战方面。

（3）16兵团（孙元良）主力应配合黄维兵团作战。李振清应对濮阳、观城方面之匪厉行攻击，以策应主作战方面。

（4）黄维兵团对刘匪（伯承）陈匪攻击，使隔绝于平汉路以西。如刘匪向东向北窜扰，应不分地境相互协力迅速剿灭之。

这些命令几乎都是蒋介石口授而成的，南京国防部几乎成了他的传声筒。蒋介石操纵了南京的一切，他在部署了增援部队之后，又亲笔写下一个电文给王耀武：

敌人有以优势兵力在我援军未到之前攻下济南，再集中力量向我北上援军反击之企图。望我守城官兵抱定与济南共存亡的决心，必能将敌击溃。我已令刘总司令、杜副总司令督促援军向济南迅速前进。

王耀武在指挥国民党军左堵右挡的紧张时刻，接到了蒋介石这封"蒋中正手启"的电报。他把电报递给罗辛理参谋长说："蒋总统算是知道了我10万守军在按他的命令固守。至于援兵嘛，参谋长，我从来就不抱幻想。"

"这是我早就看透了的事。"罗辛理说，"刘总、杜总决不会拉空了徐州来救我们。国军的失败，完全在此。我们只能靠我们自己。"

"绥区"司令部作战处长向王耀武报告："曹师长报告，城东15旅48团团长李朴战死；77旅230团团长周羽同重伤。马武寨的守军与共军激战，共军多次攻击马武寨不下，伤亡颇重。后来集中火力协同步兵猛攻，固守这里的213旅之一部最终全部阵亡。"

王耀武静静地听着报告。他从两个团长一个战死、一个战伤中已经判断出战斗的惨烈。他问起对茂岭山、砚池山的攻击如何，作战处长回答说："曹师长报告，从古城以西调回的19旅和73师预备队早已展开对茂岭山、砚池山的反击，数次攻击全被共军打回来，我军损失惨重。不过，曹师长仍在组织力量反击。"

国民党济南空军按王耀武的命令，从西郊飞机场起飞战斗机，绕济南西部、南部，低飞一个半圆向茂岭山、砚池山投弹扫射。两个山头笼罩在一片烟尘火海中。

王耀武登上"绥区"大楼的顶端，用望远镜看着茂岭山和砚池山在烟尘火海中毁灭。他觉得连同那两座山一起毁灭的，还有他的力量和意志。

∧ 1947年，蒋介石与时任参谋总长的陈诚（后左）、空军总司令周至柔（后右）合影。

战火中的中秋节，王耀武没有忘记这个日子。上午，他特别嘱咐副官去备一份厚礼，给吴化文军长家送去。他说："吴军长家老太爷和吴夫人的老母亲都健在。你去说，不是战事紧张，本该亲自登门拜见的。"副官去了，回来说，吴军长在前沿，吴夫人代吴军长谢谢司令。

中秋节的圆月被战火硝烟遮掩得残破不圆。副官和政府秘书陪同王耀武共进中秋晚餐，晚餐还算丰盛。王耀武心情复杂，讲了许多让人伤感的话，又说他要固守济南到底……

5. 宋时轮的西线迅速推进

第9纵在济南城东一举突破，并将敌之西援两个旅拉回东线，大大刺激了西线攻城集团总指挥第10纵司令员宋时轮。尽管西线已经拿下长清，但距济南飞机场尚有20多公里路。他不断地在电话里督催他的三个师迅速前进，而且埋怨第3纵司令员孙继先攻击太慢。他坐在美式吉普车上，严声命令司机把车开得再快些。直到跟随他的作战处处长提醒他，"我们已经把整个部队甩到后面去了"，他才想到自己的指挥位置。

宋时轮指挥西路大军拿下长清县城后，迅速逼近距济南15公里处的玉符河。王耀武在这里构筑了固守济南的西面第一道外围防线。这里的东南方向，有以古城为中心的常旗屯、周王庄一线坚固工事，在西北方向，依玉符河东岸一道长堤，里外均垒砌石质地堡，而河中便是一道深可齐胸的大水屏障。为了阻止解放军，王耀武在战前下令打开黄河水闸，将黄水灌入玉符河，使河水陡涨，河面大大增宽。在这样一道襟山带河长达30余里的防线上，王耀武部署7个团的兵力，正好堵住了南自泰山区、北至黄河的狭长走廊地带，紧紧地护卫济南城。

宋时轮站在一个土坎上向东北望去，宽阔的正面战场到处硝烟弥漫，枪炮声此起彼落，火光在烟尘中闪耀。玉符河横在脚下，而要渡过河去就必须先打下敌人的核心据点常旗屯。宋时轮命令第29师萧锋师长，要他的师首先冲过河去。

仲秋的月亮已经升到中天。

山东兵团济南战役总指挥部所在地唐家沟，可以听到时密时疏的枪炮声。作战室大概是村里最好的房子了。蛛丝般的电话线连接着各处阵地，手摇马达在不停地转动，电波连接着西柏坡、宁阳野指、华东局和宋时轮、聂凤智……

两盏汽灯发出白光，照耀着满墙的地图，也照耀着满脸倦容的许世友司令员、王建安副司令员、李迎希参谋长、谢有法政治部主任。

兵团副参谋长陈铁君向在座的许、王、李、谢等报告9月17日的战况——

"据鲁中报告：守张夏之敌57旅正向北经双庙屯向济南收缩。另据谍悉，整2师师部移至古城。

　　"渤纵报告：16日渤纵西进时，王舍人庄敌收缩至该庄北之历城县府工事内；今晚我由南面突破，并占壕外地堡，突击时被敌反击而未成。"

　　许世友听到这里，脸色马上阴沉起来："怎么搞的！告诉渤纵，再拿不下来，我枪毙他们！一些土顽嘛，是我们自己无能。"人们面面相觑，抿嘴笑笑，谁也不去真办司令员要"枪毙"谁的指令。这是许世友身边的人，对付许世友怒发冲冠时的良方妙法。

　　陈铁君继续报告——

　　"鲁中部队16日晚占领仲宫，5团当晚即攻占了羊洞顶、双头山、蛮子庄；今晨又占领崔马庄、张庄、东西渴马庄，遂向毛家庄东山高地推进。2团占领长庚山、羊山峪、大涧沟。敌213旅逃至兴隆山上。

　　"鲁纵报告今晚部署：5团攻下毛家庄东山，切断崮山敌退路；4团至东西渴马庄为5团依托；1团迫近党家庄；2团小部控制长庚山、元白山，主力集中瓦峪沟，配合1团攻取党家庄。"

　　王建安插话："命令鲁中部队，要他们直接向党家庄攻击，配合兵团攻击飞机场。"

　　陈铁君接着说：

　　"9纵25师昨晚攻下茂岭山、砚池山、姚家庄。26师攻击回龙冲井庄。今晚25师74团又攻下甸柳庄，75团攻下平顶山一个团地堡。现各部正构筑工事，准备打击敌人反扑。今晨75团已占领鳌子山、虹山阵地。"

> 谢有法，1955 年被授予中将军衔。

谢有法 ◀

　　江西兴国人。土地革命战争时期，任军委直属队后方政治部宣传队分队长，红军总政治部组织科统计干事等职。抗日战争时期，任八路军政治部组织部组织科副科长，第1纵队政治部组织科科长，山东纵队政治部组织部部长，山东军区政治部组织部部长等职。解放战争时期，任新四军兼山东军区政治部组织部部长，华东野战军东线兵团政治部主任，第三野战军9兵团政治部主任等职。

❶ 延安军民合力修复被敌人破坏的河堤。

❷ 我军一部离开大别山向长江挺进。

❸ 我军某营指挥所。

❹ 我军正向前线进发。

❺ 我军战士登上刚刚占领的城墙。

聂凤智

（时任华东野战军第9纵队司令员）

我们向各师、团下达作战命令时，把"助攻"改为"主攻"。

师、团不断来电话问我们"是不是写错了"？

我说："不错！"

你主观上不努力，不主动承担艰巨任务，怎么能有助兄弟部队呢？

有的同志不解地说："还是稳扎稳打好，不要冒失。"

我告诉他们："助攻不是佯攻，是真攻而不是假打。我们全力以赴，整个战役有胜利把握。你能先攻进济南不是更好吗？你东面攻得紧，不是更有利于西线夺取飞机场的战斗吗？不是更能加剧王耀武守敌与西线第96军军长吴化文的矛盾吗？这不是冒失，而是权衡了战机的得失作出的决定。"

于是，全纵队指战员们更加奋发，决心全力以赴打进济南城。

战役发展说明：我们越是放开手脚，敌人就越是乱了阵脚，而我们抓住了战机，赢得了时间。

——摘自：聂凤智《忆济南战役中的华东野战军第9纵队》

★★★★★

许世友
（时任华东野战军山东兵团司令员）

　　敌人以为至少能守半个月的茂岭山、砚池山阵地，仅经一夜战斗就被攻破的消息，震撼了敌人营垒，引起极大惊恐。这两座山头一失，敌人在东郊就无险可守了。

　　济南守敌将领议论纷纷："茂岭山、砚池山的阵地那样坚固，怎么一夜就丢掉了呢？""绥靖"区少将参谋长罗辛理被俘后供称："东面茂岭山、砚池山的陷落，是济南战局失利的关键。"

　　两山失守后，王耀武恼羞成怒，亲自下令枪毙了不战而溃的一名少校营长。

　　此时，王耀武又判断我攻城主力在东，急调西援立足未稳之第19旅和第57旅，投入东线作战。

　　　　　　　　　　——摘自：许世友《攻克济南》

第七章

东西夹击切断空援

★★★★★

∧ 1947年，华东野战军主要领导合影。

王耀武守军凭借完备而坚固的工事,使我攻城部队伤亡颇重。

我军的东西夹击使王耀武东西两难相顾。

西线重炮轰击飞机场,切断空援,使西柏坡、宁阳把久悬的心放下。

南京的蒋介石无可奈何,而身在济南的王耀武只能仰天长叹。

1. 聂凤智的东线战斗残酷

济南东守备区指挥官曹振铎师长,在指挥整编第73师等部队反击茂岭山、砚池山失败后,即退到马家庄阵地顽强抵抗。

我军先以重炮猛烈轰击马家庄堡垒,然后掩护步兵攻击。第9纵几个师的步兵力量,则顽强地向西蚕食接近。他们以小炮和轻重机枪封锁堡垒的射击口,配合爆破组接近堡垒进行爆破。

王耀武后来在回忆中说:"战斗异常激烈,马家庄被攻占一半。我为了挫伤解放军的攻势,夺回马家庄阵地,命令增加到马家庄的19旅在炮火掩护下,向解放军猛烈反扑,展开了对马家庄的争夺,将解放军的阵地夺回一部分。解放军又增加部队向19旅猛攻,将所失阵地又夺回去。"

此时,马家庄成为东郊攻守战斗的焦点。

王耀武与第19旅旅长赵尧通话:"我已知你们打得很苦,19旅官兵的战斗精神,堪称国军中第一流的。眼下马家庄阵地的得失,已关系到济南大战的成败,我相信你是不会辜负党国希望的!"

赵尧难耐急切的心情,说:"王司令,我赵尧不想多说什么了。我知道马家庄阵地,如今是我们与共军争夺的焦点。我将亲率部队把共军打回去!"

赵尧放下电话,顺手抓起一支冲锋枪冲出指挥部。在猛烈的炮火袭击下,他对准备攻击的数百名守军官兵讲话:"弟兄们,战则奖,退则杀!我当旅长的亲率你们去冲锋,一定要把共军打出马家庄!"

王耀武后来回忆说:"解放军利用房屋以猛烈的火力阻止19旅的进攻;19旅也利用房子打洞,向解放军进攻,每房必争,战斗甚为激烈。战至午后,19旅旅长赵尧负伤,官兵伤亡甚重,死尸累累,后撤伤兵络绎不绝。"

∧ 我军机枪手在济南城墙上猛烈扫射，掩护部队向城内冲击。

当时，国民党报纸上有一条新闻：第二"绥靖"区司令部谭处长昨（18）日下午3时半于记者招待会上称，一、济南外围战争重心现仍在城东方面，匪军第9、13、渤海三个纵队，挟炮20余门，以密集队形向我作锥形钻隙进犯，自战事爆发以来，现已三昼夜，激战空前，双方死伤奇重，匪倍于我，刻我仍于燕翅山、茂岭山，迄开元寺之线与匪惨烈争夺中。二、济西战争我扼守古城、玉皇山之线，其南我仍于炒米店与匪对战，黄河北岸鹊山激战未已，我仍固守中。惟齐河县城我在18日夜主动撤守。三、据俘匪供称，匪虽连日伤亡惨重，黄河南北两岸兵力续有增加，鲁中、鲁西、鲁北各军分区地方部队正向济南集中，总共进犯兵力已在22万以上。

又一条新闻说：济南国军兵力继续增加，阵容强大，故外围战事转成优势，济南城东南地区燕翅山、茂岭山附近之两个山头，17日夜均相继收复，匪军伤亡甚众。

发自徐州的电文称：匪首陈毅现纠合其中原会战后未经整补之残疲之众，虽称30万，麋集鲁境中西南各部窥伺，济南会战序幕业于15日晚揭开，三日来保卫济南国军初露锋芒，犯匪悉击退，奠定胜利初基，前线将士面临这一珍贵之歼匪良机，莫不争先以赴。

发布这样的谎报战况的报纸新闻和电文，是国民党战报的惯例，因为他们需要欺骗自己。然而，济南战役攻守双方空前激烈悲壮，却是事实。

陈　毅 —————————————◀—

四川乐至人。土地革命战争时期，任工农革命军第 1 师党代表，红 4 军 12 师师长，红 4 军军委书记，红 6 军、红 3 军政治委员，红 22 军军长，江西军区总指挥，中华苏维埃共和国中央政府办事处主任等职。抗日战争时期，任新四军第一支队司令员，新四军代军长等职。解放战争时期，任新四军军长兼山东军区司令员，华东军区司令员，华东野战军司令员，中原军区和中原野战军副司令员，第三野战军司令员兼政治委员等职。

在东郊，9 月 18 日，国民党守军 80 余人为避解放军的猛烈炮火，躲进一座窑中。突然，一颗重型炮弹落在窑顶，将窑炸塌，守军官兵全部闷死，没有留下任何痕迹，他们的名字也无人知晓。只是在战后清理战场时，他们被从窑里挖出来，又一起被埋葬在不远的一个大坑里。从此，这些人便在这个世界上消失了。

在我军攻城兵团的"阵中日记"中，有这样的记载："81 团 18 日将据守在甸柳庄北子母堡内之敌加强排全歼。"我前线记者对这次全歼守敌加强排，作了如下描述：

18 日晚，我 9 纵 81 团 2 连，以猛烈的动作一举攻下茂岭山下不远的敌甸柳庄阵地。国民党守军一个营实施疯狂反扑，81 团 2 连战士用手甩炸药包，打退了守军的进攻。但是在甸柳庄一隅有一个大地堡，里面有敌军的一个加强排死守。

消灭这个加强排成了当务之急。2 连 3 排 40 余人在排长的带领下，全部突进地堡内。顿时，地堡里没有了疯狂的射击。东升的月亮照耀着那个黝黑的地堡。营里派人进去，回来报告：我 3 排 40 余人与敌人肉搏全部牺牲。

第二天清晨，9 纵作战副处长叶超和 81 团的同志来到这个大地堡内，一幅惨烈的景象展现在他们的面前：

我军一个战士与一个敌士兵扭在一起，死在一起；一个班长的腿已经断了，但他的嘴仍死死咬住一个敌兵；在一条交通壕里，我军的一个班长，用刺刀贯穿了敌军一个士兵的胸腔，可他的背后也插着敌军士兵的刺刀，那个刺我军班长的敌兵的头颅，又被我一个战士用枪托击碎，而那个战士也倒在血泊中……

在地堡内的中心位置，人们辨认出我军的3排长，他周围有四五个敌军士兵与他倒在一起，他的手指仍死死地抠在一个士兵的眼眶里……地上、墙壁上到处是血。

济南城东的鏖战中，我军的新闻注意了"砚池山"，却忽略了"燕翅山"的存在；而国民党的报道却把"砚池山"当作了"燕翅山"。其实"燕翅山"位于城东南，与千佛山东西遥遥相望。这里，有国民党守军一个营扼守。

9月18日，第9纵第78团第2连奉命攻击燕翅山。这又是一支胶东子弟兵。第9纵战史称：

该连在1948年9月济南战役中，以勇猛神速的战斗行动，一举攻克济南东南门户燕翅山，歼灭敌人一个营。攻克后，敌又组织了一个加强营，在强大炮火支援下，疯狂反扑。该连指战员依托阵地，沉着勇敢地与敌进行了一天的激战。最后全连只剩下指导员和9名战士（其中尚有3名重伤员）坚守阵地。他们用手榴弹、刺刀顽强地与敌拼杀，先后打退敌十余次反扑，歼敌百余名，牢固地守住了阵地。战后荣立集体特等功，荣获"燕翅连"称号。

2. 空运7个连杯水车薪

激战中的9月18日，国民党军的强大机群从南方飞来。王耀武仰望天空，眉宇间凝聚着希冀。他对参谋长罗辛理说："你在指挥位置，我到机场去。"

他驱车来到了西郊机场。大型运输机正在徐徐降落，一架又一架。在孟良崮被全歼，又在蚌埠重建的整编第74师终于空运来了。

从头机的舱门走下一个年轻的上校。王耀武远远望去，终于认出来了，刘炳昆，他抗战时的老部下，他一手栽培并十分喜爱的年轻军官。

刘炳昆看到他的王司令官正在迎候他们，跑步来到王耀武面前。

王耀武高兴地和他握手："欢迎你和你的全团官兵在我用兵时来到济南。"又问："你们一共来了多少人？"

"先遣梯队，7个连。"

"7个连也好，你们的到来会给守城部队增加信心和力量。"

"可我们都是赤手空拳而来的啊！"

"什么！连轻武器也没有带？"

"说是飞机超重，其实是刘峙他不舍得一枪一弹。不瞒你说，就凭你和74师的老关系，我们早就来了。可刘峙这老狐狸就是死死不放。我刘炳昆算是来了，就请王司令官调用。我请求把我的部队拉到与共军作战的紧要当口，以报答王司令官的栽培之恩！"

在刘炳昆团长的引导下，王耀武与列队整齐的74师第58旅第172团7个连的官兵见了面。尔后，这7个连跑步前进，到辛庄军械仓库领取枪支弹药，又从济南城西向城里开进。

刘炳昆团7个连的到来，确给苦战中的国民党守军带来一阵兴奋。《华北新闻》马上刊登消息称：省保安司令部黄处长于招待会中称，空运部队已源源抵济增援，将配合北上兵团予匪军以严重打击。

这则消息故意隐去了"7个连"的真实数字，企图用"源源抵济"的含混概念，欺骗济南国民党军守城的官兵。

战火继续在济南四周燃烧，而焦虑地等待着战况消息的人却远在大江南北。他们的眼睛几乎都盯在济南西郊飞机场。西柏坡的毛泽东、周恩来、朱德，南京的蒋介石，徐州的刘峙、杜聿明，都在关注着这个焦点。

唐家沟，绿树黄叶掩映下的攻城总指挥部。

许世友为敦促西线部队迅速占领飞机场，正与宋时轮通话。

许世友说："老宋吗？攻城东兵团打得很苦，也打得很好。25师拿下茂岭山、砚池山后正向西挺进，26师拿下了回龙岭、下井庄。25师又拿下了甸柳庄，但在马家庄遇到了顽强抵抗，部队伤亡大。你要加速进攻！华野首长要你们10纵、3纵密切联系，要你们把19旅消灭在历城、长清间，要你们大胆向飞机场挺进，打击84师，迫其投降！你那里的情况究竟怎么样？"

宋时轮说："9纵打得好！我西兵团没有白吃山东老乡的煎饼油

＜ 位于唐家沟的山东兵团济南战役指挥
所旧址。

饼。我的西兵团越过玉符河以后，10纵28师在古城附近战斗中，俘敌19旅55团副团长以下700人；28师又在17日晨占领古城西北尤李庄、杨家庄，歼敌211旅633团一个营。另一部占滕槐庄，歼19旅55团一部。另一部攻占于家庄，歼55团辎重连。至昨天下午，10纵已经占领四星庄、吴家庄、尤家庄、新庄、滕槐树屯、大刘家庄等以北地区。"

许世友说："你10纵的推进不慢，可3纵孙继先他娘的就是打不上来。你老宋要敲他一鞭子啊！"

宋时轮说："不，孙继先这家伙进展并不慢。3纵9师搞了点小名堂，化装成敌军，从一开战就占领了琵琶山、孟庄、赵庄、双庙屯、范庄、杨家台等地，俘敌2师180多人，昨晚又以20团占领殷家林东北高地，敌后撤，20团又占徒沟桥。27团今天凌晨3时攻占仁里庄，俘敌70多人。8师一部扫除宋庄、池子头之敌，歼敌特务旅一个营的数十人。到下午3纵已攻占双庙屯、杨家台、潘村以及408、365、388高地和饿狼山。我已经命令3纵首先扫清腊山外围，再攻击腊山主阵地，把大炮拉上山顶，从南面用大炮封锁飞机场；我又命令10纵28师迅速占领古城；29师一部歼击宋家桥、小金庄，控制狗坡阵地，炮击飞机场。"

许世友说："老宋啊，你要克服一切困难，派部队直插飞机场，坚决阻敌空援！这不是我老许的话，是粟司令说的。喂，我这里有好酒啊，给你留着啊！"

3. 炮轰机场空援绝断

宁阳大柏集。华野指挥部。这里可以隐隐听到北方传来的闷雷般的重炮声音。

深秋的五更真有些寒意，粟裕身披军大衣站在军用地图前。开战以来，他手中的红蓝铅笔始终在济南飞机

▽ 解放战争时期，时任华中野战军司令员的粟裕。

运输机

用于运载人员和货物的飞机。按运输的内容可分为客机、货机和客货两用机；按航程可分为远程，中程和近程运输机；还可分为军用和民用两种。其特点是有较大的容量，能装载较多的人员和货物，续航时间长，经济效能好。军用运输机主要执行空运、空投和保障地面部队从空中进行机动等任务。

< 1948 年 4 月，时任国民党"副总统"的李宗仁。

场和邱、黄、李三个兵团的位置上移动。此时，他心中主要关注着两个问题：

济南西郊飞机场能否及早冻结？

南路敌军三个兵团的援军行动没有？

当他看到国民党军强大机群从上空北飞时，他用铅笔红色的那头在地图上济南飞机场的位置，狠狠地画了一个圆圈。然后，回头对张震说：

"再次命令宋时轮，神速向飞机场挺进！用重炮封死飞机场！"

宋时轮指挥下的第 10 纵和第 3 纵炮兵部队，从西方和南方猛烈轰击西郊机场。炮弹撕扯着西郊的空气，在飞机场跑道上爆炸。满载着整编第 74 师后续部队的运输机在济南上空盘旋，无法降落，只好转头飞回徐州。

南京。总统官邸。这里往日十分喧闹，今天却非常冷落。

蒋介石站在窗前，眼望萧萧下落的黄叶，心中无限惆怅。他在焦虑地等待着济南的消息。他相信他的判断不会有错。围点打援，古已有之，共军不过是企图夺我济南并歼击我增援之一部。他们哪里知道，在王耀武坚守城池之机，我便可督令杜、邱、李等兵团迅速北上，那时必造成南北夹击共军之势，不但可解济围，更可歼灭共军大部……

他沿着自己心中的构思继续想下去，对自己的一意孤行无丝毫觉察，却感到了党国的重臣一个个都不上门来。副总统李宗仁游历杭州；陈诚似在闭门谢客；何应钦是不

国民党政府"代总统"李宗仁

广西临桂人。国民党陆军一级上将。为桂系主要将领之一。北伐战争时任国民革命军第 7 军军长，第三路军总指挥，第 4 集团军总司令。抗日战争时期，任第五战区司令长官兼安徽省主席。抗战胜利后，任北平行辕主任，执行蒋介石的内战政策，1948 年 4 月任国民党政府"副总统"，1949 年 1 月任"代总统"，12 月由香港去美国，1965 年 7 月声明投向人民，毅然回归祖国。

是欲对我另有图谋？白崇禧则主张放弃郑州，集中兵力固守长江一线；刘峙这个家伙畏首畏尾，常置大局于不顾，有些怠慢王耀武……一种众叛亲离的苦味袭上他心头。

侍从秘书把一封电报递到蒋手中，是刘峙来电：

总统钧鉴：遵旨空运74师，首批172团千名国军已安抵济南。后续部队业已飞临济南上空，但机场已为共匪炮火封锁，机群不能降落，只好返飞徐州待机。

刘峙的电报令蒋介石一惊。按蒋介石的脾性，他的肝火升高时必定是要骂"娘希匹"的，但今天他没有骂。这些天来，埋怨与愤怒是他的主要心境。也许这两种东西搅在一起时，派生出的东西就是惊恐与哀怨。蒋介石阅罢电报，便给空军王副司令打电话。

电话即刻接通。"王叔铭吗？我是蒋中正。我要你关心济南战局。刚才我接到徐州电报，说济南机场已被共军封锁，空运援军不能降落。你立即乘飞机到济南去一下。无论如何也要设法把74师全部空运济南！"

当蒋介石听到王叔铭痛快地回答马上起飞时，他放心地放下话筒。他不相信解放军能如此之快地控制住机场，他认为这是"怪事"。

王叔铭按蒋介石指令，坐侦察机飞临济南上空后，又低空侦察。他看到，击中跑道上的炮弹不断爆炸，烟雾上冲。王叔铭在飞机上先给王耀武、后给蒋介石发电报说："西郊机场确被共军炮火封锁，增援部队确已无法再运。"

王耀武看罢王叔铭的空中来电，转手递给罗辛理。他们二人面面相觑，心里都十分明白，空中通道已被掐断，连他们自己在内，只有固守死战一条路了。

机要员又递上一份南京统帅部的电报：

王司令官：
济南机场须确实守卫，夜间尤须加强警备。

王耀武欲言又止，不屑一顾地哼了一声。罗辛理却带着怒气把电报扔在一边："马后炮！"

"要吴军长，"王耀武说，"告诉吴化文，飞机场已经不再起飞机场的作用；但那里作为守城重地却不能丢失。参谋长，我们要加紧修复千佛山下的小型跑道。"

电话总机转达了吴化文指挥部的电话：吴军长到部队去了。

王耀武丝毫没有注意到这个电话有任何异常。他告诉罗辛理，一定要提醒吴化文，加紧西郊机场的守备。

∧ 蒋介石与国民党高级将领们合影。

4. 攻城部队扑向城区

东郊马家庄前线告急：19旅已被共军压迫退缩一角。王耀武来到第74师第172团的待机阵地。7个连的千余名援军官兵列队迎接他们昔日的军长。王耀武看到这阵势这精神，仿佛看到了他自己昔日的威风。刘炳昆团长充满豪气地向王耀武报告：

"王司令官，74师58旅172团官兵，愿为党国赴汤蹈火，愿听从你的命令，与共军决一死战！"

王耀武被感动了。他从无可奈何的悲哀中透出些微悲壮："耀武感谢172团弟兄们对我的拥戴！本司令官告诉你们，空运已经断绝，国军只有背水一战。马家庄前线告急，我命令你们立刻跑步赶到那里，同19旅官兵一起打垮共军！"

刘炳昆率172团7个连向东郊急行军而去。东郊的战斗达到白热化程度。我军攻城东、西两个集团的14万人马，从四面八方向济南城区迅速压缩——

第9纵扫清外围的5个团在东和东南方向苦战，用巨大的牺牲缓慢而又扎实地向前推进。马家庄的争夺战成为东郊攻守的热点。

渤纵从东北方向，经辛店，越过铁路，从甸柳庄、花园庄之间压向济南城东北。

第10、第3纵从西方、西南方向飞机场一带迅速攻击；鲁中南纵从南方向济南压缩。

渤海军区部队已解决黄河北岸鹊山1,000余名国民党守军，正从北方压向济南。

冀鲁豫军区部队在夺得齐河城后，正追击逃窜之保安第4旅，东渡黄河，从西北方向压向济南。

攻城总预备队第13纵已接到命令，加入攻城行列。这支潜伏的力量早已弓上弦刀出鞘。他们原伏在城南待机，命令一下，便迅速从南面向济南扑去。

……

1948年9月19日，济南战役进入第三天。

在枪炮声中，政府秘书王昭建给王耀武递过几张《中央日报》。王耀武不太认真地翻阅着。

《中央日报》9月17日载文：

济南外围，已有接触。

战云笼罩下之秋季会战显有在津浦中段进行之迹象……

王耀武生气地用手点着《中央日报》说："这又是徐州'剿总'放的空气。我济南大战已经开始，我守军将士已在浴血奋战，他们不是不知道，他们就是存心维护徐州防务，意在不出兵解我济南之围。我们的悲剧就在这里。"

罗辛理说："司令官所言极是。对于徐州援兵我从来就不抱希望。我们只能鼓励我守城将士，决心与城池共存亡而已。"

王耀武又看 9 月 18 日《中央日报》，报称：

国军劲旅空运济南，外围战斗激烈进行。

王耀武站起身，把报纸扔在一边，说："劲旅，空运，过时的消息。参谋长，我问你，共军的主攻方向究竟在城东，还是在城西？"

"我认为在城西。"

"那么，为什么城东的攻击倒比城西的攻击难对付？"

"城东的主攻部队主要是他们的 9 纵。我军潍县陷落也因为遇上了这个部队。这个部队很傲，打起仗来不要命。潍县的防守可谓'固若金汤'，但你哪里想得到，他们会挖一条地下通道到我们的中心碉堡底下，将几百公斤的炸药堆进去，把我们的工事炸毁了。据说，当时他们曾挖偏了挖到一个大湾底下，闷死了一排人。可他们还是成功了。我有一种预感，我们将和这个纵队决死搏杀。"

"你认为共军主力在西的理由是什么？"

"根据济南的地势，王司令你看，东面是多山丘陵地带，不适于大部队运动；东南则是重重高山，重武器运动更加不易；北面是黄河，共军更不能从那里主攻；只有西面的地形平坦而宽阔，可以展开大部队攻守，所以……"

"所以商埠和飞机场是这场攻守战的主要决战地带，我们将守军的主力和重炮配备在这里并不会错！"

王耀武和他的参谋长，对于我军的主攻方向的分析和判断并没有错。问题在于 9 纵在东郊迅速而猛烈的进攻，迫使王耀武动摇了先前判断，认为解放军的主攻在东而不在西，进而改变了原来的部署，迅速将放在长清与飞机场之间的第 19、第 57 旅东调平顶山、马家庄一线，又将原放在飞机场以西的第 213 旅调回商埠、北郊、火车站一线。这种东晃西荡的仓促应战，使他的部队士气大减。实际上，这位中将司令官在济南大战刚刚打响时，就犯了一个错误。他在惊魂稍定后问及罗辛理，无非是掩饰他的心悸而已。

❶ 我军在沙漠地带设伏，阻击敌军。

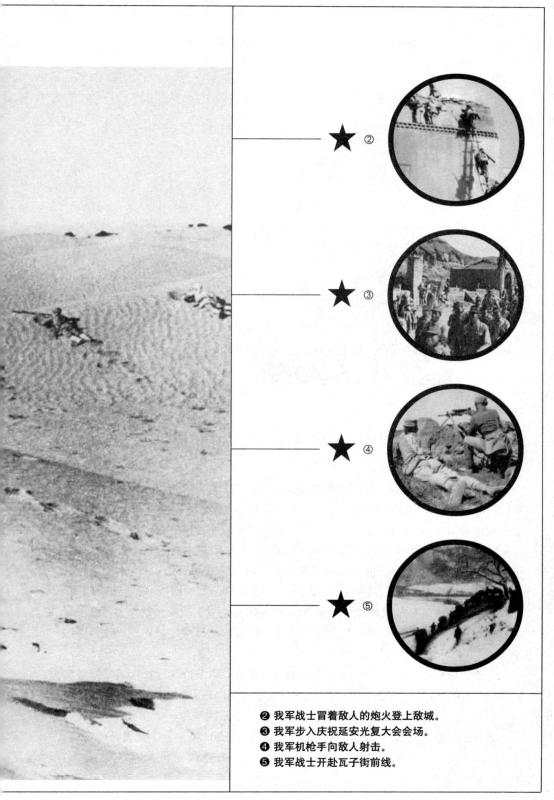

❷ 我军战士冒着敌人的炮火登上敌城。
❸ 我军步入庆祝延安光复大会会场。
❹ 我军机枪手向敌人射击。
❺ 我军战士开赴瓦子街前线。

王耀武
（时任国民党第二"绥靖"区司令官兼山东省政府主席）

17日上午1时，解放军以榴弹炮及重迫击炮，集中火力掩护步兵直向济南城东郊的屏障茂岭山、砚池山猛扑，与固守该地的15旅激战甚烈。解放军以火力封锁守军碉堡的射击口，奋不顾身地、一波又一波地向前猛冲，并向堡垒里投掷爆破筒。

堡垒很多处被炮火及爆破筒炸坏。整编73师也集中炮火向来攻的解放军猛烈还击，掩护防守茂岭山、砚池山的部队反攻，双方争夺甚烈。

此时解放军又增加部队冲上来，并以猛烈炮火阻止守军增援，守军伤亡颇重。

我视为济南屏障的茂岭山、砚池山，经一夜的血战，就被解放军占领了。

有的官兵被炮火及炸药的爆炸震晕过去，醒后方知阵地已被占领，他们已做了俘虏。

在茂岭山后面的15旅一个营，未与解放军激战，即由该营营长朱国华带着向后溃退。73师师长曹振铎派人拦住，并向我要求加以惩办。

我为了镇压部队溃退，就命令按"连坐法"把朱国华枪决了。

但是即使如此，也未能镇压住官兵的溃退，自然更挽救不了全部被歼的命运。

——摘自：王耀武《济南战役的回忆》

★★★★★

陈锐霆
（时任华东野战军特种兵纵队司令员）

在历时8昼夜的济南战役中，炮兵发挥了重要作用。共打开突破口10处以上，4次大规模地压制了敌反突击部队及转移战斗队形的敌炮兵，压制了敌人10余处炮兵阵地，摧毁了茂岭山、砚池山等处敌坚固工事，有的炮兵连先后十几次变换阵地，与步兵密切协同，以不间断的火力支援步兵的攻击行动。

据王耀武后来供称，国民党守城部队被我炮火杀伤的数目很大，约占其伤亡总数的70%以上。

济南战役的胜利，不仅给国民党军以沉重打击，而且为我军炮兵协同步兵夺取敌重兵守备、坚固设防的大城市，取得了经验。

——摘自：陈锐霆《济南战役中的炮兵》

第八章

吴化文让开一条
攻击通道

★★★★★

∧ 刘峙（后左）与国民党华中"剿总"总司令白崇禧（前）等合影。

一支伏兵的突起，像猛虎扑向城区，为王耀武始料不及。

吴化文起义，为攻城部队闪开一条通道，使王耀武腹背受敌。

1. 周志坚的伏兵从南路杀过来

　　大炮仍在轰鸣。"绥区"司令部情报处长向王耀武报告：在济南的正南方向和西南方向，发现共军13纵队已加入攻城行列，正快速向济南压过来。

　　王耀武吃惊地站起来，向墙上的大地图走去。

　　我军第13纵队原为攻城集团的总预备队。这是一只隐蔽待机、随时准备扑向猎物的猛虎，是兄弟纵队已经打响战斗的第二天，才在远离济南的隐蔽地带集结的。9月18日，13纵按预定计划向济南城南的兴隆山、青龙山逼进。沿途由他们的第39师开路，连续向国民党军第213旅守备之甲山坡、石方峪、兴隆山阵地攻击前进。敌守军一触即溃，13纵很快到达预定位置待命。

　　纵队司令员周志坚，站在高坡上用望远镜遥望硝烟四起、大炮轰鸣的炽热战场。也许是因鞍马劳顿，他显得消瘦、疲倦。但他的精明、干练、勇敢却是有口皆碑的。13纵战士说：没有周志坚，就没有13纵。而周志坚则反过来说：没有13纵，就没有周志坚。像许世友与9纵的关系一样，周志坚与13纵也是血肉难分的一体。13纵是又一支战功显赫的胶东子弟兵。

　　正当王耀武为解放军13纵的参战，而感到身增重荷时，他接到南京来电：

王司令官：

　　总统9月19日电令刘总司令：杜、李两兵团，尚在宿县固镇及商丘集结，而济南已陷苦战中，故电催其迅速行动。要旨为次：

　　(1) 杜、李两兵团应速限几日击灭陈匪主力，进出指定地区，图解济南之围；

　　(2) 应尽所有方法与力量，使增援部队在济南未陷前到达。

< 周志坚，济南战役时任华东野战军13纵队司令员。1955年被授予中将军衔。

　　王耀武看完电报，眼睛里闪动着少有的激奋与安慰。他说："只有蒋总统知我10万国军已陷苦战中，而杜长官和邱司令的部队还在集结。他们磨磨蹭蹭，本无意解我济南之围。"他要罗辛理接通与徐州的无线电话联系，准备直接与刘峙和杜聿明通话。但他又犹豫起来："让我们求救于徐州'剿总'？我看我们还不到那个时候。"

　　"不，有总统的电示，我们可以请求他们疾速进兵，因为我们是他们的部下。"罗辛理说。

　　"对！"王耀武走出司令部作战室。月亮刚刚露出山头。炮声和枪声密集地响着，大地似在抖动中。王耀武来到地下室的电报机房，拿起话筒，明语讲话。

　　"刘总司令吗？我是王耀武。"

　　"我与杜长官都知道你正在统率国军苦战，你的指挥我一向放心。"这是刘峙的话。

　　"如今我不想听你这些美言，时间对于济南守军来说，分秒都是价值千金，我想知道你的两个兵团究竟何时拔营北上？"王耀武已经没有了往日的谦恭。

"此两兵团正按总统电令迅速集结,然后他们会神速挺进的。"刘峙听出了王耀武的话中有怒气。

"我是问何时起步？"王耀武直逼了。

"王司令,你不要强人所难,你也无权向我这样提出问题。徐州空虚,共军必会乘虚而入。我知道如今援救济南如救人于水火,可确保徐州也是我的责任。你要顾全大局,确立自战孤守之思想。"刘峙也不冷静了。

"增兵济南是蒋总统的电令,你手握十数万大军迟迟不动,难免有见死不救之嫌吧！"王耀武越来越火。

"两兵团的北援,必遭20万共军的奋力阻击,你王司令难道想不到吗！"刘峙自然不能示弱。

王耀武还要发火下去,但他压住了。是刘峙那句"必遭20万共军的奋力阻击"和他与刘峙的多年关系,使他压住了火气。他回到司令部作战室,在焦虑中和衣躺在行军床上……

2. 一个秘密战斗组织在行动

华东军区派遣的中共地下党员黄志平进入吴化文部,像一块磁力强大的磁铁,将早已打入吴化文身边的中共地下党员和吴家亲属迅速吸引到自己身边。一个坚强的地下战斗集体秘密形成。策反国民党军整编第96军军长吴化文的工作,进行得有声有色。

大战前一个寂静的夜晚,黄志平、辛光和李昌言正在召开"三人会议"。黄志平传达中共济南市委的指示,他说:

"一个伟大的济南战役即将开始,而我们的工作也将随之而紧张起来,斗争会更尖锐复杂。市委要求我们,第一,要充分认识吴化文的特点,但有可能,就不放弃争取的努力。第二,力争在三天内将他的家眷转移到安全地点。第三,注意16、17日两天,要全天通报,战役可能就在这两天内打响。第四,要争取团结吴化文周围的亲属,共同做好此项工作。"

在极短的时间里,"三人会议"作出决定:

在战斗打响时,将吴化文家眷设法从城内迁至整编第96军的防区；由李昌言负责通过吴化文妻子、李昌言的姐姐林世英，催促吴化文派人将其父母由徐州接来济南；由辛光掌握电台，防止电台人员泄密或有不轨行为；由黄志平出面建议吴化文，请他与司令部均移到西郊孔家庄，以远离王耀武，电台也随之迁出，同时注意吴化文的安全。

策动吴化文起义的行动，在吴化文的忧心忡忡、反反复复中进行。战役打响后的9月19日晚9时，济南西郊孔家庄营房——吴化文的整编96军司令部内，整编96军团以上军官举行紧急会议，吴化文要宣布起义。

到会的有第84师副师长杨团一，旅长杨友柏、赵广兴，整编96军参谋长徐孟儒，旅参谋长高来宾，参谋处长傅伯良，军法处长楚家宝，军械处长芦连章，军需处长曾丽生，军医处长乔春景，军粮处长刘宗荫，书记处长牛国祯，还有6个团长，共20多人。

吴化文以少有的严肃神态，大步走到与会者们的面前。他没有就座，而是用威严的目光扫视每个人。那目光仿佛在告诉人们，今晚将发生一件大事。

黄志平、辛光、李昌言三人均紧握手枪，站在吴化文的左右。他们都穿着标有"绍"字（吴部）的绿色军服。机警、干练、沉着、紧张，是此刻他们三人共同的外在与内心表露。他们向与会的人们明朗地表示：我们地下共产党人，以自己的鲜血作抵押，将带领你们的吴军长，还有你们及守军两万士兵，走上一条光明的大道。

吴化文用沉重而激动的语调说："济南即将陷落，徐州增援只是一个骗局。我和大家生死与共几十年，父母之恩、手足之情莫过于此。多年来蒋介石说我们是'杂牌'，骂我是奸党。气受够了，苦吃尽了，咱不能在一棵树上吊死。'戡乱'已经戡了三年，越戡越乱；'剿共'剿了20多年，越剿越多。内战打下去，会有什么下场？李仙洲、张灵甫就是前车之鉴。八路军共产党素以宽大为怀，不计前嫌，不念旧恶，欢迎我们退出内战。我决定顺应潮流，弃暗投明！

"大家对我吴某是信任的，我也决不亏待大家，愿者过来，不愿者过去。不过丑话说在前面，谁在背后拆我的台，坏我的事，我吴某的脾气你们是知道的。"

一直看守在门口的是副官处长高清辰。这个济南人是吴化文的亲信。下午，吴化文就对他交代说：晚上召集团以上军官开会，宣布起义。你要守住会场，严密监视到会军官的言行，如有当场反对或有抵抗者，不管是谁，先下手干掉他。现在，高清辰目不转睛地注视着每一个人的动向。他握着两支手枪，十分明确地向与会军官展示他将干什么。

吴化文看到高清辰已在每个部位都安排了警卫，嘘出了一口气，继续讲下去："我吴某历来是为了团结，为了全军弟兄们。如果为了个人享清福，坐上飞机往香港或美国一跑，吃喝玩乐一辈子，可是我吴某不能那样做。今后有我吴化文吃的饭，就有你们吃的饭。请你们不必担心，我已经派人和陈毅将军取得联系，也讲好了条件，你们看看怎么办？你们也可以说说自己的看法和想法。"

起义的决定对于与会人员，不啻沉雷炸响，他们惊诧、担心。他们面面相觑，但无人反对。会议以"愿跟随吴军长走光明大道"而统一了思想。

吴化文站起来大声地说："我感谢大家对我吴化文的信任和支持。我决定今晚即刻起义。我命令你们，立即返回部队，向全体官兵传达起义的决定。兵贵神速，一切按命令执行，违者以军法从事！"

会议结束后，吴化文打电话给没有参加会议的独立旅何志斌旅长："会议已经决定，为了济南老百姓少受损失，为了我军和解放军双方官兵减少伤亡，我军决定今晚退出内战，维护和平，你是否同意？"

何志斌当即回答："我绝对同意！"

吴化文说："好！那你立即通知前线部队并转告解放军进攻部队，我军与解放军已经是一家人了，就地停火。"

两万人的起义，使王耀武的西部防线上洞开了一扇大门；解放军西线攻城的部队，沿着整编96军撤离的通道，急速地向前穿插。

∧ 1948年9月，时任国民党军整编第96军军长的吴化文（右）在济南商埠率部起义。

在辛庄，在孔家庄，在许多地方，两军混合，敌意顿消。祝贺投奔光明；庆幸未做冤鬼。拥抱，欢跳，啼哭，狂笑……

然而，这不是起义部队的全部。20日清晨吴化文接到报告：第155旅第465团团长王玉臣逃往"绥区"司令部向王耀武告密，这个团无人组织起义。吴化文心头一惊。他原来所想的扣住王耀武的大胆设想已成泡影。他命令杨友柏："你去把这个团拉出来！"

但吴化文心中想道：王玉臣叛我而去，这也难怪，他杀害过共产党人和民众数十人之多啊！

午前，吴化文又发现他的84师副师长杨团一潜逃。他心中十分不安，更怒不可遏。

中午，参谋报告：抓到一个逃亡的军官。吴化文命令带进来。这人已经换上了便衣，见了吴化文，微微鞠了一躬。吴化文站起身来，上下打量这个陌生人。

连续的叛逃是对吴化文的打击。他再也无法容忍了，他说："养兵千日，用在一朝。我正用人的时候，你却逃跑！"说着，一声怒吼："拉出去毙了！"

枪响了。那个军官已经倒卧在室外的地上，那眼睛始终睁大着。此人没有留下姓名。是他误了自己。他本该同他的军长一起走向光明的，可他没有。如果吴化文当时留他一条性命呢？可他没有。也许他是对的，这关键时刻的残酷是必要的。

妻舅李昌言等从西部一个山口，把吴化文的父亲、妻子和女儿领到黄河边上，交给了吴化文。他们一家人在流泪中感激共产党把他们引领到光明大道。

傍晚，残阳如血。吴化文率他的整编96军全体官兵来到黄河边上，两万人的脚步踏起的烟尘在黄河岸边飞扬。按照华野粟裕的电令指示，为起义部队准备的大小渡船，已整齐地排列在岸边。

吴化文站在岸边，看到那些同他生死与共的老部下：整编84师参谋长徐孟儒，155旅旅长杨友柏、参谋长艾润生，161旅旅长赵广兴、独立旅旅长何志斌、参谋长高来宾，特务旅旅长孟昭进，团长郑民新、王同宇、田进福、李德顺、秦德礼、郭绅铭、王义深、王昭仁、韩式葛、杜月泉……都来了，他心潮澎湃。一股真正的觉醒后的忏悔在心中回荡，时起时伏，断断续续，终于形成"吴化文军长等起义通电"就此通告全国：

∧ 吴化文部起义后，我军对起义部队营以上干部进行集训。

　　自倭寇入侵，全国燃起抗日烽火。化文等于抗日初期，奋起御侮，并无二致。嗣受蒋贼曲线救国政策所愚弄，丧失民族立场，铸成大错。抗战胜利以后，人民创巨痛深，乃复昧于大义，重受蒋贼欺蒙，参加反共反人民内战，一错再错，罪孽弥深，清夜扪心，惭悔交迫。决于9月19日率全体官兵，在济南战场，毅然起义，图能力赎前失，走向光明大道。

　　这声音激荡着滚滚东流的黄河之水，震撼着硝烟未尽的济南山山岭岭，也召唤着战死阵前的万千冤魂。

一方是痛心的忏悔，一方是由衷的嘉许。

华东解放军陈毅、饶漱石、张云逸、粟裕等电贺吴化文及全体官兵：

贵军在济南前线的起义，不但贵军全体指挥员找到了一条光阴大道，而且给全国国民党军队官兵指出了一条光明大道。

解放军总司令朱德电贺：

你们决心站在人民立场上，为驱逐美帝国主义的侵略势力，为打倒国民党反动统治而奋斗，这个决心，值得全国人民的热烈欢迎。

中共中央主席毛泽东电贺：

贵军长等率部起义，发表通电，决心参加人民解放事业，极为欣慰。中国共产党站在人民立场上，对于任何国民党军队的官兵们，不问其过去行为如何，只要他们能够在人民解放战争的紧要关头，幡然觉悟，脱离国民党政府的反动领导，加入人民解放军阵营，坚决反对美国帝国主义及其走狗国民党反动派，即表示热烈欢迎。贵军长等此次起义，符合人民的希望，深堪庆贺。尚望团结全军，力求进步，改善官兵关系、军民关系，为革命战争在全国的胜利而奋斗。

吴化文起义遂成事实。9月20日清晨，粟裕从行军床上起来，兴奋地走到桌前，亲拟电报发给攻城集团第10、第3纵、广纵和山东兵团的军政首长：

吴化文既已起义，且我军已完全控制商埠以西（包括机场）以南，西南及城东和东南阵地（仅千佛山、马鞍山、四里山等地仍有敌固守），则战局可能迅速发展，望令各部就现态势以3、10及13纵并力迅速向商埠攻击，得手后，则全力攻城。

❶ 我军某部突击队追击敌人。

★②

★③

★④

★⑤

❷ 我军炮兵进入阵地。
❸ 我军通过荒无人烟的草原。
❹ 我军某部正在向敌军发起攻击。
❺ 大批俘虏被押出城。

胡成放

（时任鲁南军区联络部部长）

"冰冻三尺，非一日之寒。"吴化文将军能够在历史的紧要关头站在人民一边，是一件很不容易的事情。它是我们军队对他进行军事打击的同时，长期坚持艰苦细致的争取工作的结果。

1943年3月至1944年4月，我鲁中军区遵照山东分局书记、第115师兼山东军区政委罗荣桓同志指示，先后发动了3次讨伐吴化文的战役。为此除军事准备外，还加强了政治攻势，成立了对吴化文大股伪军工作团，我被任命为该工作团主任。

工作团认真贯彻对俘虏、投诚人员的政策，不辱不骂，不搜腰包，生活上给予优待，伤病者给予治疗，愿回原籍的发给路费，回吴化文部队的我们欢送。为扎根于基层，我们选择能起内线作用的官兵一并释回吴部，并对师参谋主任等军官有重点地进行工作，给予长期埋伏任务。

有趣的是，在第三次讨伐吴化文战役所俘虏的300多名军官和1,000多名士兵中，大部分人都了解我军的政策。

有的说："起义是上策，投降是中策，为鬼子卖命是下策。"有的说："战场喊话动摇军心，威力很大。""速放俘虏办法好，利用俘虏劝降更好。"

——摘自：胡成放《深入虎穴 签订协议》

★★★★★

李昌言

（时为胶东西海军分区敌工干部）

9月16日深夜，济南战役打响了。我西线兵团按照原来约定，并没有对吴部防区立即发起攻击，而是等待吴部主动撤出阵地，举行战场起义，配合我军行动。可是吴部一直按兵不动，仍然固守阵地，不按我军指定的路线撤出。吴化文的拖延，直接影响了我西线兵团、乃至整个济南战役的行动。9月18日，我西线兵团首长决定对吴部适当给予军事打击，以促成他最终丢掉幻想，举行起义。于是在18日夜间11时，我西线部队对吴部发起猛烈攻击，在短短20分钟内，即将其在簸箕山的1个营消灭，死伤600余人。经过这一打击，吴化文突然翻脸，大动肝火，怒喊道："打，只有打才有饭吃。"随令其所有榴弹炮向我阵地射击，并调整部署，似要坚决抵抗，大有走向彻底决裂之势……

——摘自：李昌言《策划吴化文部起义前后》

第九章

西路大军与南线援军

∧ 蒋介石与时任国民党第2兵团司令的邱清泉合影。

吴化文起义给王耀武的西部防区撕开一个大口子，加快了我攻城部队的进攻速度，迫使王耀武慌忙调整防守兵力。

蒋介石和南京国防部在震惊之余，连连电催他们的南路援军拔营北进。

1. 王耀武的"固守"决心动摇

吴化文的倒戈使王耀武猝不及防，一向遇事不慌的王耀武也张惶失措起来。吴化文部的撤防，犹如黄河堤岸上决开一个大口子，成千上万的解放军像愤怒的黄河水奔涌而来，任何力量也阻挡不住了。

王耀武固守济南的决心动摇了。他颓丧地命令，"发报，向南京，向徐州发报：吴化文率部投共，济南腹背受敌，情况恶化，可否一举向北突围？"

电报发出后，王耀武又后悔。他对参谋长罗辛理说："突围不是蒋总统本意，而且会使他觉察我丧失固守信心。唉，不该，不该。"不过，他很快作出决断："参谋长，现在的部署应该缩小阵地，集中兵力，以城内为主，固守城垣，以千佛山、四里山、齐鲁大学、商埠外城为据点。外线留置小部队守备，拖延时间，以待援军。辛理，你认为我这考虑如何？"

罗辛理说："照目前的局势，我们只能这样部署。"

王耀武通知空运来的整编第74师第172团团长刘炳昆，迅速到"绥区"司令部大楼见他。

东方发白，9月20日的黎明已经来临。蒋介石从南京打来无线电话，"俊才吗？"他的声音像在遥远的星球上，但还清楚："吴化文投共我知道了。这个人不可靠，那年我是要杀掉的。可是他们讲情，还有你也讲情。是我们养虎贻患。好了，不管他了，要紧的是你要坚定信心。目前你要收缩阵地，坚守待援。我已严令援军星夜驰骋，以解济南之围。"

王耀武马上表示："我坚决遵照校长命令行事，率将士与阵地共存亡！"吃透了蒋介石的王耀武，知道自己只有这样说才能过关。

这时，作战处长向王耀武报告：172团团长刘炳昆奉命来到。王耀武说："快请！"刘炳昆一进指挥室就请战："王司令，请授予我团任务！"

王耀武说："吴逆叛逃，济南局势更加恶化。我已下令收缩阵地，刚才，我接到蒋总统电话，令我固守待援。我请你来，交给你一项重任，令你率全团官兵坚守邮电大楼。我希望你为守城国军做一楷模，战至最后一人，也决不后退一步！"

刘炳昆说："此次本团空运济南，正要寻机报效党国。我刘炳昆决不辜负王司令多年栽培，誓与共军战至一兵一卒！"

王耀武从他的大写字台的抽屉里取出一把短剑，双手捧在手中，递给刘炳昆，说："这把短剑是当年蒋总统亲手赐给我的。在济南守军中，172团是我的老部队。相信你不会使我失望，我将时时注视着邮电大楼！"

刘炳昆双膝跪下，接过王耀武授予的"中正剑"，猛然抽出，用剑锋刺破手指。鲜血滴落在地毯上，刘炳昆毅然说："我浑身的这些血就准备洒在邮电大楼上！请司令官记住我的家乡是湖南长沙！"说罢，即转身走去。

南京国防部长何应钦发来了急电：

本部9月20日电复王司令官：

一、王司令官9月19日晚，电以吴化文部投匪，济南守军腹背受敌，如情况恶化，可否一举伺机突围。

二、本部当复以应速调整部署，坚决固守，并令空军助战投掷弹粮。

这是王耀武早已预料到的"马后炮"。他不屑一顾地把电报稿扔在一边。时隔数小时，又来一电：

本部9月20日电王司令官：

吴化文部叛变投匪，迫使我军退守新市区及旧城。特将陈明仁守四平街之办法，请王司令官参考。其办法如次：

> 陈明仁，原为国民党将领，1949年8月率部在长沙起义。1955年被授予中国人民解放军上将军衔。

陈明仁

湖南醴陵人。黄埔军校毕业。任国民党军第80师中将师长，预备第2师中将师长，第71军中将军长，东北第五"绥靖"区中将司令，第7兵团中将司令，华中"剿总"中将副总司令兼湖南省政府主席。1949年8月与程潜率部在长沙起义，后编入中国人民解放军，任湖南省军区副司令员，第四野战军21兵团司令员，第55军军长，湖南省临时政府主席，中南军政委员会委员。

一、守军直接配备于市区全区各要点。

二、各点守军规定死守至一枪一弹绝不后退。

三、市区民众除壮丁均强征补充伤亡外，老弱妇孺均予疏散撤退。

四、匪我分界地区均设明显标志，以利空军大面积轰炸。

王耀武阅罢电报，对他的副司令牟中珩、参谋长罗辛理说："四平并非国军全胜，我大济南怎样效法？昨夜，各部队在我下令调整部署后，我军为了作战，清扫射界，城内城外的许多民房又一次毁灭于大火之中，民众早已怨声载道，我们将怎样再去强拉壮丁？哼，国防部哪里知道我们的苦衷？"

王耀武一面竭力挽救危局，一面也在暗暗地作着自己逃脱的打算。守城国民党军将领们和那些与解放军作战的军官，谁也不相信他们的司令官曾在9月20日晚上秘密地溜出城北，又被解放军堵了回来。只有他自己说出，人们才肯相信。

这是他被俘后的一段回忆：

我看到情况更加恶化，军心涣散，士气低落。认为即使吴化文不起义，也难守得住，与其在济南等着被俘，不如先走为妙。因此，我曾一度偕庞镜塘想经洛口桥北走，但由于解放军把济南包围得如铁桶一般，未能走得出去。

这是王耀武的一段自我嘲讽，是在"败军之将，岂敢言勇"的情势下的自我披露。

西柏坡的毛泽东、周恩来、朱德已把王耀武的突围列入运筹之中。他们于9月20日电告粟裕等人：

吴化文起义后，我军进一步攻城达到最紧急情况之时，王耀武很有可能率其死党突围而出，向天津或向青岛或向临沂等处逃跑。你们在部署上，必须预先估计到此种可能情况，从各方面布置，勿使敌人漏网，达到全歼目的。

华东野战军总部根据中央军委的指示，命令第11纵队由曲阜进至莱芜、新泰、蒙阴和临沂地区，第6纵队由邹县、泗水进至新泰，苏北兵团抽调一个纵队进至蒙阴桃圩地区，组成三道防线，以便截击突围之敌。另以第1纵队主力于济宁、兖州间机动；华东军区也同时向各军区做了防敌突围的部署。

＜ 时任国民党国防部长的何应钦。

∧ 20世纪40年代时的蒋介石。

这是一个地域广大而又严密的天罗地网。无怪乎粟裕报告军委说，王耀武无论向哪里突围，"均难逃脱，请放心。"

2. "固守待援" 一纸空文

王耀武在我西线大军开始向商埠攻击时，把指挥部移至省政府。

王耀武的指挥部，是在周围激烈的枪炮声中搬来的。电线刚刚架通，告急的电话便从四处打来。蒋介石也从南京发来了一封急电，王耀武阅罢即命令连夜召开旅以上军官会议。

这是一个守城国民党军的将军会议。灯光昏暗，与会者的脸色灰暗。王耀武看看人已到齐，就站起来，以低沉的语调说："连夜请诸位来，是传达蒋总统的训示。在传达之前，本司令官也说几句话。自济南开战以来，我守城国军在各位督率下，与共军连日苦战，我军虽伤亡惨重，但也给共军以重创。吴化文谋反，遂使我军西线受挫。感谢各位在此不利形势下，以党国利益为重，坚持抵抗。然而共军攻势愈加凶猛。蒋总统虽数次严令援军北上，但他们距济均在数百里之外，恐难以及时到达。据此，只有靠我守城国军孤军奋战。我们此次会议开过，恐难再次开会，期望诸位均按总统电谕行事。参谋长，请你宣读总统电令。"说到这里，全体与会将军起立。罗辛理念道：

俊才弟鉴：

吴逆叛变，事出非常，闻之痛心。陈明仁守四平街，知不可守而守之，东北数省赖以保全。济南之于华北，亦犹四平之于东北数省，战略要地，务必固守，各路援军已兼程急进矣。

蒋中正
民国 37 年 9 月 20 日

罗辛理念完，人们面面相觑，竟是一片冷淡。既没有往常那种刻板的教条般的慷慨陈词，也没有人站起来说上一句"与共军决一死战"之类的鼓动人心的话，众将领都在狠狠地吸烟，颓丧地环顾左右，一言不发。会议竟是这样默默地散了。

步蒋介石急电之后，参谋总长顾祝同上将致电王耀武，令他"固守待援"；紧接着徐州"剿总"刘峙上将也令他"固守待援"。

王耀武接到这些电令，大发牢骚："都令我固守，我是'固守'了，而他们的援军又在哪里？"

王耀武心里清楚，那些"固守待援"的许诺，不过是骗他死守的谎话而已。

真心要解济南之围的，恐怕只有蒋介石。从济南战事一起，南京那么多的军政要人，惟他昼夜不停地注视着战局的发展，他实际上变成了一个前线指挥官。他常常生气地甩掉国防部和徐州"剿总"，直接去指挥济南的 10 万守军。为北援济南，他是屡下严令，可徐州方面就是迟迟不动。蒋介石传顾祝同到总统官邸，大发雷霆：

"我们的失败就在于有些将领太自私了。一方已经陷入与共军苦战，而另一方就是见死不救。不听话，我的话也不听！你们国防部要再下严令，邱清泉的 2 兵团，李弥的 13 兵团，孙元良的 16 兵团，统归杜聿明指挥，要他们务必在济南陷落以前到达！"

顾祝同遵照蒋介石的命令，火速电令各军师长：

济南守军陷于苦战决死待援、危急存亡关头。此次决战关系中原共匪消长，与我剿匪成败之所系，故通电以励士气，要旨如下：

一、各部队应恪守命令，迅速行动，密切联系，相互应援，形成局部优势，求匪决战。

二、应严督所部抱必胜信念，有匪无我之决心，与匪决斗到底。

电文不仅厉而严之，而且溢流着与"匪"深恶痛绝的敌对情绪。他是拿出了当年在皖南剿灭新四军那般杀伐精神来了。

但是这些电令到了杜聿明之手，却是另一番遭遇。杜聿明在济南一战未开之前，到济与王耀武、罗辛理等商讨作战计划时，那态度是令王耀武记忆犹新的。他强调"固守"，而不主张"增兵"。说穿了，共军打你，我管你何来？共军要打到我头上你来救我？杜聿明准备待围攻济南的解放军遭到巨大伤亡、精疲力竭之时，才出兵援救，得一点渔人之利。现在，既然蒋总统严令督促，他只好下达北进命令。然而他的部队深恐被严阵以待的解放军主力所歼灭，前进速度犹如老牛拉破车。

西柏坡的毛泽东、周恩来、朱德和华野的粟裕等人早就静观着蒋介石的这步棋。"攻济打援"的全部奥秘就在这里。

西柏坡即刻电示华野：

刘峙已令邱清泉兵团集结临城待命援济，金乡、成武、曹县只用小部佯动迷惑我军。因此，你们应迅速集结打援兵团，全力于邹滕地区，准备歼灭该兵团。攻城任务由现有兵力担任，叶飞纵队不应参加攻济。

粟裕接到西柏坡的电令，当即命令叶飞停止北上攻济。

> 济南战役时，出任华野副参谋长的张震。1955年被授予中将军衔。

王耀武并不确切地知道华野主力18万人早已在邹滕地区和微山湖以西地区筑下两道防御工事，正严阵以待援军的到来。王耀武还不知道，华野主将粟裕这位善于组织大兵团作战的天才军事家，历来是善于调动对手部队的。

已是西风吹落黄叶的深秋时节，室外开始凉了，但屋里却是一团炽热。数盏汽灯发着白光，照得室内一片通明。在接到西柏坡电报的当晚，华野总部召开会议。

粟裕主持会议："请张震同志报告情况，并谈谈你的思考。"

张震说："据悉，徐州'剿总'刘峙已下令邱兵团车运临城待命；黄百韬兵团于陇海路东段炮车、八义集集结；李弥兵团也在收缩中。另据悉，黄维令各部查明我刘邓部队动态，并说对鲁中南会战作用甚大。这样，由于我发起济南战役，敌方已暂时放弃南犯中原我区之计划，企图与我于鲁南会战。据我估计，敌将采取如下动作：

"一、以邱黄两兵团沿津浦路并肩北援，其第一线兵力由临城向邹县滕县攻击前进，可能为8个旅。另以黄兵团8个旅，沿峄、枣经西集东部，与邱兵团会攻邹县。黄则为邱的右侧部队。再以李弥兵团6个旅尾随邱兵团之后跟进。

"二、以小部于鲁西南佯动，待我正面与邱、黄兵团接触，判明我主力方向后，可能以孙元良兵团车运商丘，进犯鲁西南，攻我侧背；黄维12兵团也有可能尾随孙兵团续进。"

粟裕对陈士榘说："陈参谋长，请你谈谈济南情况。"

陈士榘说："攻济战役自吴化文部19日晚起义后，我已占领商埠以西地区，飞机场已为我全部控制。但陆军营房为王耀武的整2师师部占据，我3纵正攻击中。13纵已从济郊南侧北进商埠，惟10纵为电网所阻进展缓慢。东线我军已靠近城墙，正准备攻城。今晚攻城兵团决定总攻商埠。据以上情况，以现有兵力攻下济城似有可能，故应以全力阻援打援。"

粟裕待张震和陈士榘汇报了南北两线的情况之后，思路清晰地陈述了自己的思考和兵力部署。

3. 西线占领商埠

攻城兵团总指挥部。一个繁忙紧张和彻夜不眠的战役指挥部。攻城总指挥许世友在30多年后谈起当时情景，仍记忆清晰：

20日天色微明，西线集团全部占领商埠以西阵地。由于我各部打得快，打得狠，加剧了敌人的慌乱和被动。王耀武将外围一部分兵力仓促收缩至城内，在一片慌乱之中，竭力稳定部队，调整守城部署。在这种情况下，一定要连续突击，决不能让敌人有喘息之机。除东线兵团继续肃清城外残敌，积极做好攻城准备外，我命令西线集团当晚即向商埠实施进攻。在吴化文已经撤离战场，西线撕开一个大口子的情形下，为了充分利用这一有利的战机，加强攻取商埠的突击力量，我们决定将兵团总预备队第13纵主力投入西线集团作战。

王耀武确非无能之辈。在西线空虚，军心动荡的情势下，他于短时间内完成了西线守军的重新布阵，并迅速恢复了战斗力。

与国民党守军颓丧动荡的情形相反，吴化文的起义犹如给我军十分旺盛的战斗力，又增添了一把燃烧的烈火。9月20日，第13纵队

> 许世友，济南战役期间任攻城总指挥。1955年被授予上将军衔。

<高锐，1961 年晋升为少将军衔。

高　锐

　　山东莱阳人。抗日战争时期，任八路军胶东军政学校教育长兼训练主任，中国抗日军政大学第一分校胶东支校营长兼队长、军教股股长，胶东军区教导2团营长，14团参谋长，胶东军区司令部作战科科长等职。解放战争时期，任胶东军区司令部参谋主任，新5师参谋长，华东野战军第13纵队37师师长等职。

　　司令员周志坚，在接到攻击命令时欣喜若狂，抓起电话要通第37师师长高锐，语调里充满自信、坚定与严厉："攻城兵团命令我纵会同兄弟纵队向商埠之敌进击。我命令你率37师从辛庄进入商埠，向经七路的两个'卡子门'实施突破，然后沿经七路向外城进攻！"

　　与此同时，宋时轮令第3纵队、鲁中南纵队和他直接指挥的第10纵队数万人马，同时发起对商埠的攻击。

　　商埠位于济南市西区，是王耀武的基本防御阵地之一。3,000多个碉堡、掩体和火

鲁中南纵队

　　由鲁中南军区基干武装组成，于1948年7月下旬成立，傅秋涛任司令员兼政治委员。隶属华东野战军山东兵团，辖第46师、第47师。该纵队组成后参加了济南和淮海战役。1949年2月，与济南战役起义之吴化文部合编为中国人民解放军第35军。

炮发射阵地，数万个射孔，连结成一个纵深10里的坚固防线。

黄昏。从青龙山上遥望商埠，在夕阳余辉的笼罩下呈现一片血色。18时，攻城部队的炮火在10里方圆内的商埠国民党守军阵地轰响，大地在抖动中。商埠守军在王耀武的严令下奋力挣扎。

第109团向辛庄西"卡子门"猛烈进攻。

第110团向辛庄东"卡子门"猛烈进攻。

这两支部队都是在抗日战争时期，在胶东大地身经百战成长起来的主力。他们夜以继日，一路爆破突击，攻击前进。朝阳在激战中悄悄升起，新的一天又开始了。

在第13纵队的野战指挥部里，司令员周志坚不断得到战况报告：

"担任第2梯队的第38师各团于20日21时进入商埠，沿经九路与经十路之间向东推进，进至齐鲁大学附近，遇敌青年教导总队反击，我当即予敌以迎头痛击，经40分钟激战，歼敌一部，余敌溃退回齐鲁大学。

"21日12时，我第111团第2营奉命配合友邻攻击省立医院守敌。该营第4连动作灵活，当正面爆破未能奏效时，迅速转移到右侧，利用民房接敌，爬上围墙，先断敌交通壕联系，继而跃入院内，用手榴弹消灭了地堡内之敌，接着打开大门，接应2营全部进入，至15时战斗结束，歼敌第211旅一个团，俘敌1,000余人。"

战至21日中午，周志坚用电话向攻城指挥部许世友报告：

"我是周志坚，是许司令吗？我向你报告：截止目前，我13纵队已经完全歼灭了分工作战区域内的国民党守军；我们的主力已经抵近济南外城，占领了北起永绥门沿顺河街至齐鲁大学一线的阵地，部队正积极准备攻击外城。"

许世友大喜，说他即刻上报华野粟司令，"为你周志坚请个头功！"

此时，国民党军的轰炸机群一批批地飞临济南上空，把炸弹投到他们所标定的军事目标，把成包的物资投向城内的空地和大明湖的水面。

如果说，在吴化文起义的9月19日以前，我军攻城的东、西集团尚未投入全部人马去作战，那么19日后的形势则加速了攻城部队14万大军的行动节奏。我军的攻势如同喷涌的岩浆推拥和席卷着那些用钢铁和血肉构成的障碍，从四面八方向济南市区奔涌过来，摧枯拉朽，什么力量也阻挡不了。

4. 多路进攻逼抵外城

9月21日早晨，又一个如血的朝阳在硝烟浓雾中慢慢升起太阳。

攻城集团至9月21日各部队进展情况简录：

9纵于午前将霸王桥敌156人全歼，并解决霸王桥以西几个集团工事。夜间78团佯攻千佛山，部队迫近作业，准备攻城。24时75团攻击霸王桥西地堡，2时攻克。同时，27师攻取霸王桥北地堡，城东敌已肃清。

渤纵于午前攻占花园庄、糖厂、营房、黄台桥、黄台山、李家庄等地，守敌全逃。

渤海军区晨时攻鹊山、北洛口，敌渡河南逃。

13纵午前午后各师团均东进至外城外，准备攻城。

3纵上午解决陆军营房守军，下午从北大槐树南突入商埠。

10纵上午占领飞机场，守敌解决，续沿马路北向东攻击老商埠，21日晨突进。

鲁纵下午由13纵突破口突进两个团。2团至省立医院，以一个营包围，两个营续沿经五路前进。

鲁中部队20日上午，在农业试验场歼第二分监部直属独立旅，俘敌500余。

10纵于21日，28师已突入老商埠，29师一部攻占无影山，续向天桥攻击。

……

这是个在瞬息万变中记录下来的历史原件。攻城部队在继续攻击，记录……

10纵的先头攻击部队本是与3纵的部队同时向商埠并肩前进的，但是10纵一个部队却在冲击飞机场时遇到了电网。

数位年轻的战士触电，强大的电流把他们的身体吸住，这大概是世界上最迅速的死亡方式，来不及痛苦，就毁灭了那些来自乡村的从不知"电"为何物的生命。

排除了电网阻挡，此时兄弟部队3纵已如离弦之箭射向远方。

10纵的攻城部队终于冲上来了。这是13团9连在攻击前进。率领这个连队攻城的是19岁的指导员宋清渭。

他带着连队从西南向东北急驰，越过玉符河，抢占飞机场。他的连队是从北大槐树攻击前进的。宋清渭一路喊着"冲啊"、"杀啊"，旋风似地向东卷去。9连在攻击路上数次受阻。国民党守军一个大火力点火力猛烈，严重压制了我军前进。宋清渭身边不时擦过几颗

子弹，好在它们只是擦破了军衣，却未曾伤及皮肉。

"指导员，你看——"红了眼睛的战士指着火力点。

"炸掉它！"宋清渭发出了命令。

一声巨响中，国民党守军的火力点被炸毁，9 连终于又向前冲去……

1948 年 9 月 21 日，济南决战的第六天。

华野指挥部，手握 32 万大军的粟裕和陈士榘、张震等人围在作战指挥室的军用地图旁。这里，不仅指挥整个战役阻援打援两部分兵力，而且牵动着徐州"剿总"、南京国民党军大本营，自然也为西柏坡所密切关注。粟裕手中的红蓝铅笔可谓轻如羽毛，但

∧ 1946 年，时任华中野战军司令员的粟裕在中高级干部会议上讲话。

指向哪里却有千钧之力。他指挥南北两线，对于北线的攻城他是放心的。"许世友是不会轻饶王耀武的！"他对副参谋长张震说。因而，粟裕的指挥重心始终压在对付南路的敌三个兵团上。吴化文的起义加速了攻城速度，但也逼得蒋介石和他的国防部加快增援速度。

西柏坡的来电告知粟裕：刘峙集邱、黄、李三兵团北援，望充分注意阻援及打援；攻城第一阶段虽获顺利发展，但第二阶段可能须费大气力，千万不可轻敌；刘峙虽已将邱兵团调集临城，对金乡、成武地区似不使用大兵力，但你们目前仍须部署一部兵力于该地，以防李弥可能走该路。我军最大兵力，应迅速集中于兖、邹、滕及其以东地区。

粟裕对照西柏坡的电报，慎密地审视华野部队的部署，使其与中央军委的电示完全相符。他对张震说："军委要我们充分注意阻援和打援，并强调将我军最大兵力集中于兖州、邹县和滕县地区。这一点，自战役部署之初，我们便不曾忽略。如今，倒是怕敌南援兵团为了各保自身不来援救。"

张震说："蒋介石已经屡下严令了，他们哪个敢怠慢呢？而且他们已经在动了。"

粟裕说："对于国民党将领来说，丧其师，也就丧其官。你老兄被围、挨打、被歼，对不起，我哪里管得了你！寡妇多的是，自家的坟都哭不过来，哪还有泪水洒到别的坟头噢！"

张震说："只是军委已明令要宋时轮的10纵不参加攻城，可主席他们并不晓得10纵早已投入了对商埠的攻击。"

粟裕说："宋时轮你把不住他。他是怕满盘的肥肉都被许世友、王建安、周志坚给吃了。不过，那也是我们同意的。这也好，如能缩短攻城时间，倒是老宋的一大功劳。只是须向西柏坡备案。"说到这里，粟裕面向华野作战部长说："要攻城总指挥部迅速报告攻城战况和下一步作战计划。"

秋阳当午，粟裕放下手中的红蓝铅笔步出室外。这是个被绿荫黄叶覆盖的地方，虽比不得他长年生活和战斗的江南水乡，却也令他十分喜爱。下午2时，华野指挥部接到许世友、谭震林和王建安的来电。粟裕请张震向指挥部全体人员传达：

（一）13纵今晨已攻至永绥门及其以南地区。10纵今晨攻占官扎营老商埠天桥街后，于正午攻至普利门及其以北地区。9纵已完成攻城准备。3纵及鲁纵被阻于省党部、省立医院，至正午，3纵已绕过省立医院，正解决该敌中。

（二）为了提早攻城时间，确定以10纵、13纵从西向东攻，9纵、渤纵从东向西攻击，准备于22日晚开始攻城。3纵为10纵预备队，鲁纵为13纵预备队，该两纵并准备担任攻第二道城。估计城内尚有一场激烈战斗，因在五天中并未大量歼灭敌人有生力量。王耀武的19旅、77旅、57旅、213旅，这是比较有战斗力的。这五个旅在五天中，估计最多只是被歼灭约四个团的兵力，而且尚无整个团被歼，只有整营被歼。因此，其旅团建制尚存，尚能从保安部队拨补，必须经过一场恶战，才能最后解决战斗。因此，3纵、10纵均须参加攻城战斗，无法留作打援之用。

张震读完电报，粟裕站起身说："攻济打援，这是我军在华东战场上的一次战略行动。战局的发展已经到了关键性时刻。南京国防部和蒋介石，甚至于刘峙、杜聿明等，都不会坐视他们的10万守军活活地挨打。他们南线三个兵团如果倾巢而出，南线必有一场恶战。现在的关键是，如果攻城部队能够及早攻下济南，援敌必然会收缩回去。这许多天来，我们和西柏坡正在构思一篇南北开花的大文章。在这个决定战役成败的关键时刻，华野指挥部的作战指挥和它的全部工作都必须是紧张的、审慎的，而且一定是要具有远见的。这一仗打好，华东战场就会向南推移，形成更大的决战；这一仗打不好，战争的进程就会向后推移。中央军委对我们寄予厚望，山东父老的眼睛也都在看着我们。"

粟裕的讲话即刻就变作电文，在数小时内传到了南北前线。北线的攻城战斗越来越激烈，南线阻援打援的18万大军严阵以待。

攻城指挥部。9月21日。

许世友、谭震林、王建安匆匆地用了晚餐，登上指挥部北侧的山岗，向北眺望。

攻城的大炮轰鸣，山摇地动。天色将晚，西方一片血色。轮番轰炸的国民党军飞机一批批地飞来飞去。

作战处长登上山头，向许世友作综合报告：

"13纵已于今天拂晓进逼外城西南角的永绥门，并以110团由

经七路配合 111 团合击杆石桥外侧之敌；111 团 2 营配合鲁中部队攻击省立医院，主力正做攻城准备。

"据傅秋涛司令员报告：鲁中以 2 团、4 团配合 111 团 2 营，自上午开始攻击省立医院之敌，至 13 时攻克，歼敌 631 团全部，俘团长以下官兵 1,000 余人。

"据孙继先司令员报告：3 纵以 25 团围歼经一路纬六路之敌，团主力继续向东南方向进攻；以 23 团攻占省党部，守敌大部东窜；以 21 团、24 团沿经三路向东攻击。

"据宋时轮司令员报告：10 纵部队占领天桥后，继续向利民街、馆驿街发展。进逼到利民街时，普利门之敌出来反击十余次，均被打退，商埠敌经普利门东窜。

"据袁也烈司令员报告：渤海前指主力已经控制新城兵工厂，一部分控制标山、凤凰山；渤纵在花园庄一线构筑工事，防敌夺回，并做正面攻城准备。"

许世友听了半天，各攻城部队都有了情况，惟不见 9 纵情况，便问："聂凤智干什么去了？"

作战处长笑了笑说："9 纵早已进逼到城东城墙下了。聂司令报告说，他们正在城外作业，做攻城准备。"

听完情况报告，许世友、谭震林和王建安作出下列决定：

（一）各纵队、师、团指挥所迅速前移，一切为了攻城指挥方便。

（二）今晚发布攻击外城命令，加速攻城进程。

（三）在 24 小时内，坚决肃清城外残敌，以保攻城顺利进行。

许、谭、王三位攻城指挥回到了指挥室。参谋长把拟好的"山东兵团攻击济南外城的部署命令"呈送给许世友签发。攻城大军按攻城兵团命令从四面八方向济南城区压缩。

< 1946年，时任华中野战军政治委员的谭震林在中高级干部会议上作形势报告。

❶ 我军强行渡河，向前挺进。

❷ 我炮兵等候上船渡河。
❸ 隐蔽在林中待命的我军部队。
❹ 我军部队通过水灾地区。
❺ 我军缴获了敌大量美造卡车。

王耀武
（时任国民党第二"绥靖"区司令官兼山东省政府主席）

杜聿明奉到指示后，即飞到济南，在"绥靖"区司令部与我及副司令官牟中珩、参谋长罗幸理等，研究固守济南以及如何与援军协同作战的问题。

……牟中珩、罗幸理认为，如想守住济南，就必须增加部队。

杜聿明的意见与我相反，他说："只要加强工事。不增加兵力，济南也可以固守。如守不住，即使再增加部队，也守不住。因此，我不同意再增加部队。如若打起来，只要你们能守15天，我指挥的部队一定可以到达济南，解你们的围。"

我说："增援部队必定受到华北共军的截击，我看15天绝对到不了济南。所以还必须增加防守部队。如再调一个师来，我们守20天也无问题。否则济南守不住，到那时增援部队再多，也无济于事了。"

罗幸理接着说："光靠工事而部队不坚强，是不行的。如不增加部队，济南只打三五天就完了。"

杜对罗的话很不满意，他回到南京见蒋介石时曾向蒋报告，说罗幸理没有固守济南的决心，身为参谋长，不但不设法鼓励士气，反而尽说泄气的话，思想有问题。

蒋也未作处理。

——摘自：王耀武《济南战役的回忆》

★★★★★

许世友

（时任华东野战军山东兵团司令员）

　　敌人连做梦也没有想到，我们的攻势来得这样快。正当他们东调西遣、混乱不堪之际，我攻城部队成百上千发炮弹，排山倒海似地落在内城城垣上。

　　直到此时，济南守敌一等再等、望眼欲穿的所谓"援兵"，又在何处呢？驻商丘、砀山的邱清泉兵团，察知迎面有华野强大的打援集团严阵以待，侧翼有中原野战军集结钳制，胆颤心怯，一步三顾，仅行至城武、曹县一带，离济南尚有数百公里之遥；而黄百韬、李弥两个兵团，仍在所谓"集结"的幌子下，寸步未进。济南王耀武盼援无望，蒋介石刻意经营的所谓"会战计划"只得告吹。

——摘自：许世友《攻克济南》

第十章

凌空督战的蒋介石

∧ 1947 年，时任蒋介石侍从室主任的陈布雷（右）与秘书金省吾。

在我攻城部队兵临城下，商埠只剩下"绥区"司令部大楼里的守军仍在顽抗。
蒋介石飞临济南上空督战。
忠于王耀武和蒋介石的守军团长，带着空头少将军衔与这幢大楼一起毁灭。

1. 蒋介石飞来为王耀武打气

身在南京黄埔路官邸的蒋介石，对于济南战局的逐渐告急忧心如焚，焦虑不安，形似身在油锅。他时而长吁短叹，时而暴跳如雷；常常至夜深人静时，仍倚窗凝思，愁苦难解。

看到王耀武"济南商埠已被共军突破后"，他抓起电话大骂徐州"剿总"刘峙、杜聿明，"你们置党国利益于不顾，我要惩办你们！"

9月22日破晓，雾霭浓锁大江。一夜未眠的蒋介石突然决定乘机亲临济南上空。他要亲眼看看那里的10万国民党军，是怎样与共军决死战斗的，也想与王耀武天上地下进行一番恳谈，嘱他在危急时刻不能丧失信心。他让卫士喊来陈布雷说明他的动议。

陈布雷一听有些吃惊："来不及准备，总统。令空军总司令代行也就可以了。再说，此事需与夫人商量才妥。"

无论怎样劝阻，蒋介石都听不进去，执意要去。宋美龄出面挡驾，也无济于事。陈布雷只好通知空军总司令周至柔。

在一阵慌乱而紧张的准备后，蒋介石的座机终于从南京起飞，直抵济南上空。在蒋介石的座机飞临徐州时，十数架战斗机和轰炸机腾空而起，护卫在蒋介石座机两侧。

机群飞临济南上空，轰炸机投下数不清的炸弹，造成连片的大火。蒋介石则在座机上与王耀武用无线电直接对话：

战斗机 ———————————————————————— —

以歼灭空中敌机和飞航式空袭兵器、增强和维护战术空中优势为主要使命的飞机，又称歼击机。它也可实施对地攻击任务。其特点是机动性能好，速度快，空战火力强，是各国装备的主力机种。现代战斗机主要由机体，动力装置，起落装置，操纵系统，通信设备，领航设备，武器及其火力控制系统和电子对抗设备等组成。并大多装有中、远距拦射导弹、近距格斗导弹和航空机关炮，具有全天候、全高度、全方向攻击目标能力。

"俊才吗？你现在在什么位置啊？"

王耀武手拿耳机，仰望天空，辨认着他的校长的座机。他回答说："我是王耀武啊，我在城内指挥部，眼下正指挥国军与共军作战！"

"济南决战自开始六天来，在你精心指挥下，已挫败共军数次进攻，证明我10万国军官兵多为党国忠勇之士。如今，战事紧急，京城国人都盼望你能在这里抵住共军进攻，创建天下奇功。"

王耀武心中顿生酸楚和哀怨。国人都在看我，却为什么都不救我？他有苦难言地说："耀武随校长多年，忠心不二。从济战开战以来，我便抱定与城池同存共亡之决心！请校长放心。如今，我惟一希望是援军快到！"

蒋介石的座机在高空盘旋，机翼下的偌大城池和周围山岭、黄河，都在硝烟战火中。守军能否在共军强大的攻势下顶住，蒋把赌注下到了王耀武身上。他接着说："在我的严令下，各路援军均已兼程驰援。望你学习陈明仁，知不可守而守之，所以东北数省赖以保全；济南今形同四平，济南保住可挽整个战局。"

蒋介石的座机在济南绕了三圈后，终于向南飞去。望着消失在云层里的亮点，王耀武不免有一种失落之感，他不知道自己的命运握在谁的手里。

第二天，南京《中央日报》发出两条引人注目的消息。

一、"大机群飞济南助战，匪工事几乎全遭摧毁。"（记者原是报道蒋之凌空督战，被陈布雷压下，只好改作上述内容。）

二、在"总统召见山东人士，宣示保卫济南决心"大标题下，报道了蒋介石又一个关注大济南的行动，"蒋总统于昨午后，在黄埔路官邸召见旅京人士丁惟汾、秦德纯、姜文德、刘志平等，对政府保卫济南决心及准备有所阐述。据悉：济垣防御部署，虽因整编84师师长吴化文叛乱，略受影响，然三日来因王耀武主席之指挥有方，形势已趋好转，并不影响整个战局。"

这两则新闻，明眼人一看便知，蒋介石为确保济南已经是挖空心思了；至于说因吴化文起义造成防御上的被动"并不影响整个战局"，那便是欺人之谈了。

当时的济南形势，城郊与商埠的国民党守军阵地均被我军分割包围，数百个据点已被"蚕食"掉。只有邮电大楼还飘扬着国民党的旗帜。此处战斗成了我军商埠攻坚战的最后也是最惨烈的一幕。

∧ 1944年时的蒋介石。济南战役期间，他飞赴济南上空给国民党官兵打气。

2. 死守与强攻较量在"绥区"大楼

　　王耀武在蒋介石飞走后，即在省政府西厢"绥区"指挥部与扼守邮电大楼的第172团团长刘炳昆通话：

　　"刚才蒋总统亲临济南上空督战，你可向全体官兵传达总统对守城国军将士的问候。炳昆，你那里怎么样？"

　　"我已做好了一切准备，正等共军自投罗网。"

　　"商埠国军的大部据点已落入共军之手，你正面临孤军奋战境地。部队官兵士气如何？"王耀武十分关注这个问题。

∧ 1928年2月，国民党二届四中全会开幕时与会代表合影（中排左四为丁惟汾）。

国民党监察院副院长丁惟汾 ————————————————— ◀—

　　山东日照人。同盟会创始人之一。民国成立后，被选为众议院议员。1924年1月，在国民党"一大"上当选为中央执行委员，被任命为北京办事处主任。1926年夏，赴广州任国民党青年部长、中央执行委员会常务委员和中央政治会议委员。1927年8月，任国民党中央党务学校（后改组为中央政治学校）训导长、教育长。1931～1934年，任国民党中央执行委员会秘书长。1932～1937年，任监察院副院长。1949年后去台湾。

刘炳昆慷慨激昂："士兵的战力如何，全在军官的指挥。我将学习王司令死守宜黄，使红军久攻不下的榜样，让74军的光荣在济南重现。这里必将有一场血战，但我要战至最后一兵一卒！"

"我希望看到邮电大楼上的旗帜，永远地飘扬在那里！"王耀武最后说。

攻城指挥部攻击外城的命令，落到第3纵司令员孙继先和政委丁秋生手中时，那行"各部于攻城前，务于22日午前，完全扫除商埠及城郊之敌"的电文，就像是直逼他们二人来的。邮电大楼国民党守军的存在，就是3纵的耻辱，他们决意要拔掉它了。

孙继先，这位当年红军强渡大渡河时的先遣营长，因亲自挑选和指挥过17勇士，

< 孙继先，时任华野3纵司令员。1955年被授予中将军衔。

也同那段光荣历史一起载入史册。在他参加和指挥的数百次战斗里，还没有碰到过"邮电大楼"这样的硬钉子。

邮电大楼，当时又称为"第二绥靖区"司令部大楼，位于大纬二路，它鹤立鸡群般地矗立于群楼之中，构成一片迂回曲折的院落地形。墙外临街处密布大地堡，控制着周围街道。楼顶上是用水泥修成的轻重机枪火力掩体，并配有三门山炮。每一层楼窗都有机枪和步枪射击孔，院子里的门口都修了地堡，每层楼房都是可以独立作战的坚固堡垒。100多个机枪火力点，1,000多个步枪射击孔，构成了上、中、下三层火力网，可以用密集火力封锁大楼周围的每一条街道。

王吉文师长把他的指挥所，设在与邮电大楼只一墙之隔的地方，实施抵近指挥。当时的战地通讯说：

我轻重炮火各在适当的阵地上集中向敌楼猛轰。各路突击队从北、西、南三面发起攻击。石王团"许昌连"首先从西南角炸开墙壁，突入楼房，并控制楼房阵地一处。

国民党守军74师172团在团长刘炳昆的指挥下，从楼上把手榴弹、迫击炮弹和六〇炮弹用手扔下院中，像突然旋起的急风暴雨，如高天落下的巨大冰雹，在攻坚部队中炸开。

< 丁秋生，1955年被授予中将军衔。

丁秋生 —————————◀—

湖南湘乡人。土地革命战争时期，任红14师41团政治委员，军委干部团第1营政治委员，红25军第73师215团政治委员等职。抗日战争时期，任抗日军政大学政治部组织部股长，分校政治部党务科科长，军委工程学校政治委员，八路军山东纵队第1旅政治部主任，鲁南军区政治部主任等职。解放战争时期，任鲁南军区第8师政治委员，华东野战军第3纵队政治委员，第三野战军22军政治委员等职。

这并没有阻止住攻击部队的进攻。火箭筒射手向阻碍冲锋的物体做摧毁性猛射。前赴后继的爆破员，把大包的炸药包一包又一包地送上去，贴在坚固楼体墙壁上，在震耳欲聋的巨响中炸开了一个大洞。突击队勇士纷纷从突破口冲进楼去，其他攻击分队也向各处发起攻击。

国民党守军施放毒瓦斯弹。毒烟滚滚，弥漫着整个院落。尽管王耀武在被俘后矢口否认这种灭绝人性的罪行，但邮电大楼可以作证，他的官兵可以作证，无数倒下去的我军的躯体可以作证！

我们的战士被激怒了，他们带着怒气的冲锋更为勇猛。

17 勇士强渡大渡河 ————————————

　　1935年5月，红军长征到达大渡河畔，国民党军企图围歼红军于大渡河以南地区。为挫败敌军阴谋，迅速渡过大渡河，5月24日，红军先头部队袭占大渡河南岸的安顺场。25日晨，红1团1营2连17名勇士组成突击队，连长熊尚林任队长，战士们冒着敌人的枪林弹雨和大渡河的急流骇浪，强渡大渡河成功并占领了滩头阵地。又和后上岸的战士合力击溃安靖坝守军，为后续部队渡河打通了前进的道路。

王耀武在指挥部里不断接到刘炳昆团长从邮电大楼发来的报告。他在战后的回忆文章中说：

邮电大楼及前德国领事馆，原系"绥靖"区司令部的所在地，该处由172团及保8旅之一部固守，解放军猛烈围攻该部，以小炮、轻重机枪集中火力封锁大楼及领事馆楼房的窗、门和大小射击口，掩护部队攻击，战斗极为激烈。守军顽强抵杭，利用大小射击口向解放军猛烈射击，并由门窗向外投掷手榴弹；转瞬间就被打死或打伤在射击口边上或横卧在窗上。这样不断地被打死，守军不断地将死尸拉开或推下楼去，继续作战。

此时的刘炳昆在用沙袋垒砌起的楼内团指挥所里，既未戴军帽，也未穿军上衣，只穿一件白色的衬衣，腰间挎着王耀武赠给他的短剑，胸前斜挎汤姆式冲锋枪，把左轮手枪放在桌上。他猩红着眼，盯着被他打死的怯阵的一个排长。一个由十多个军官组成的"督战队"站在他的面前。他愤愤地说："养兵有什么用？是要卖命于战场！商埠已经只剩下我们这里仍在战斗，我们就要打出个样子来给王司令看看，给蒋总统看看！冲锋者赏，后退者杀！这就是你们督战队的要务。你们马上到防守的关键部位上去！"

猛烈的攻击使国民党守军的伤亡颇大。罗辛理在电话里问刘炳昆："邮电大楼你还能守多久？"

汤姆式冲锋枪 ————————————————————

由T.H.埃克霍夫设计，并以美国前军械局长J.T.汤姆逊命名的一种冲锋枪。M1921是其最早的型号，后来推出了M1923、M1928等型号。1942年，M1928的改进型M1式冲锋枪正式装备美军部队，枪口径11.43毫米，枪长852毫米，枪重4.9千克，采用20发、30发的弹匣或50发、100发的弹鼓。可单、连发射击，射速40～120发/分，有效射程200米。解放战争时期，国民党军队曾大量装备和仿造了M1928A1和M1A1汤姆逊冲锋枪。

许久，罗辛理才听到刘炳昆沉重地回答："我不知道我能守多久，我要求参谋长和王司令官，等你们知道我的阵地不在了，请告诉我的家人……"

罗辛理被刘炳昆的回答搅得心绪纷乱起来。不过他立即追问："你的家在哪里？"

电话里回答："王司令知道。"

王耀武低声地说："湖南，长沙。"

罗辛理说："就凭你对党国的一腔忠贞，我建议立刻升任你为少将旅长，王司令官在这里，请他核准下令！"

王耀武接过电话，站起身说："大将军受命于危难之时，我提升你为少将旅长，并迅即电告国防部和蒋总统。"

刘炳昆受宠若惊地接受了这个新的任命，带着刚刚恩加的空头"少将"衔，又疯狂地厮杀了。

3. 王耀武记忆中的惨烈

事实正如王耀武所料。他后来回忆说："172团团长为了守住邮电大楼，在解放军猛烈火力射击下，强令领事馆内的守军撤至邮电大楼内，在冲过马路时，被打死打伤很多，死尸横卧在马路上到处皆是。该大楼虽被包围，守军仍负隅顽抗，战斗仍甚激烈。"

然而，我军在攻击这幢大楼时，也付出了惨重的代价，包括王吉文师长的牺牲——守军扔过来的掷弹筒弹，把他的胸部炸了一个洞。

"为王吉文师长报仇"的口号，激励着3纵的攻城部队奋力拼杀；而一种与"共军"决一死战的疯狂，也鞭打着国民党守军拼死抵抗。

王耀武后来回忆说："大楼的门窗被炮火打得燃烧起来，烟雾弥漫，火光由门窗喷出，大楼的西半部只剩下钢筋水泥的残破的楼架子，解放军随即冲进大楼的院内，枪声、手榴弹及炸药的爆破声震得地动楼摇。防守大楼的残部企图把冲进院内的解放

　　1948年夏，中央军委命令华中野战军外线兵团及中原野战军一部，在陇海路开封至徐州段及其南北地区，寻机待歼国民党整编第5军，以进一步打开中原战局。为实现这一设想，华野部队以攻取开封为诱饵，全歼援敌。6月17日，华野第3、第8纵队对开封发起攻击。战至22日晨，开封守敌4万余人一部投降，一部突围时被歼。在接下来的战斗中，华野部队在睢县、杞县地区歼灭驰援开封的区寿年兵团6万余人。

打出去，曾数次反扑，争夺甚烈，官兵伤亡众多，被迫退缩一隅。"

　　这里是172团的指挥所，刘炳昆守着同伴的十几具尸体，颓丧地坐在椅子上。他的腹部、头部都负了重伤，浑身是血。当看到眼前站着一群解放军战士时，他像极度劳累后得到解脱似地瘫软在椅子上。他慢慢取下汤姆式冲锋枪，扔在地板上，绝望地望着眼前他的停止抵抗的士兵。

　　一个洪亮的声音，从不断拥上来的我们的人中响起："刘炳昆，你的部队，你的大楼，和你，都完了！"

　　在我军战士们欢呼着纷纷登上邮电大楼楼顶时，刘炳昆从腰间抽出他的王司令官所赠的"中正剑"，慢慢地移向自己的胸口……

　　在大楼的最顶端，国民党守军一群山炮炮兵举起了双手。

　　开封战役的解放军战士熊全发，是登上楼顶的第一名勇士。他从旗杆上扯下带着硝烟气味的残破的"青天白日"旗，信手扔下楼去。那旗无力地随着秋风飘落。

　　时近黄昏，残阳如血。

< 开封战役中，我军战士冒着敌机轰炸，向开封南门推进。

❶我军战斗胜利后，军民召开祝捷大会。

❷ 我军部队通过黄泛区，行进在大平原上。
❸ 战士们正在擦拭武器，准备投入战斗。
❹ 战士们发起冲锋与敌激战。
❺ 准备开赴前线的我军部队。

王耀武

（时任国民党第二"绥靖"区司令官兼山东省政府主席）

蒋介石得知济南情况恶化的消息后，在20日天将亮的时候，由南京打无线电话给我，命令我"将阵地缩短，坚守待援"。

并说："我已严令援军星夜前进，以解济南之围。"参谋总长顾祝同、徐州"剿总"总司令刘峙也都电令我固守待援（这是国民党一贯的作风，不管部下有无达成任务的条件，只顾硬下命令）。

这时蒋介石严令刘峙督促其迟迟未动、猬集在商丘的第2兵团邱清泉部，在徐州附近的第13兵团李弥部，及16兵团的孙元良部迅速出动，统归杜聿明指挥，务须在济南未陷落以前到达。

嗣后因据报解放军已探知援军主力将经津浦路北进的消息，所以杜聿明就用声东击西的方法，扬言主力经津浦路北进，实际上主力改由微山湖以西北进。

杜本想待围攻济南的解放军受到重大的伤亡而攻击顿挫之后，再解济南之围。

因此，他本来打算在济南战事开始后的第五天，才令增援部队出动；后因蒋介石的严令催促，才提前出发。

增援部队唯恐被严阵以待的解放军主力所歼灭，前进速度很慢，又因下雨，道路泥泞，每日只走一二十华里，在济南被解放后，即纷纷窜回徐州、商丘等地。

——摘自：王耀武《济南战役的回忆》

★★★★★

聂凤智

（时任华东野战军第9纵队司令员）

　　毛泽东同志多次强调，必须根据战争形势的发展和不同阶段，适时地转换作战形式，采取新的战术。在济南战役中，运用"连续作战"这一原则，就是针对敌人的新情况，把过去战术上连续作战的经验，补充得更加完善，并且发展成战役上连续作战的一套办法。指战员们叫做"五边"战法，即：边打边侦查，边打边准备，边打边组织，边打边补充，边打边教育。部队交替地打，交替地休息；前面打，后面作业；前面紧迫作业，后面坚固作业，向前沟通。这样，便保证了部队8天8夜连续作战，使敌人毫无喘息的机会。蒋介石曾经在战役前两天，当面对王耀武断言：共军的战法是猛打猛冲，只要守备部队头几天稳得住，他们的攻势就会受到顿挫。他无法理解毛主席的连续作战的原则有这么大的威力，也无法看到我军指战员的无穷智慧，所以遭到失败，就是不可避免的了。

　　——摘自：聂凤智《忆济南战役中的华东野战军第9纵队》

第十一章

血染城头

∧ 1949年，许世友（举望远镜者）在前沿阵地指挥战斗。

我军从东西同时攻击王耀武最后的第二道防线。

国民党守军精锐部队拼死抵抗。城头争夺激烈异常，十分惨烈。

攻守双方倒下的战士和士兵叠摞一起，鲜血流满城头。

1. 许世友下令东西夹击会攻外城

1948年9月22日下午，我军尚在攻击电报大楼。在攻城总指挥部里，许世友说："为了不让城里的敌人获得喘息的机会，我认为，今晚就要命令东、西线集团钳形合击，会攻外城！"主将的决策得到王建安、谭震林和李迎希的赞同。许世友抓起电话把这一意图通知各个纵队。

授旗活动在攻城部队中普遍展开。数十面巧手绣制的红旗在功臣部队中光彩夺目。

第13纵第38师第112团第7连，100多人齐刷刷地站在一个院落里，等候纵队首长授旗。

13纵政治委员廖海光来到7连。他展开一面用竹竿高挑着的红旗，上面的10个大字闪着耀眼的光彩："打开济南府，活捉王耀武！"

连指导员杨镜洁庄严地从廖海光手中接过红旗，转身递给准备率突击队攻击城池的副连长王成斌。王成斌又将红旗转给突击排第3排排长李天助，李天助又将红旗交给第8班班长蔡荸。一连人仰望着迎风招展的红旗，人人心中都明白，他们将在这红旗的指引下去打一场恶仗。

灰色的外城如一条巨大的蟒蛇，盘卧在济南市的中心。它的周长有10多公里，东北有永靖门，正东有永固门，东南有中山门，正南有新建门，西南有永绥门，西面有林祥门、普利门、永镇门，西北有小北门，正北有垦吉门，共10个门。

外城是王耀武的第二线基本防御阵地。这是一道古城墙，它由巨大的石块和大方砖砌成，高7米到8米，厚8米到9米。城门楼均为火力支撑点，城墙顶端每隔100米筑一母堡，10米左右筑一子堡，有地道通向城内。城外有护城河和高1.5米的铁丝网。在城门两侧筑有子母堡，并设有拒马等。这条蟒蛇已经张开血盆大口，正等待着吞噬攻城部队。国民党守军带着丢失城外阵地的羞辱，将在这里施展复仇的全部残酷手段。

< 我军架起云梯登上城头。

我军全线攻城部队，把攻击出发地步步紧逼到护城河的对岸，离国民党守军火力点不到50米。他们以城外的房屋为依托，在对着城墙墙壁上凿开的数千个枪炮射击孔，把枪炮架好，等待黄昏来临。

突然，在第10纵攻城的500多米地段上，国民党守军集中数百支火焰喷射器向我军喷射。顷刻间，我军前出阵地一片火海，浓烟卷着气浪升腾，令人窒息，许多战士被活活烧死。10纵的攻击部队受挫，攻城的一切设施也毁于火海。这是外城国民党守军第77、第213旅残部、特务旅和保6旅的疯狂报复。

天色渐渐暗下来，9月22日夜已来临。

这里是第9纵前出阵地。城东永固门外的物体渐渐黯淡。炮兵开始试射。我2营营长徐永进和第5连长并肩卧在沙土袋上。

时针刚指在"6"上，炮兵准时开始炮火覆盖。城墙内外像滚了锅一样，轰炸声不绝于耳。徐永进命令："开始！"轻重机关枪子弹像雨点般地泼向前方的地堡和城墙上。

爆破员迅速出击，被永固门外子母堡里的火力打伤，他带伤跳过沙土袋。连着两发穿甲弹，敌地堡便哑巴了。但敌第二线地堡的火力，又阻碍了爆破员的前进。徐永进又命令："发射炸药包！"一声巨响，敌第二线地堡飞上了天。

这时候，我军的坦克出动了。战士们跳过沙土袋向前冲去，勇猛而迅速地夺取了前方7个单堡，攻城的道路扫清了。

第4连战士们扛着各式武器和登城工具开始登城。有带三爪铁锚的长竹竿，有五条10米多长的大木杆子，每根杆子上都绑了个送给敌人的"大礼包"。最笨重的要算第4班的大梯子，10米有余，三个体魄强悍的战士，像跑旱船似地架着它猛跑。手榴弹是步兵攻城最有效的杀伤武器，战士们有的手里提着，有的腰里插着，有的肩上挎着。

第一批炮弹刚在城头炸裂，两颗红色信号弹便直冲夜空，攻城部队的轻重机枪一齐吼叫。被炮火压制下去的敌军火力很快复活，敌人惊恐地向城下甩手榴弹。我军的尖刀班乘势爬上城壕西岸，把炸药包安放在城墙上。又一声巨响，城墙上的敌军火力重新成了哑巴。第二包、第三包炸药也跟着送了上去。4连长命令："梯子组准备！"那三位战士应声把大梯子向壕沟贴近。第7班班长登上城墙，恰好碰上守军保安第7旅新换上来的一个连。第7班班长的冲锋枪立刻扫向敌群。4连长带领战士们尾随登城。

很快，永固门上空升起两颗绿色信号弹，我军占领了城东永固门。

2. 硝烟中竖起云梯，登城

如果说第9纵在攻击东城永固门时打得有板有眼、节奏分明；如果说第10纵在攻击普利门时打得惨烈悲壮；那么第13纵的外城攻坚，则是济南战役中打得最残酷艰苦的战斗。

三个团在三个点上，向外城同时发起攻击。13纵司令员周志坚回忆说："第109团团长田世兴指挥炮兵抵近射击，摧毁敌城墙高、中层火力点。2营营长宫本江指挥迫击炮、六○炮和步兵火力压制敌城墙低层火力点，掩护5连爆破。外壕爆破成功，接着城墙爆破成功。正当2营教导员姚江率4连登城突入时，敌人大量施放毒剂，并趁机反扑，突破口上战斗异常激烈。在反复争夺中，姚江同志牺牲在突破口上。4连5班长、师战斗模范赵守令带领一个战斗小组，在城上展开搏斗，打退了敌人，并炸掉了两侧地堡，巩固了突破口……"

在永绥门北侧，第111团第3营第9连先用连续爆破手段和小炮的抵近射击，为第8连扫清了攻城道路。

8连是主攻"长城廓"时杀出威风的英雄连队。副排长涂元昌率领2排顶着国民党守军猛烈炮火，迅速地冲进壕沟。

涂元昌刚踏上城墙，向南一望，见一股敌军士兵正从防炮洞内往外钻。他一梭子把守军士兵打了回去。他又向北一看，一群守军士兵正从城内架起的梯子爬上来。他几个箭步扑过去，一把抓住刚爬上城墙的第一个士兵，用力摔到城下。涂元昌又迅速从跟上来的第5班副班长手中抓过冲锋枪，向拥挤在高大梯子上的敌军士兵猛烈射击。梯子上的敌兵一个个中弹跌落下去。

第1排紧跟2排也登城向北攻击。第2班班长丁仙舟负伤后，独自一人爬到敌军一个大地堡顶上，命令地堡内的敌人投降。此时，突破口只剩下他一人。如果后退，不仅后边的伤员不能撤下去，而且

还有几个俘虏和枪支无法处理。他下定决心，把仅有的一颗手榴弹拉出，挂在手指上，守住已占领的突破口。

杆石桥南侧。13纵第112团攻击地段。副连长王成斌，这个率突击队与敌拼死决斗的指挥者与带头人，自接过纵队政委廖海光授予的那面红旗时起，便掂出了肩上担子的重量。

22日下午6时，我军炮火开始轰击。第7连攻城突击队在王成斌的指挥下实施爆破。爆破手张智忠迅速抱起大爆破筒，跳下壕沟，又爬上对岸，贴近城墙，拉响了爆破筒。首次爆破炸开的城墙缺口太小，突击队难以登城。第二次爆破的炸药未响，王成斌和全连人都在焦灼中。张智忠第三次将最大的炸药包送上城墙。在惊天动地的巨响中，王成斌看到那灰色的古城墙上部被炸开一大口子，热浪带着灰尘扑到他的脸上。

在这个大爆炸后的数秒钟内，枪声骤止，敌我双方的所有人似乎都被震得麻木了。是王成斌最先醒过来，大喊："上！"

于是，第3排第9班架起高大的云梯。突击排3排长李天助首先登上城头；第8班班长蔡尊也率8班战士爬上城头；张智忠按班长的命令，在爆破和炮火的掩护下，抢占了突击口左侧的一个地堡，只身打跑了五六个敌军士兵。

登城成功，我军炮火向两翼打去。此时，在省政府内的"绥区"司令部指挥室里，王耀武发出了一道死命令："坚决守住城门城墙，把登上城墙的共军打下去！"

王耀武在回顾这段激战时写道：

为了保住城垣，我命令守军集中火力掩护213旅一个团，向解放军的杆石桥阵地猛冲，并占领了杆石桥。解放军立即增加部队反攻，又将杆石桥夺回。永绥门213旅的阵地也受到解放军的猛烈攻击。解放军步兵在炮火掩护下搭起云梯爬城，城墙也被打开了一处缺口。213旅立即派部队反扑，战斗更为激烈，致使攻上城墙的解放军无法前进。此时解放军又增加部队向两侧猛攻。火力甚炽，守军伤亡很大，只得溃退下来。213旅的于团长被击毙。

3. 突破口上的血肉搏杀

杆石桥城头的战斗到了白热化的程度。王成斌登上城头时，发现突击排3排长李天助的头部和肩部受了重伤，生命处于垂危之中。王成斌命令通信员："返回去告诉部队快突击！"通信员牺牲在返回的路上。王成斌在为李天助包扎伤口时，自己也负了伤，卫生员在为他包扎时中弹牺牲在突破口上；李天助用牙咬出手榴弹弦，用尽力量投向蜂拥而来的敌军士兵。这是李天助生命之程的最后一举，他喃喃地说："我不行了！"气绝于王成斌的怀中。

王成斌悲愤地紧紧抱住李天助。几个敌兵冲上来，其中一个拽住王成斌的军衣前襟，欲将他扭下城去。王成斌从腰里抽出他的"大肚匣子"枪，一个近射，一声惨叫，那敌兵跌落在城墙下。

后续部队上不来，突破口上只有王成斌一人，敌军士兵又冲上来了。早把生死置之度外的王成斌，把身上所带的16枚手榴弹接二连三地投下城去，打散了迭次而来的敌人。对面的城楼上和"万字会"大楼上的猛烈火力泼向突破口，敌军投出的手榴弹和美制"八一"迫击炮弹，在突破口附近接连爆炸。在火光闪耀中，王成斌像一根擎天立柱坚守在突破口。

突然，他被一个冲上来的敌军中尉抱住了，两人扭打在城头。王成斌猛然一把抓住了那中尉举枪的手，并用牙死死咬住，猛一用力，他的满口牙咬掉了好几颗。他腾出手来，用"大肚匣子"把那中尉打死。紧接着，从梯子上又上来了好几个家伙，都被他打下去了。

由于王成斌守住了突破口，使得第7连第二梯队争取到了时间，冲过火网登城增援。他们很快消灭了敌军一个班，夺下一座大地堡。

在王成斌的指挥下，他们超越了本团战斗分界线，强夺了贯通杆石桥门里面的最后一个地堡，7连终于守住了城头阵地。纵队政委廖海光授给7连的那面红旗，终于牢牢地插上了城头，它在弥漫着硝烟烈火的夜空中高高地飘扬。

4. 冠冕堂皇的凌空督战

9月23日清晨，天刚刚放亮，王耀武走出他的省政府指挥室。他又是一夜未眠，国民党守军与解放军的外城争夺如此激烈，他不可能入睡。眼前，晨雾与硝烟难以分辨。

他看到，院内榴炮阵地的几门榴炮的炮口几乎仰指天空了。他自然明白，这是一种最近距离的曲线射击。内城外的小炮声和枪声响成一片。

他抬头东望，见省府大厅安然地坐落在那里。这座大庙式的建

∧ 我军某部与国民党军展开激战。

筑不知初建于何年何月。但他知道，自民国以来，省主席韩复榘、沈鸿烈、何思源等均在此执政，又一个个走马灯似地离任而去。至于所谓"韩青天"在此留下的轶事笑闻，早已成为济南人街谈巷议之话题。如今轮到他自己了，"我将如何下场？"他无以自答。

王耀武回到指挥室，一脸倦态的罗辛理向他报告：战况愈发严重。他曾经认为至少可守五天的外城，一夜之间有五处被共军突破。守军现正与拥进外城的共军作战，伤亡惨重。

王耀武要罗辛理说得具体些。罗辛理拿起"战况记录"报告：

由保6旅守备的外城东永固门已被共军9纵所属部队突破并进入城内。徐振中旅长正率部利用房舍内的工事与突入城内的共军战斗。后又接6旅余部报告，徐旅长被共军俘虏去。

国民党山东省主席韩复榘 ——————————————————

河北霸县人。早年投身北洋军第二十镇第四十协第八十标冯玉祥营当兵，任队官、营长、骑兵团长。后任国民军第1军第1师第1旅旅长、师长兼天津警备司令等职。1927年5月，任国民革命军第2集团军第三方面军总指挥，河南省主席等职。1929年，投靠蒋介石，被任命为第三路军总指挥。1930年中原大战后，任山东省主席。抗日战争爆发后，任第3集团军总司令，后因保存实力"擅自撤退"而被蒋介石枪决。

国民党浙江省主席沈鸿烈 ——————————————————

湖北天门人。国民党海军上将。早年加入同盟会。曾在奉系任东北海军副司令、中国第3舰队司令。后依附蒋介石，1931年任青岛特别市市长，1938年任山东省主席。在抗日战争中，沈由抗日转向降日，大肆收编地方武装，摧残抗日力量，勾结日寇疯狂反共。1941年冬，沈鸿烈调任国民党中央政府农林部长，之后曾任过浙江省主席等职。1949年去台湾。

国民党北平市市长何思源 ——————————————————

山东荷泽人。1926年加入中国国民党。1927年6月被任命为"国民党山东省党部改组委员会"委员兼宣传部长。1928年6月任国民党省政府委员兼教育厅长。1944年任国民党山东省政府主席兼保安司令。1946年10月调任北平市市长。1948年秋，被免去北平市市长职务。1949年1月，人民解放军发起平津战役，何思源参与了促进北平和平解放工作。

扼守东北方向花园庄的 19 旅一部，遭共军渤纵部队猛烈攻击。该部不支，向后退缩，已被共军压缩于一隅。该部呼救，赵尧旅长抽不出兵力援救。

城西永镇门遭共军 10 纵攻击，城门被占。张尊光旅长强令特务旅反扑两次均未奏效，遂败退。城西普利门遭共军 3 纵部队强攻，张尊光旅长组织反攻十余次，但终被共军突入。

城西南之永绥门及南北两侧三处，同时遭共军 13 纵部队强攻。守军在赵尧旅长指挥下反击，但终未守住该三处外城，共军已由此三处突入大量部队，向东逼来。共军 13 纵主力一部于午夜攻占剪子巷一带，逼近内城西南之坤顺门。

齐鲁大学的青年教导总队在向内城收缩时，遭共军 13 纵一部截击。在共军强大火力压制下，又加其惯用之"政治攻势"，总队教育长张叔衡将军无力指挥该部，遂有

∨ 韩复榘，抗战中因擅自撤退被蒋介石枪决。

∨ 曾任国民党政府浙江省主席的沈鸿烈。

1,000 余名守军缴械投共。

截至今晨，据各部报告，共军大部已拥入外城内。我设于外城内之各据点大部丢失。守军虽在拼死战斗，但难以抵挡共军的连续猛烈进攻。

罗辛理说到这时，头上已冒出汗珠。他呷了一口水，走到地图前，用粗大的铅笔将已被解放军所占领之各点一一标出，然后走到王耀武面前，说："时至今日，我以为是该好好想想你的后路了。我们终将被共军消灭在济南，这是我早就看透的棋了。原来，我一向自信我们可以守20天。但照这样速度，共军在明天或者后天就会夺去整个济南。"

王耀武说："从蒋总统决心要我守住济南起，失败就已经注定了。我已经看到我们的事业不过三天了。人言善始善终，我既为党国中将司令官，就不想再去投奔毛泽东了。忠臣不事二主嘛！我就这么选择我的路了。你呢？人各有志啊！"

罗辛理苦笑："既然司令已经这样定下了，我罗辛理还能有别的选择吗？我和王司令是'棒打不散'的了。"

王耀武也笑了，可那也是苦笑。可他感激他的参谋长。

这时，译电员呈上一份密电：

王司令官台鉴：

23日9时，空军王副总司令、徐州"剿总"刘总司令凌空督战，拟与您通话，务请迎候。

国防部

民国37年9月23日

电报给王耀武带来的不是欢快与鼓舞，而是愠怒与蔑视。他签字后顺手递给罗辛理："凌空督战，冠冕堂皇，国民党就败在这里！"

"妈的，好样的从天上下来，与10万国军一起同共军拼上它个三拳两脚的。"罗辛理把电报扔在一边，"他们的援军，堂堂的机械化，比他妈的牛车还慢！"

然而王耀武和罗辛理都明白，"空中上司"还是要迎候的，天上地下的话也还是要通的。

上午9时，国民党军数十架飞机飞临济南上空。沉重而巨大的涡轮机声似乎要把整个的天震荡下来。美制"野马"战斗机肆无忌惮地俯冲、扫射、投弹，变着花样要把解放军的阵地变成火海血窟。

那架最大飞得最高的银白色飞机，是刘峙和王叔铭的座机。他们二人坐在自己的位

齐鲁大学 ——————————————————————————

　　由来自美、英等国的基督教会在山东联合开办的一所教会大学。1864年，来自美国的美北长老会在登州（蓬莱）创办了登州文会馆。1884年，英国浸礼会在青州创办了一所广德书院。1904年，这两所学校决定合并开办成一所大学——广文学堂。1917年，广文学堂改名为齐鲁大学，校址也由潍县迁往济南。1952年，齐鲁大学被政府撤销。所属院系并入其他高校。

"野马式"战斗机 ———————————————————————

　　第二次世界大战中的著名战斗机，由美国北美航空公司于1941年8月制造完成。具有速度快、机动性好、航程远，火力强等优点。其性能参数为：机长9.83米，机高3.71米，翼展11.3米，总重3,990千克，空重2,970千克、装1台845.25千瓦的活塞螺旋桨发动机，最大速度623千米/小时，实用升限9,560米，最大航程1,890千米。机翼装6挺12.7毫米机枪，共带1,880发子弹，有的机型还可外挂10枚127毫米火箭弹或2枚炸弹。

∨ 美军装备的"野马式"战斗机。

∧ 1946年，刘峙与何应钦、白崇禧（左起）等人合影。

置上，从舷窗鸟瞰济南。机翼下的城池烟尘四起，炮声隆隆。

刘峙对王叔铭说："王总司令，自济南开战以来，守济国军得力于空军的支援，才使王司令等10万官兵信心百倍。今日你我同机督战，我十分高兴。我要当面向你王兄致谢哟！"

王叔铭说："刘总不必客气。既然你我同为党国戡乱，就不必分个彼此了。空军为陆军助战是兄弟的一贯主张。再说，今日你我同机飞济，也是奉蒋总统之命而来，刘总司令就不要说谢谢了。"

刘峙说："既然同为党国大业，陆空本为一家，那就不分你我喽！降低高度吧，呼叫王司令官。"

机长为难地面向王叔铭："这……"

王叔铭以蔑视的口吻说："共军总不能伸出手来，把我们从空中抓下去吧！放心，天空是我们的！"

飞机降低高度，与地面的无线电话接通。

刘峙："王司令官吗？我是刘峙，我是刘峙啊，坐在我身旁的还有空军王副总司令。我们是奉蒋总统之命，来济南看望你和大家的。"

坐在指挥室的王耀武回答说："我代表守城的 10 万国军将士，感谢刘总和王总的关怀。"

刘峙说："你们的困难我知道。南路援军正按总统命令向北开进，进展很快，几天就可到达济南。你们必须坚守待援。你们需要什么，我可以命令给你们空投。"

王耀武说："与共军开战七天来，守城国军昼夜苦战，伤亡惨重，兵力日渐减少，粮弹也难以为继。目前极为紧要的是盼援军即刻来到。刘总，为了我守城 10 万国军将士的生命，盼你严令黄、邱、李等兵团火速增援！"

王叔铭这时说："王司令官，我是王叔铭啊！蒋总统关怀你们，令我竭力援助你们作战。解围是有望的，盼你们坚守待援。"

王耀武回答说："感谢王副总司令和空军的支援，也请王副总司令飞返南京后，向蒋总统转达我王耀武对他的谢意。目前，守城将士都在与共军决死战斗，我的将士每分每秒都有人倒下。我们盼援军总盼不到，我们只有孤军奋战到底！"

王叔铭甚为动情地说："请你告诉我，哪里可以轰炸？我空军将决心为你助战！你说，济南的商埠、火车站、外城内，还有哪里，可以区域轰炸，啊？"

王耀武说："你说的地点有共军，但更多的是市民，炸弹投下就是一片火，一片血啊！共军多在郊区，集中轰炸！"

刘峙与王叔铭的座机在盘旋中慢慢上升高度，刘峙与王叔铭在天上地下一句句毫无意义的谈话中飞去了，留给王耀武的是冷落与惆怅。

十数小时之后，一条醒目的新闻见诸于南京的《中央日报》：

刘峙总司令 23 日偕空军王叔铭副总司令同飞济南上空，指挥陆空军作战。两氏目击据守济南环城阵地及千佛山、马鞍山、四里山各据点之国军奋勇与匪搏斗，并见城内秩序甚佳。刘总司令曾自机中以无线电话与城内王耀武主席兼司令官晤谈。

据称：济南国军连日来，先伤匪 2 万余人，国军虽有伤亡，但士气仍振奋，官兵共抱坚守到底之决心，并有办法击退来犯之匪。刘总司令得悉此种情况，极感欣慰，当多方予以勉励，深信渠到必能达成任务。

王叔铭没有自食在空中对王耀武的许诺，从济南飞回之后，确派空军向大明湖一带投下了大批弹药，可是也有大批弹药成了我军的战场补给。

❶我军医护人员正在抢运伤员。

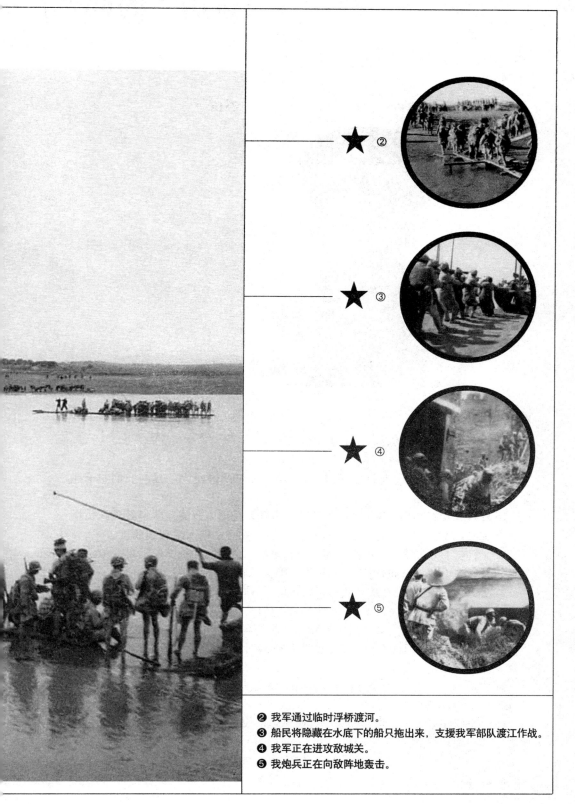

❷ 我军通过临时浮桥渡河。
❸ 船民将隐藏在水底下的船只拖出来，支援我军部队渡江作战。
❹ 我军正在进攻敌城关。
❺ 我炮兵正在向敌阵地轰击。

谢有法

（时任华东野战军山东兵团政治部主任）

在战役发展过程中，部队之所以能够始终保持高昂的士气，这与我们的干部身先士卒是分不开的。

16日夜战役打响后，第9纵队的部队攻占茂岭山时，有的连队指导员身负重伤躺在突破口上组织部队进攻，有的连长负伤多处坚持指挥战斗到底。

战士们在干部带领下，不畏敌人炮火奋勇突击，有的冲上围墙后用手榴弹与敌人搏斗，有的用冲锋枪向突破口两侧扫射。

经过激战，终于将"首战茂岭山，打开胜利门"的鲜红旗帜，胜利地插到了茂岭山顶峰。

连队干部个个身先士卒，从纵队到师、团的各级领导也战斗在前沿。

第3纵队第8师师长王吉文在前线指挥作战时，身负重伤后牺牲，为夺取战役胜利流尽了最后一滴血。

第13纵队37师政治委员徐海珊，不顾重病在身，依然亲临火线指挥作战，牺牲在攻打济南的阵地上。

他们的牺牲是我军的重大损失，更加激起指战员们英勇杀敌、奋勇攻城的顽强意志……

——摘自：谢有法《回忆济南战役中的政治工作》

★★★★★

许世友
（时任华东野战军山东兵团司令员）

　　济南外城城墙分设3层火力：城门楼上部设有高堡，城墙中部设有射击孔，城墙脚下筑有地堡。城外挖有壕沟。敌人为了阻挡我攻势，将壕外几十米的民房尽行拆除、烧毁，使壕外的广阔地带完全暴露于他们的火力之下。就在我部向突击地域跃进之时，敌轻重火器一齐开火，还使用了毒气弹和火焰喷射器，顷刻之间，我阵地前沿变成一片火海。毒气夹着浓烟，升腾翻卷，令人窒息。

　　攻击外城的战斗于22日18时30分发起。配属攻城集团的特纵炮兵和我各部炮兵集中火力，抵近射击。随着一声令下，众炮猛轰，火光冲天而起。我突击部队以大无畏的英雄气概，冲过毒烟弥漫的火海，杀上外城……

——摘自：许世友《攻克济南》

第十二章

受挫与奋起

★★★★★

∧ 炮兵侦察员在济南外围侦察敌情。

王耀武知道自己的厄运即将来临，决心与我做最后一搏。
许世友命令部队强攻，守军作困兽之斗，我难破王耀武的最后防线。
攻城受挫，部队被羞辱激起再攻勇气。

1. 王耀武决意不做降将

　　王耀武作为一个征战多年的国民党军的高级将领，凭经验他知道，既然外城已被解放军突破，守军大部被歼，那么解放军的下一步必将是全力强攻内城。能否守住内城是他存亡的决定性一战。他不愿在解放军面前有任何软弱的表示，决定召集他的城内精锐之师的将军们作顽强抵抗的部署。

　　王耀武穿好了将官军服，擦亮了他的黑色皮鞋，披上了黑色将官斗篷，戴上了前首高高翘起的军帽，同参谋长罗辛理一起走出指挥室。他要在部下面前表现一种"遇险而不慌"的精神。此外，他今天的掸尘正冠也还有另一番用意。只有他的挚友罗辛理可以窥透他的心底。这位白胖的四川人也效法他的司令官，随王耀武走出省府大门。后面跟随的有副参谋长干戟少将、兵站副总监郑希冉少将和政府秘书王昭建等。

　　济南的高空湛蓝，城区的近空却是烟雾弥漫。攻守两军虽经连夜激战，均处在极度的疲劳之中，但枪声与小炮声仍在内城外的街巷中响着。

　　王耀武踏上南门城楼。保安副司令中将聂松溪、整编第2师少将师长晏子风、整编第73师少将师长曹振铎、15旅少将旅长王敬箴、19旅少将旅长赵尧、57旅少将旅长杨晶、特务旅少将旅长张尊光等，早就奉命在此等候。他们一脸烟尘，一脸倦意，与王耀武的整洁衣冠形成强烈的反差。从他们的司令官身上，他们似乎看到了一种"誓死守城"的信心，这正是当下王耀武所渴望产生的精神效果。

　　王耀武一手侧握他的将军斗篷，将那支美国将军赠送的手枪，显露于众人眼前，另一只手支在腰间。他说：

　　"确保济南之战已经到了决战阶段！刚才，徐州'剿总'刘总司令和空军王副总司令，奉蒋总统之命同机飞临济南上空督战。刘总和王总对于我守城国军之战斗精神倍加称道。他们二公让我转告诸位，蒋总统已下严令，督催邱、黄、李三兵团星夜兼程，火援济南。

< 李弥，济南战役时任国民党军13兵团司令官。他奉命率部救援济南。

"然而，凭我的经验，确保济南决不可将希望寄托于南路援军上。就我所知，共军已在南线构成阻国军于邹、滕地区的强大阵容，即使南路国军欲拼死相救我守城部队，也必遭共军强力抵抗。所以，我们只有依靠自己，孤军奋战……"

枪声骤起于西方，硝烟升腾于东首。国民党守军在巷战中被突进外城内的解放军分割围歼的告急电话，追到南门城楼。罗辛理接过电话，面有愠怒地只喊了一声"顶住"，便将电话扣死。王耀武不动声色地继续说：

"我请各位到这里来，是想真实地告诉你们，我们的阵地只剩下内城了。内城是我们赖以生存的最后阵地，内城如被突破，我们的历史将就此结束。本司令官不想把济南从我手中交给共军。如果各位将军都下定与城池同生共死的决心，或许共军不会一夜之间将这内城夺去，或许我们能打出一个奇迹，就是用决死固守争得时间，南路援军赶到，实现蒋总统的27万人的会战计划。如出现这种情况，我将报请蒋总统，用重赏以褒扬各位的战功！"

王耀武以古人"张巡守城"的寓意鼓励他的将军们，说唐朝主将张巡守睢阳，敌久攻不下。他杀了自己的妾婢，把肉分给饥饿濒死的守城将士食用，以表誓不投降之决心。后来睢阳还是被攻破，张巡也被俘。但杀他的人发现，张巡的牙齿全都在愤怒与痛苦中被自己咬碎。

这故事使在场的将军们无不动容，一个个低头不语。

国民党中央军嫡系部队。其前身为第73军，隶属于第二"绥靖"区，下辖第15、第77旅。该师系莱芜战役中被歼灭后重建的部队。组建后主要担负济南的守备任务，曾参加了胶济路中段的救援作战。1948年9月，该师在济南战役中被人民解放军歼灭。

整编73师师长曹振铎慷慨激昂地说："我认为，我们的内城城墙又高又厚，城墙上筑有三层射击设施，还有许多消灭死角的侧射掩体，构成了严密的火网。我们有把握利用这些火力，阻止共军的进攻，从而拖延守城时间，等待援军的到来。目前的关键问题是，各位将军们不能丧失守城的信心，同王司令官一道，誓与城池同存共亡！"

曹振铎说罢，从衣袋里取出早已写好的血书，双手递给王耀武。他跪在王耀武的面前，声泪俱下，一时间把这一群将军们鼓动得壮怀激烈，都表示要与共军拼死一战。

王耀武是很感动。尽管他不能准确地判断出在日后的战斗中，他的部下能否全部言行一致，但眼下他需要的就是这样一种气氛。他轻轻地扶起曹振铎，收起他的血书，率领将军们从内城南门起，到坤顺门、西门，到大明湖西南角的乾健门，再到内城东北角的垦吉门和东面的齐川门、巽利门，然后又到内城东南角、黑虎泉边的气象台阵地，最后再回到南门，在内城城墙上巡视了一大圈。所到之处，王耀武不断传授守城经验，调整防御部署。

王耀武之所以这样做，是因为他认为只有对蒋介石忠贞不谕，才是自己的生命归宿；他不仅甘心做反动腐朽政权的守墓者，而且也执拗地恪守着一种观念——"失败是军人的耻辱"。他坚信，经过他的严密布防，济南城池不会出现希腊旧城拜占庭城墙上那个忘记关闭的凯卡波尔塔小门，共军也不会从背后悄悄地杀进城内。

时值正午，王耀武在诸多将军的簇拥下，步行返回指挥部。

王耀武回到省政府"绥区"指挥室。午餐按照王耀武的吩咐将参谋长罗辛理的饭菜与他的合为一桌，并增加了威士忌和法国白兰地酒。

"辛理老弟，请你举杯。"王耀武举起法国白兰地，罗辛理诧异地慢慢站起身来。王耀武也站起身来动情地说："请老弟满饮我这杯酒！"

罗辛理见王耀武的手有些抖动，眼里涌满泪花，说："司令官，不说出何意来，这酒我难以喝下。"他把大杯放下。

"请你端起杯来。这杯酒怕是你我弟兄的最后一饮，你我共同喝下去！"王耀武将酒杯擎在空中，与罗辛理的酒杯相碰，二人大口饮下。然后王耀武说："你我弟兄相处多少年了？"

"10年有余。"

"在这么漫长的岁月里，你我弟兄如何？"

"可以说是肝胆相照，患难与共，情同手足！"

"那么，我来问你，据你看，济南一战有无取胜可能？"尽管在刘峙、王叔铭空中督战前，罗辛理已经明言直说过，但王耀武还是又一次重提这话题。

"从蒋总统决令我们坚守济南起，我们就已经被置于死地了。王司令，对于援军，自开战以来我就从不抱任何幻想。各保实力，见死不救，这是国军屡屡战败的重要原因。为解济南之围，蒋总统虽心急如焚，严令北援，但我心中有底，谁也不肯以死来援的。"

"我再问你，内城我们能守几天？"

"至多三天。"

"三天后你我将怎样？"

"不堪设想。路，无非有两条，一是血染城头，一是成为共军的阶下之囚。"

"还有一条路是吴化文的叛逃之路，我是不想走的。不知老弟有何考虑？"

"王司令难道以为我罗辛理，会在最后关头另图别路？"

"不，你我一起征战多年，可以说，知我者只有你罗辛理一人。我是恐你不愿与我一起终了济南战事，盼你能留下一条性命，回到你的巴山蜀水，与你的老父和妻室团聚。"

一听此话，常把自己的情感藏于心底的罗辛理，竟然伏案大哭起来。许久，他抬起头，泪眼汪汪地说："我罗辛理在战乱中从戎，追随中山先生多年。遇王司令之后，我常觉有了师长、兄长在旁，一同与你共赴抗日前线，虽多艰辛，但从无三心二意。承蒙王司令器重，辛理得以施展抱负。抗战胜利之后，我与王司令被委以重任。然而自戡乱以来，国军屡屡战败，我每每思寻原因，但终于不得。济战打响以来，不能说我守城国军不拼死作战。凭心而论，守城将领的指挥也都尽心尽力，但我们的阵地却在天天缩小……"

王耀武打断罗辛理的话，说："不论怎样，只能打到底了。不过，我在5月已将眷属送到南京，你怎么办？"

罗辛理告诉王耀武，他的眷属早已做了妥善安排："我或战死，或生还，我都有交代。只是……我打点的包袱和给我老父的信，不知我安排的人能否送到我的家乡。兵荒马乱的，祸福难卜啊！"

枪炮声一阵紧似一阵。餐后，王耀武与罗辛理研究守备内城的部署。二人决定：将指挥部分为两个，王耀武率部分幕僚亲信移至大明湖东北岸边北极阁旁的一个地下室指挥所；罗辛理率所剩指挥部数人和指挥部机构坚持原地指挥。

他们二人分别时，王耀武握住罗辛理的手说："你我弟兄一场，能否再见面就难说了。我赠你一件礼物。"说着从腰间取出一枝手枪，双手捧在罗辛理面前。

罗辛理十分熟悉这枝手枪。这是王耀武的战功、荣耀和与美国将军麦可鲁友谊的证明。罗辛理甚至还记得那手枪银把上刻下的字迹。这枝手枪已经伴随王耀武三年多了。罗辛理双膝跪在王耀武的面前，双手接过手枪，说："我收下司令官的重礼，我感谢王司令的莫大信任。为党国的利益，我愿肝脑涂地！"

午后，王耀武率少将副参谋长干戟、少将第四处处长张介人、少将副官处处长卢登科和政府秘书王昭建等人，秘密转移到了北极阁。

2. 两把攻坚"尖刀"受辱城下

从9月23日上午起，济南战役我军攻城指挥部，被突破外城的胜利所鼓舞。"三日不酒，垂涎三尺"的许世友，不仅把人们拿来的好酒推在一边，而且连饭也不吃了。他在思考一个决定：今晚究竟是否下令攻击内城？他请王建安发表意见。

王建安说："从整个战局着眼，尽速拿下济南自然是上策。但我攻城部队连续苦战，有的部队已伤亡过半，似应把进攻速度放慢一点，把兵员、弹粮备足后再行攻城。"

攻城指挥部参谋长李迎希插话说："固守的国民党守军当然要比我们更苦。应决心不停顿地连续攻击内城。"

许世友只是听，不说话。他知道攻取内城是对我军参战部队的最严峻的考验。内城是济南国民党守军的最后一道核心阵地，城墙高12米到14米，厚10米到12米；明堡暗堡密布，除同外城一样设置三层火力外，在墙头上相距10米筑有一子堡，30米修一母堡，70米至100米修一炮台；护城河宽5米至30米不等，守军堵黑虎泉之水，引入护城河，水深2米到5米，再加复杂的地面防御设施，构成了多层次的轻重火力网。在如此坚固的防御体系面前，没有巨大的伤亡作代价，是不会突破成功的。许世友蹙额凝思，陷入了从未有过的难以决断的犹豫之中。

战争的进程明显地体现着高级指挥员的个性。攻城指挥部里的所有人员，包括王建安、李迎希等，已经料到了许世友的最后决定，必然是今晚攻城。他打仗又急又猛又狠，这是尽人皆知的事。正在这时，第13纵司令员周志坚打电话给许世友，要求明天攻城。许世友一听就说："不行！今晚就攻内城！我们不能给敌人以喘息的机会！"

许世友的话变成了全线攻击内城的命令。

攻击内城的命令下达到第9纵第25师第73团之后，团长张慕韩率领各营连干部到内城外的护城河岸选择突破口。这里是内城东南角，他们看到，城墙约有14米高，城墙陡峭平滑，上、中、下有三层火力射孔，城下的护城河水深河宽，河的两岸布满鹿砦铁丝网。这里是王耀武的主力第15旅第43团扼守。

实地观察后，张团长他们把突破口选在东南角，并报告了聂司令员。得到同意后，全团紧张地进行攻城准备。

第13纵第37师接到攻城命令后，决定由第109团从坤顺门左侧，第110团从坤顺门正面并肩突破，打开两个突破口。全线各部队都在做着攻击内城的准备。而国民党军飞机昼夜不停地对济南实施狂轰滥炸。13纵37师政委徐海珊在轰炸中壮烈牺牲，师长高锐也负伤。

太阳在烟尘中慢慢西沉。在攻城指挥部里的许世友和全线指挥员一样，都等待着自己的手表、怀表指针走到18点整。

终于到了。许世友把手一挥："开始！"这个语气并不太重的命令，带着千钧之力迅即飞向我军所有的攻击阵地。

隐蔽在城下准备登城的9纵25师73团7连战士们，手榴弹握在手中，炸药包抱在怀里，梯子扛在肩上，按战斗序列排成一行，等待出击命令。

三颗信号弹腾空而起，我炮火延伸，爆破组的战士们，在敌人交叉火力下，迅速冲过没入水中的护城河小木桥，炸毁暗堡。但是由于攻击道路看不准，大部分战士落入护城河水中，冲到城下的少数战士，只好退回冲锋出发地。第7连的第一次攻击失利。

连长萧锡谦指挥下的第二次攻击马上开始。他们把4个汽油桶联结成一个简易浮桥，放进水中。爆破组从浮桥上冲过去，把带着几十斤重的炸药包的长竿，竖起在城墙上，一声巨响，城墙只炸下一块。突然复活的敌火力，将4个汽油桶击穿，汽油桶灌进水，迅速没入河底。战士们眼睁睁地看着战友被城上敌人射杀在城下，无法冲过去，很是无奈，第二次攻击又告失利。

湖北黄安（今红安）人。土地革命战争时期，任河口特委特务营行政文书、党支部书记等职。抗日战争时期，任新四军7团政治处主任、政治委员，4旅12团政治委员，2师组织部副部长，新四军政治部科长等职。解放战争时期，任山东野战军第2纵队政治部副主任，13纵队37师任政治委员。1948年9月23日，在济南战役中牺牲。

∧ 我军战斗英雄郭继胜（右）在战场上与战友交流作战经验。

第三次攻击是在7连摸准了水中有一座小桥后开始的。梯子组冲过河去，将150公斤重的高大云梯拼力竖在城墙上。这时，守军又从避弹洞里投下大批集束手榴弹，云梯被炸断。冲到城下准备登城的战士们，无法登城，又遭守军火力杀伤，只好又退回。

三次失利，7连付出了几十名战士生命的惨重代价。连长萧锡谦和指导员彭超的心，被战士牺牲的痛楚紧紧压迫着，被失利的耻辱悄悄吞噬着。

其实，攻城失利的不光是7连。在许世友的回忆录里有这样的记载：

在东线，9纵一部先由东门南侧突破，一个连登上城头。后续部队接不上，登上城头的指战员们与敌人展开一场血战，全部壮烈牺牲。在西线，13纵37师109团发扬一往无前的精神，先后有两个营攻上城头。敌人纠集数倍兵力，从东、南、北三面，疯狂地冲向突破口。我两个营的指战人员毫不畏惧，打光了子弹，就用刺刀、枪托、十字镐、铁锹、砖头、石块，与攻上城头的敌人短兵相接，浴血奋战。除有两个连队突进内城，据守少数房屋坚持战斗外，其余指战员大部伤亡，坤顺门突破口重新落到敌人手中。

3. 在"攻"与"撤"两难中选择

第9纵的进攻停止了，第13纵的进攻也停止了。许世友手中的两把尖刀受辱于济南城下。那么，宋时轮的第10纵呢？孙继先的第3纵呢？袁也烈的渤纵呢？许世友得到的战报，这些纵队的攻城战斗，虽然都给王耀武的守军以大量杀伤，但都没有打开突破口。

攻城总指挥部里鸦雀无声。许世友心里十分清楚，攻城全线十多万人马的下一步行动，完全取决于他的决断了。他陷入思考之中……

电话铃响了。许世友抓起电话耳机，是粟裕司令员从野指打来的。许世友向粟裕报告攻击内城，部队受挫的情况。

粟裕说："请你注意，济南的战况紧紧地牵动着整个华东战场。情况表明，敌南路援军在你久攻不下的情况下，有可能奋力驰援。这样，南线将变为主要战场。为此，指挥部要求你们攻城部队要克服

∧ 我军第13纵队37师109团由西南面突破济南城垣，荣获"济南第二团"光荣称号。

一切困难，奋力突破内城，而且一定要快！"

许世友将粟裕的电话内容转达给谭震林、李迎希等人。时间一分一秒地过去，指挥部里出现了"攻"与"撤"两种主张。

主张撤的理由是：攻城部队已经连战七天七夜，未得到休整补充，伤亡大，缺员多，有些部队建制打乱，继续攻下去难以奏效。如果拖到天明，部队密集地暴露于敌机轰炸和炮火压制之下，将会造成更大的被动。根据中央军委下达的任务，还有充裕的时间。因此，应将攻城部队连夜撤出，进行休整，尔后再组织进攻。

主张攻的理由是：现在不仅不能撤，而且要迅速打破僵局，继续攻城。我们困难，而敌人比我们更加困难，我们休整，也就给了敌人喘息的机会，我们再攻会更加难攻。

原来寂静的指挥部，一下子变得急语相争了。在两种意见相持不下时，许世友终

∨ 我军炮兵掩护步兵进行巷战。

于说出他的思考："我觉得，在这个节骨眼上，攻城的决心不可动摇！从战场的情形看，敌人的四道防线尽失，被我军团团围困在内城，慌乱不堪，败局已定。我军不少团和营的建制尚属完整，仍具有较好的战斗力。如果我们撤下来休整，外围阵地就会得而复失，前功尽弃。还要估计到，王耀武很有可能趁我们后撤来个反冲锋，使我们欲攻不克，欲撤不能，大大增加部队的伤亡。在这种情况下，只能攻，不能撤！同时，从战役全局着眼，赢得了时间，就赢得了胜利。中央军委的来电和粟司令刚才的电话都指出，徐州方向援敌已在行动。所以我们速克济南，争取的时间越多，我们就越主动。这样，既能彻底打掉徐州之敌北援的企图，又能拿下济南，早日为我军南下作战开辟通道。"

"我完全同意老许的分析和主张。"久久不语的谭震林终于说话了，"当然，在极端困难的情况下再发起进攻，会给部队加大压力。但是，这只是事情的一个方面，另一个方面则是潜在的积极因素，部队受挫后心理都憋着一股不服气的劲头，这也是战斗力。不要忘记，我们的战士会在我们想不到的环境里，创造出人间奇迹！"

两位主将力排众议，"继续攻城"已成为指挥部的主导气氛。但是许世友没有马上下达攻击命令，他要通了9纵指挥部和13纵指挥部的电话，询问聂凤智和周志坚对"攻"和"撤"的意见。

这里有个几十年后才揭开的秘密：在部队受挫后，聂、周二位看到部队伤亡惨重，心情非常沉重，都不想连夜再战。二人在电话里悄悄商定，分头给许世友报告战况，婉转地说出后撤的意思，争取许世友主动提出先撤后攻的考虑。周志坚感到难于启齿，耍了一个"小手腕"——推聂凤智出面；而聂凤智也觉得此事非同小可，他不能承担"后撤主谋"的重大责任。就在聂、周二人推来推去，犹豫未决之时，许世友的电话来了。

关于这个细节，当年的9纵副参谋长叶超说："我们在许司令员指挥下作战多年，他在战场上，和下级指挥员

∧ 我军炮兵向济南城垣轰击。

通话多是督促部队'坚决打'、'继续攻'，很少以商量的口气来问我们怎么办。聂凤智当时感到，攻城虽遇到了困难，但在这个时候决不能动摇兵团首长的决心。他便果断地回答，我们正在组织力量，准备再次攻城，决心在天亮前突破内城。许司令员听后很高兴。"

叶超说，其实聂凤智是在接到许世友电话之后，才组织部队准备攻城的。时过午夜，有些凉意。经过几小时顽强攻击的第9纵第73团依然停留在原来的位置上。战场上愈沉寂，团指挥所的空气就愈使人透不过气来。急促的电话铃声打破了凝固般的气氛。是纵队司令员聂凤智的电话，团长张慕韩接过话筒。

"张团长，在12点钟的时候，79团开始登城，可是桥被炸断，后续部队上不去，他们的攻击也失利了。现在，全线就看你们的了！我告诉你，我和你的73团架通了电话，我请你们随时报告情况。"

聂凤智的电话给张慕韩和他的73团头上压上了块大石头。这压力来自信任，这是他与全团官兵的荣耀；可这压力又必须用攻破内城的殊功特勋去解脱。他向聂凤智报告说："我们1营还可组织两个连队，2营主力未动，3营还有8连、9连随时可接替7连，请司令员放心，我们保证今晚攻下来！"

聂凤智指示张慕韩："你们必须注意两点，一是在战术上多动脑筋，迅速找出失利的原因，不能蛮干；二是要接受兄弟部队的教训，登上城墙后，要大胆楔入，插进纵深，迅速向两翼发展，巩固突破口。"

张慕韩放下电话，立即和胡明副政委、王济生主任到了第3营。他们是来协助第7连寻找失利原因的。可是他们必须先判定一桩"官司"：各连要7连把主攻任务让出来，因为伤亡已使7连再难当此重任。各连毫无奚落7连的意思，他们说的也是实情。然而，7连的主官萧锡谦连长和彭超指导员死活不让。被失利的羞辱激起的报仇情绪，变成了一个谁也无法解开的大疙瘩。萧锡谦和彭超说："让我们7连再来一次，若再攻不下，我们一头撞死在城墙上！"话已到此，大家无法再说什么了。其实，全线的攻城部队，几乎都是这种撤不下阵地的连队。

许世友经过一阵苦苦的思虑，与同僚、部属充分商议之后，终于下决心继续攻城。他在忆起这段异常的战争经历时说："我们遂于深夜下达命令，全线再一次组织攻击！我对各纵指挥员说，我们的困难大，敌人的困难比我们更大！现在就看谁的决心硬过谁，我们要跟敌人比毅力，比顽强，比后劲，胜利往往就是在最后五分钟取得的！"

各部队接到兵团的命令后，指挥员纷纷下到第一线，进行深入有力的动员，及时研究总结前几次攻击的经验教训，加强了步炮协同，整顿补充了战斗组织。广大指战员勇气百倍，表示不打下内城决不停止战斗。

4. 亘古未有的城头惨烈拼杀

王耀武在北极阁地下室临时指挥部，同在省政府指挥部的参谋长罗辛理通话："辛理，共军如此顽强的攻击均被我击退，这证明我守城国军可以击退共军。从各部报告的情况看，攻城共军确遭重创。但如今全线都不见共军进攻，这是什么原因？"

罗辛理此时此刻欢欣鼓舞："王司令，我看共军惨败无疑，他们一时半会儿不会重新组织起力量来。我希望司令能考虑我的设想，天亮之后，我守城国军应该全线据险火力反击，并报请国防部，批准空军多架次地轮番轰炸和低空扫射，将共军的攻城部队一举歼灭在城外的攻击阵地上。尔后，再视情组织守军实施小股出城反击。我觉得我们如果这么干了，就可以改变被动局面。"

王耀武比罗辛理冷静。他说："多少天来我何尝不想改变我们被步步逼于孤城一隅的被动局面？可是，难啊！你的设想可谓一个大胆的动议。但是你知道，共军给我们的杀伤难道还少吗！我最担心的是，共军经过短时间的喘息，再重新扑来。所以，我们仍然应该嘱咐守城部队，千万不能麻痹大意。至于请求空援的电报，可以照发国防部和蒋总统。"

罗辛理承认他的司令官的这番话有道理，但他认为这种守势缺少一种敢冒风险的气势与胆识。

王耀武放下电话走出地下室。在这个建立不到一天的秘密指挥部门外，是用一袋袋白面堆起的掩体。王耀武手扶掩体，遥望南天。下弦月已经升上高空，大明湖里也有个动摇的秋月。突然，一颗流星划破长空向南飞去，渐渐消失。他相信"地上的每个人顶着一颗星"的说法。他想到，那逝去的流星可能就是自己，自己也会那样向深邃的长空飞去，直至陨落。

一阵秋风从历下亭处湖面吹了过来，吹碎了湖面的冷月，也吹皱了一湖灰暗的水。远处，炮声骤响。攻城解放军的猛烈炮火，又从四面八方打来……

我军攻城部队受挫后的再次攻击，是24日凌晨1时30分。猛烈的炮火又一次打破了战场的沉寂，内城的内外在炮火中燃烧、崩裂。

带伤而又倔强的第13纵第37师第109团第3营第8连仍然担任爆破任务。爆破开始后，人人争送第一包炸药。

周元志，年仅17岁的副班长。他精明而敏捷地利用掩护火力和自己送上的炸药爆炸的硝烟掩护，往返送炸药包11次，自己身上未损一根汗毛，创造了战场奇迹。

全连在10多分钟的时间里，送上炸药70多包，终于将城墙炸开了一个口子。师长高锐马上报告纵队司令员周志坚，109团3营8连爆破成功！周志坚高兴地大声命令："好！突击部队立即登城，坚决抢占突破口！"

突击连第7连不失时机地迅速登上城墙，首先巩固和扩大突破口，而后分头向南北两侧攻击。在城墙上端10米宽的地面上，国民党守军构筑着齐胸深的"之"字形战壕，便于隐蔽运动和进行战斗。攻击连队登城后，即沿这条战壕向左右打去。北侧的攻击比较顺利，接连打下几个碉堡，抓到一些俘虏，缴获了10多挺机枪；南侧的攻击遭到守军顽强抗击，形成对峙。随7连之后登城的第9连趁势攻入城内，与城内敌守军巷战。紧接着第1营登城。第1、第2连协助7连巩固和扩大突破口，第3连则随9连之后也攻入城内。

这只是暂时的胜利，因为坤顺门上两军为争夺突破口的恶战即将开始。这是一场惨烈的血肉搏斗，两军的4,000人都聚挤在仅有100米长的地段上。人海战术！国民党那时攻击共产党搞"人海战术"，其实在这里他们运用的何尝不是"人海战术"。这里已没有什么严格意义上的战术，不怕死的冲上去就行。

在王耀武的指挥下，首先是城内制高点和南侧城墙上的轻重机枪火力，铺天盖地般地向突破口打去。接着，第77旅旅长钱伯英督战，成千的国民党军士兵在各级军官的威逼下，一批又一批地拥上城墙。各种枪弹和手榴弹在冲上城头的我军人群中横穿爆炸。我军的伤亡在急剧增加，城头流淌着那么多血。拼死战斗在突破口上的7连、1连和2连顽强地抗击敌军迭次疯狂反扑，情况十分危急。

炮啊，炮啊！一向指挥若定、多谋善断的高锐师长，也按捺不下烈火烧烤般的心情。他向周志坚要求炮火支援。周志坚爽朗地回答："我立即命令炮火支援你们，要登城部队坚决死守突破口，后续部队继续登城。把你的110团甩上去，配合109团攻城。"

13纵的榴炮3团和野炮团按周志坚的命令，把大批炮弹打出去，但炮弹却没有落到城墙上和敌群中。

突破口上的争夺战过了两个小时了，敌军依然迭次拥上。我军100多名伤员宁死不下火线。他们用自己的残体阻挡敌人的攻击，又让后面的战友从自己身上踏过，直至最后牺牲……

梁凤岗，109团副参谋长，田世兴团长右眼负伤被抬下去后，他成为这个团攻城战斗的实际指挥者。他在突破口负伤后仍然指挥战斗，组织部队登城。他后来回忆起当时的情景，深沉地说：

仗打得太苦了，也太惨了。登城部队在突破口上拼搏了4个多小时。进攻时我们是2,700多人，到天亮时只剩下1,200人了。我登城部队与十数倍于我们的敌人，在不到100米的城头上反复冲杀。对付我们的是王耀武的嫡系手枪旅。最后终因我军伤亡过大，在早晨7点40分时，突破口又被敌人夺去。攻进城去的3连和9连也被卡在城内的房子里动不得。

坤顺门的得而复失，不是我军攻城部队的过错，而是因为力量的悬殊，是国民党守军的困兽犹斗所致。当然，国民党军士兵的拼死抵抗也是因为在他们身后有"督战队"的残酷逼迫。

❶我军在进军途中。

❷ 1947 年 11 月 12 日，我军解放石家庄。
❸ 被我军击落的准备空投的国民党运输机。
❹ 我军正追赶逃敌。
❺ 我军机枪手正在向敌射击。

粟　裕

（时任华东野战军代司令员兼代政治委员）

　　当9月23日晚上，在我军打开的两个突破口均被敌重新占领，我军伤亡较大的紧急关头，是坚持下去，当即组织第2次攻击；还是暂停下来，第2天再组织攻击？

　　这是一个关键性的问题。

　　当时，攻城集团指挥员面对极为困难的情况，毫不动摇，以大无畏的气魄，当即组织第2次攻击，终于夺回来突破口，突入内城，取得了战役的全胜。

　　经验证明，在战场上两强相遇进行决斗时，我们最困难的时刻，也是敌人最困难的时刻，谁坚持到最后，谁就会取得胜利。

　　因为倘若我们停下来休整一下，则敌人也有了喘息的时间，调整部署，对我更加不利。

——摘自：粟裕《回忆济南战役》

★★★★★

周志坚
（时任华东野战军第13纵队司令员）

　　在济南战役这样的大兵团联合作战中，作为纵队指挥员，我体会到，具有高度的全局观念是制胜的重要因素。要在上级的总的战役意图下，独立自主、积极主动地完成作战任务。攻城作战的关键是突破，能否及时打开突破口，对战役全局影响甚大。必须使主攻部队各级指挥员深明此意，集中全力，不畏艰险，不怕敌人的反击，巩固住突破口；继之，要与敌人反复争夺，坚决打退敌人的反击，巩固住突破口；第二梯队应趁势投入纵深战斗，不给敌人以喘息之机，大胆穿插，迅速分割围歼敌人。这一切都要从全局的角度来思考和实施，才能保证战役的胜利。

——摘自：周志坚《华东野战军第13纵队参加济南战役的回忆》

第十三章

红旗插上内城城头

∧ 我军第9纵队25师73团突破济南内城东南角城垣。

一个伤亡颇重的连队，被三次失利羞辱于城下，却无法把他们拉下阵地。

他们用生命作抵押再次攻击，终于最先突破内城，把红旗插上城头。

1. 英雄把红旗插上济南城头

第9纵第25师第73团在内城东南角的再次攻击，与其他部队同时开始于24日凌晨1时30分。对于73团来说，这是他们的第四次攻击了。

这一次的炮火更加猛烈。因为全纵队的大炮都在支援这个方向。炮弹呼啸着落在内城这条巨蟒的身上。火光冲天，硝烟滚滚。

爆破组上去了，他们在砖头瓦砾中跃动。

梯子组上去了，他们在爆炸的火光中奔扑。

突击组上去了，他们在梯子组后面蜂拥前进。

炮弹在城头爆炸，梯子组已经冲到墙根，第7连指导员彭超命令："快把云梯架起来，架正，架稳！"

梯子组四个人正抱着12米高的大云梯往城墙上架，突然呼隆隆地从城墙上塌下一堆砖头，打在他们身上。有一个战士被砖头打伤了眼睛，血流满面。身边的陈序芳问："怎么样？不行就换人。"

那战士执意不肯："不，我能坚持，我把眼睛使劲闭着就行了。"

从城上掉下来的砖头越来越多，他们的头上、背上不断地受到砖头的打击，可是谁也不吭声。他们四人用力抱着云梯，往上顶一截，云梯就升高一次……不多时，一个高大的云梯稳稳地竖起。他们四人像四根牢固的木桩，把云梯死死地固定在那里。

红色的信号弹升起，炮火向两翼和纵深延伸了。

连长萧锡谦命令："突击班，上！"

伏在城下的第一个突击班是由第8、第9班编成的。战士们刚刚爬上梯子，就被敌人的侧射火力打下来。第一个突击班失去了战斗力，突击停止。

炮火已经延伸了，被压下去的敌人又开始抬头。若再不迅速登城，敌人占领了突破口，所付出的巨大代价将前功尽弃。

关键时刻，萧锡谦猛地抓住李永江："二虎，你，快上！"这是萧锡谦在关键时刻，抓住的一个关键的人。第2班班长李永江完全理解连长那急迫的目光里对他的信任和期待，也完全知道此刻他肩上担子的重量。这个胶东人，只深深地看了萧连长一眼，便大喊："2班，跟我上！"随即把冲锋枪往脖子上一套，抓起几颗手榴弹，迅速蹿上云梯。

指导员彭超高喊："同志们，快上啊！城下已经没有我们立脚的地方了！共产党员，革命战士，突上去就是胜利！"

李永江感到云梯有些摇晃。他没有回头看，也不知道全班的战友正随他身后攀

∧ 参加济南战役的我军榴弹炮部队。

登。他心中就一个念头：立刻飞上城头把敌人打退，把突破口控制住！他登上云梯顶端一看，大吃一惊：梯子怎么会短了半截？他向上仰望，他的位置离突破口还有一人多高。

李永江知道，只要他稍一犹豫，一切都将完蛋。他把手榴弹往腰里一插，两手抠住城头的砖缝，双脚踏住云梯顶端用力一蹬，身子轻轻地翻上城头。在这千军万马的攻城大军中，李永江是第一个登上内城城头的人。

城墙上烟雾很浓，硝烟呛得李永江呼吸困难。他向前迈了几步，突然发现从烟雾中

拥来一群敌人。李永江此时希望身边能有战友同他一起战斗，可是，一个也没有上来。他孤身奋战，等敌人靠近时，他的冲锋枪突然开火，接着又投去两颗手榴弹，打退了敌人。

正在这时，他发现突破口上有一个敌兵正搬着集束手榴弹要炸云梯。李永江"呼"地蹿了过去，举腿就是一脚，敌兵"哎哟"一声翻下城墙。

又有一群敌人端着刺刀从左右两面冲来，李永江左面用冲锋枪扫，右面用手榴弹炸，一人独战两面敌人。

紧急时刻，第二个登城的战士于洪铎上来了，第三个登城的战士滕元兴也上来了，机枪兵王会也上来了……

李永江紧紧抓住于洪铎："老于，你们可上来了！"他迅速部署：自己向北打，于洪铎和滕元兴向西打，王会守正面。

李永江向北刚走不远，就看到一群黑影在闪动。他投去一颗手榴弹，敌人又缩了回去。可是就在这时，一条长长的火焰从气象台下的地堡里喷射过来。

到处是打不完的敌人。李永江怕敌人发现他只身一人，便迅速闪进一个空堡里大声喊道："快缴枪吧！我们优待俘虏！"本来是虚张声势，但敌人却信以为真，20多个敌人缴械投降。

向西打去的于洪铎和滕元兴没有走出多远，就发现一股敌人正从洞里向外爬。于洪铎端起冲锋枪扫去，消灭了敌人，继续向西打。于洪铎与一个端着机枪的敌兵扭打起来。枪管很热，烫得于洪铎耐不住了，机枪眼看就要被敌兵夺去。突然敌兵的头顶被什么东西猛烈一击。身子一歪倒在地上。于洪铎拽过机枪抬头一看，是滕元兴救了他。

正在这时，头部负伤的连长萧锡谦登上了城头。萧锡谦命令李永江快去占领工事，准备弹药，对付敌人的反扑，等待全连上来。

已知丢失城头阵地的敌人，集中轻重兵器封锁这个方向。

指导员彭超在城下指挥后续突击队登城。城下挤了很多人，云梯像一条长龙，驮着一串人，从城下一直伸到城头上。被炮火轰掉的砖头在空中乱飞，落在人的头上、背上、身上。他们有的钢盔被砸掉，肩被砸麻，但大家都紧紧抓着梯子，奋力往上攀。在云梯的顶端，又互为人梯地将一个个登城勇士送上城头……

云梯承受着数千斤重的负荷，又承受着整个攻城部队的胜利希望。它被压弯了，它在空中摇晃着，"嘎嘎吱吱"地响着。炮弹和手

∧ 我军突击队冲向济南城东南角的突破口。

榴弹在它的周围爆炸。四个守护神般的战士死死地固定着它。陈序芳被砖头砸得血流满面，抱住云梯底脚，说："同志们，快上吧，不要管我们，云梯不会出问题！"

彭超急着登城，刚要迈腿，"轰！"一颗手榴弹在附近爆炸。火光中闪出一个战士的影子，他紧紧抱住了梯子的根部。张云青！张云青看了他的指导员一眼，死去了，死后仍抱着梯子。

彭超的心头忽地一热，泪水夺眶而出。他刚踏上云梯，只觉得右腿一热，凭经验他知道负伤了。用手一摸，果然是血。一歪，差点摔下来。

他一把抓住云梯，咬牙忍痛，在云梯上十分艰难地爬着，爬着。

黑压压的一群敌人沿着气象台后面的交通沟拥了过来。敌人一手举着短枪，一手提着大刀。萧锡谦知道：这肯定是王耀武的"敢死队"。听说这些"敢死"的家伙，是不要命的反动骨干中的骨干。他们来了，可得好好对付一番。

萧锡谦转身跳进交通壕，正和一个敌兵打了个照面。这敌兵很壮实，光着脑袋，像个亡命徒。他看了萧锡谦一眼，转身直奔突破口。

"突破口"，命根子，不能丢！萧锡谦摸摸身上，一颗手榴弹也没有了，手枪里也只剩下四粒子弹。他左右看看，不见身边有战士。正在这时，气象台的后墙"轰隆"开了一个大口子，战士王会突然出现在眼前："连长，要不要机枪？"

"太好了！快，给我对准敌人猛扫！"

王会的机枪响了。趁着敌人退下去的空隙，萧锡谦重新组织登上城头的部队，准备对付敌人新的反扑。

敌人的炮火又猛烈地向城头倾泻，黑烟卷着尘土，照明弹挂在天空。说是夜战，其实亮如白昼。"敢死队"又冲上来了。城头上，敌我双方一阵猛烈的对射。

双方的伤亡都在急剧增加。7连占领的城头阵地越来越小。指导员彭超拖着伤腿，爬到同志们的身边，说："我们一定要顶住！没有子弹就用刺刀！没有手榴弹就用砖头！只要有一口气，就要和敌人战斗到底！"

更多的敌人拥上来，突破口得而复失将成为一种可能。7连与敌人展开了肉搏战……

又是一个关键时刻，后续部队上来了！彭超看到了第8连副指导员张维三。他大喊："8连上来了！9连上来了！第二梯队上来了！"

∧ 抗日战争时期的粟裕。

　　第二梯队登上城头后，城头上的战斗更为激烈。突破口上的人越来越多。团长张慕韩随二梯队也登上了城头。他突然意识到眼下的危险：此时如果敌人进行猛烈的火力反击，城头的人将会成批地倒下。城头上不是久留之地，只有迅速下城，才能把敌人插乱；只有向纵深发展，才能巩固突破口。张慕韩迅速命令："崔玉法！立即组织部队下城，进行巷战！"

　　"下城！"第2营营长崔玉法高喊。怎么下？14米高的城墙，跳下去非摔死不可。下城的布带子呢？原来身背下城布带的同志牺牲了，布带无人带上城来。

　　"争取下城第一名，活捉王耀武当英雄！"有人大喊。

∧ 我军第9纵队第25师第3团是首先突破济南城垣的部队，战后被授予"济南第一团"光荣称号。

"同志们，跳呀！"第9连第2班班长王其鹏高喊一声，纵身一跃第一个跳下城去。

张慕韩看了一下手表，指针指在9月24日凌晨4时50分上。东方渐渐发白，高大的古城在晨曦中渐渐明晰。气象台的一角被打塌了，它的另一角的垛口上升起了一面鲜红的大旗。那大旗正迎着晨风招展，旗上的10个金黄色的大字，个个像在天空中跳荡："打开济南府，活捉王耀武！"

城头上的人高喊着旗帜上的口号，从14米高的城墙上往下跳；负伤的人相互依扶着站起来，看着那面红旗。

李永江、于洪铎、王其鹏、王会、滕元兴……这些鏖战的英雄们跳下城头向前冲去了。他们的身影消失在战火烽烟中。

解放军军史里有他们的简要记载：

李永江，生于 1931 年，1944 年 8 月入伍，1946 年 10 月加入中国共产党，山东省栖霞县人，华东野战军第 9 纵队 73 团 7 连班长。1948 年 10 月华野 9 纵授予"济南英雄"。

在李永江简史的"备注"栏内写着："1950 年 11 月抗美援朝柳潭里战斗中牺牲。他牺牲在遥远的异国他乡。他死后倒卧在一片白雪上，凝望着天空，脸上安详。牺牲时是一位副连长。

王其鹏，生于 1927 年，1946 年 3 月入伍，1946 年 7 月加入中国共产党，山东省莱阳县人，华东野战军第 9 纵队 73 团 9 连班长。济南战役荣立特等功，获"济南英雄"光荣称号。

在外城战斗中，王其鹏和战友们一起，活捉敌保安第 6 旅少将旅长徐振中。

在王其鹏简史的"备注"栏内写着："1951 年 9 月在抗美援朝金化郡战斗中牺牲。"王其鹏也牺牲在异国他乡。

他是被一颗炮弹击中的，断体裂肢四飞，只找到他的一片撕碎的衣襟、一个本子和一只鞋。他安葬于后洞里。他牺牲时是那个团的侦察参谋。

2. 突破内城的英雄壮举

张慕韩见第 73 团大部已经拥下城去进入巷战，立即向纵队报告"突破成功"，随后又命令特务连用 250 多公斤炸药，在已经突破的口子西侧炸开了一个大口子。第 9 纵的其他团从这里潮水般地拥进城内。

内城终于突破，这真是一个令人振奋的好消息。许世友后来回忆说：

夜风一吹，蜡烛灯火随风摇曳着。兵团指挥部里静极了。突然，尖利急促的电话铃声打破了寂静。我一把抓过电话，原来是 9 纵报捷。

9 纵司令部报告说：25 师 73 团已有两个营突进内城。

几点突破的？

2 点 25 分。

我又高兴，又有点性急，说："怎么搞的？你们进去了两个营才报告？"他们还在电话里解释着什么，我无心听下去了，连忙截断他们的话："好了，好了！你们组织后续部队赶快往里突进！我告诉 13 纵快打！"

我马上打电话给 13 纵司令员周志坚，告诉他 9 纵已经突进去了，叫他们快攻，突进去以后和 9 纵会合。同时，兵团还通报给其余各纵，要他们乘势猛攻。

第 9 纵的突破成功激励着、也刺激着第 13 纵，特别是周志坚。他那带着火气的电话打到了第 37 师："高师长吗？9 纵已经突破成功，许司令命令我们快打。我要你 110 团快攻，不得拖延！我要他们把 100 斤的炸药送到坤顺门下，把城门楼给我炸塌，部队趁机突上去！"

高锐师长冒着密集的炮火，跑步来到 110 团指挥所，对团长王林德、副政委谢尊堂说："纵队司令员命令你团从坤顺门北侧爆破登城。我命令你，王林德，你，谢尊堂，负责指挥部队登城。你们的 3 营担任突击任务。师里决定再加强给你们九二步兵炮 2 门、山炮 4 门。你们要把大炮拉到协和医院楼顶，实施直瞄射击。在今天上午 10 点以前，你们必须突进城去！若再打不开口子，军法论处！就这些，执行吧！"

死命令让人生畏，也让人增加勇气。第 110 团全体攻城勇士发出誓言："攻不下内城决不活着回来！"

8 时 30 分，猛烈的炮火集中射向坤顺门及其以北城墙。110 团立即进行爆破和架桥，10 分钟后，在护城河上架桥成功。

8 时 45 分，第 8 连在坤顺门右侧架云梯成功，第 9 连冒着敌人的密集炮火突击登城。

10 时，许宝石、1 班副班长李来祥、战士李光兴首先登上城墙，大量地杀伤了敌人。9 连继续登城。第 7、第 8 连从坤顺门突进内城。

10 时 30 分，110 团团长王林德和副政委谢尊堂进入城内指挥，第 2 营也相继进城。进入城内的部队，向突破口左右及纵深穿插。在早已突进内城的第 109 团第 3 连和第 9 连的配合下，110 团的内城突破终于成功。

109 团 3 连和 9 连在孤立被围的险恶环境中，打退了敌人的一次又一次的反扑。

∧ 民工担架队将我军伤员抬下前线。

109团2营在他们的策应下，迅速重新占领突破口。至此，用数千人伤亡反复冲开的突破口，终于牢牢地掌握在第13纵队的手中。

第37师后续部队蜂拥进城后立即进入巷战。

第111团第2营在坤顺门右侧又打开了一条通道，接应大部队进城。

内城这条巨大的蟒蛇，已被拦腰截为数段，千疮百孔。我军攻城部队的无数染血的红旗在硝烟中飘扬……

王耀武后来回忆说：

24日凌晨战事进入白热化阶段。解放军集中炮火，掩护其部队向内城东南角15旅所守的城墙阵地猛烈攻击，并集中火力封锁城墙所设三层射击孔。部队一波又一波，迅速地接近城墙，竖起云梯，挂起竹竿，施行爬城，行动极为勇敢。火力配合的战术也都很巧妙，先头部队突上城来，打开缺口，后续部队随之而上，立即向两翼扩大战果。短兵相接，肉搏多次，战斗极为激烈，双方死伤均重。整编73师师长曹振铎为了夺回已失去的城墙阵地，督令15旅施行反扑，并派57旅一部夹击登上城来的解放军。旅长王敬箴亲督部队，只顾向攻进城来的解放军反击，未及时集中火力封锁解放军增援的道路，解放军得

∧ 1945 年时的张震。济南战役时任华东野战军副参谋长。

以迅速增加部队，连续向守军进攻，经几次激烈的争夺，未能将解放军打下去。由于解放军愈来愈多，战斗愈趋激烈，守军不支，溃退下来。

王耀武在谈到坤顺门的失守时又说：

24日凌晨3时，坤顺门的解放军又向77旅之一部猛烈攻击，将城垛口及工事炸毁，突上城来，打开一个缺口。77旅调动部队，集中火力，向解放军反扑，手榴弹如同下雨一般投入解放军所占阵地。在缺口将要堵上时，解放军后续部队又冲上来，即刻扩大战果，77旅因死伤过重溃退下来。在这一天的上午，内城城墙已被打开两处，解放军大部队相继进城，与城内守军进行激烈的巷战，伤兵满街，死尸遍地。

3. 黎明来到一夜无眠的华野指挥部

济南城头鏖战时，华野指挥部也处于紧张状态。9月24日，浓雾沉沉地紧压大柏集村头，黎明悄悄来临。

通宵达旦未合一眼的粟裕，一直站在铺满大地图的桌边。传递"战况"、"敌情"的电报和电话抄稿的人员进进出出。南北两线的情况报告，使粟裕觉得肩头的压力愈加沉重。北线已经突破内城进入巷战，攻城指挥部尚无报告；而南路敌援军的进展，似有加速之势。这样，在北线攻城不果并不断受挫的情况下，南线一战必打无疑。他请张震报告援敌动态。

张震说："5军准备进至曹县。70军今天北进到城武、天官庄一带。83师已占鱼台。驻徐州之63旅准备进至丰县归建，83师一个营已去丰县。骑1旅进至城武以西苏集一带。74师（欠172团——空运济南后已在邮电大楼，为我歼灭）为5军后续，今拟进至曹县以东火神台、打渔集地区。75团在集结中。13兵团首先集结甲固镇计划不变。另据消息，蒋介石已累下严令给刘峙。刘峙阳奉阴违，蒋已撕破情面，督令邱、黄兵团火速前进。据此，我阻援前哨阵地今天即有可能与敌援军先头部队接触。"

粟裕说："看来，战局将向既攻城又打援的方向发展。通知各打援部队，准备迎击南路援济之敌。"

太阳破雾而出。粟裕向窗外看了看，才知道天早已半晌了。电报员飞快地跑来，递上一份急电。张震用眼一扫电文，兴奋地向粟裕报告，"司令员，攻城指挥部报告：9纵于今晨4时多首先从内城东南角登城成功，突入内城；13纵又于10时许，从内城西南角登城成功；现后续部队已大量入城，转入巷战。"

粟裕久久不说话，然后慢慢地坐下。他浑身上下好像顿时没有了任何力量。

"司令员，给西柏坡发报？"张震急催。粟裕轻轻地点点头。

我军攻城的数万部队按攻城指挥部的命令，快速从几个撕开的突破口拥进，那阵势是真正的排山倒海。呐喊、厮杀和激战的枪炮声，在城池上空翻滚。这是一场多路穿插，又分不清前后左右的混战。

4. 大明湖畔的最后午餐

王耀武在大明湖东北岸边的北极阁临时指挥部里，听着越来越近的猛烈枪声和小炮声，心中想像着他的部队被渐渐吃掉的败境。他戴上军帽，穿上中将军服，腰间扎上左轮手枪，走出指挥室，只十几步即来到大明湖边。

王耀武向湖中望去，炮弹在水中爆炸，掀起冲天的水柱，一只小船在水中打转，水鸟惊叫着飞散。

王耀武仰天长啸，狂呼："我的路走尽了！"他的心中一阵悲凉。败了，切切实实地败了！大明湖水波涛翻卷，撞击岸边，也撞击着王耀武的心。他顿生一种负罪感，同他刚到山东时的心情迥然不同。那时，他作为国民党军的名将回到故乡，是要做一番"伟业"的。然而，仅仅两年多的时间，一切都成为泡影。

他在痛苦地选择自己的最后归宿。自杀？将手枪对准太阳穴，十分简单。虽然这是古今中外将领在战败时常用的方式，但王耀武不想这样。向解放军投降，举起白旗？此时此刻，不仅为时已晚，而且他也不愿落个"叛逆"的下场。率残部继续抵抗？他何尝不是这样做的，但如今他已知道，再也组织不起能抵挡解放军攻击的力量了。如果再抵抗下去，非战死，即被俘，去做解放军的阶下之囚。

∨ 济南战役结束后，粟裕、饶漱石、谭震林、钟期光、张震（中站立者）同游千佛山。

∧ 突入济南城的我军在街头散发战斗胜利捷报。

这条路他也是不愿走的。

最后，他想到了"走"。"三十六计走为上"。趁两军混战之机逃出城去，或许尚有一线生机。然而他也为难：且不说能否冲出解放军的天罗地网，就是有可能突出重围，"我将与谁一起走呢？谁又会愿与我一起去冒此风险？"越想问题越多，"走"的决心又一时难以下定。

此时，解放军攻城部队与国民党守军的混战十分激烈。王耀武的指挥系统大乱，守军全线溃败。许多失去指挥的士兵拥向大明湖岸边，把枪支丢向湖中，慌忙逃命……

王耀武眼睁睁地看着这兵败山倒般的颓势无力挽回，终于下了决心，他把警卫营长叫到跟前，安排如何"出走"。

警卫营长遵命去了，王耀武回望北极阁，这里早已烟尘滚滚。他迅速回到指挥室，抓起电话要通了仍在省府指挥部里的参谋长罗辛理："辛理啊，我要走了，剩下的残局你来收拾吧！或宣布停止抵抗，或一直打到底，由你定夺。"

王耀武的"出走"决定是罗辛理意料之中的事。他说："我盼望你能够冲出去，收拾残部，东山再起。"

"不，那是不可能的了。"王耀武说，"我只是不想就地被俘，更不想率部作'田横五百士'。我走了。我们或许后会有期，也许此次一别就成为永别，听天由命吧，你多保重！"

罗辛理还要说话，王耀武已挂断了电话。

王耀武先命令他的卫士将所备的美国罐头、威士忌、法国白兰地、美国红圈烟摆在临湖的大石条上，然后请来了他的副参谋长少将干载、第四处处长少将张介人、副官处处长少将卢登科、政府秘书王昭建等人。他们不知道他们的司令官要做什么。

枪声急骤，硝烟弥漫。王耀武微笑着招呼众人席地而坐，他自己也随之坐下。他命卫士们打开各种罐头，又斟满酒。

"诸位，请大家举起杯来！"王耀武说，"济南战事诸位已经看到，共军已经不是兵临城下，而是突破城池杀到我们头上了。在这生死关头，我请诸位来是想表明，我王耀武的一贯主张是人各有志，我不勉强各位在这里与我束手被俘。我也告诉各位，我已打定主意弃城而走。"

这个宣布来得太突然，在场的人一个个目瞪口呆。众人渐渐站起，王耀武也慢慢起身。少将副参谋长干载说："我早已决定将生死置之度外，同济南城同存共亡。如果弃城而走……"

∧ 国民党军济南最高指挥官、第二"绥靖"区司令官王耀武。化装潜逃中于9月28日在寿光境内被我军俘虏。

　　王耀武揣测到干戟之意，截断他的话，说："济南一战，我王某在诸位将军的协力下，指挥守城国军用2万多人的死伤，抵挡共军的攻击。在明知不能守的情况下，我们打了8天，还对不起谁？我请诸位喝下这杯酒，我还有话要说。"

　　王耀武带头一饮而尽。其余各人面面相觑，都不想喝。

　　枪声越来越密，也越来越近了。烟尘从大明湖南岸向北飘来。大炮的轰鸣震动着大地。王耀武继续说："我耀武感谢诸位在我任职时的通力合作。八年抗战时，我们何等荣耀！但自转入内战后，国军处处丧师折旅，败于共军之手，这是我苦思不解的。论兵力？论装备？或是论作战技术、经验？国军总不应败于共军。然而，失败总归是失败了。关于济南一战，我初与蒋总统的意见相异，你大概知道这其中内情。因为他决计要我们固守济南，而且我知道总统既已决意固守待援了，谁也改变不了他的固执。

　　"这8天的苦战，我们是孤军战于孤城。蒋总统虽累下严令，但援军却迟迟不动。这是最令我伤心之处。时至今日，两道城均已被共军突破，共军眼看就要逼到我们的头顶，我与诸位确已到山穷水尽之地了。谁人家中也有妻儿老小，我愿各位能活着见到自己的家人。惟恐诸位不敢贸然有此动意，我先表明我之态度。我们相伴相随，同甘共苦多年，到此时，怕是天已不再容我们共事了。这酒，这肉，我请诸位尽用，算作我们兄弟的最后午餐。此后，我们各奔东西，前途或明或暗已不可知。此次一别，或许再也不能相见了……"

∧ 我军某部"洛阳英雄营"列队进入济南市区。

不待王耀武说罢，干载手中的酒杯落地，杯碎酒洒。他双膝忽地跪倒，伏地大哭，任王耀武怎样拉也拉不起来。

少将张介人失声泣道："王司令，我随你多年，未曾想……太惨呵，太惨了！"

午餐结束。王耀武亲手将剩余的罐头、烟酒统统扔进大明湖里。在硝烟炮火中，王耀武等人看见大明湖南岸已有解放军的身影。

到了此时，王耀武手中仍握有两个营的兵力。这两个营原置于北极阁附近，由他的亲信控制和指挥。王耀武抬手看表，时针正指向上午 11 时。他与部下一一告别。

王耀武慎密地实施他精心策划而又十分秘密的计划。

两个营悄悄地从"铁公祠"西侧的一条地下通道里鱼贯而出。王耀武最后俯身钻过洞去。

王耀武的两个营拥出城北后，越过一片低洼地段和铁路，与解放军佯攻部队发生战斗。激战一阵，王耀武突然命令这两个营撤回城内，造成被"打回城内"的假象。王耀武和4个卫士趁解放军追赶敌军之机，留在一个小村里，迅速换上早已备下的便衣，瞬间成为一伙"被战争吓坏了的商人百姓"。接着，便走出村头，向站在村头的一位解放军战士问路。

一向视百姓如亲人的年轻战士，和蔼地为王耀武一干人指示了方向。于是，这位率领10万国民党守军与解放军攻城部队苦战8天后的国民党军"第二绥靖区"中将司令官、山东省主席，就这样离开了正在混战的济南，朝东走去。

王耀武和他的4个卫士如惊弓之鸟，晓行夜宿，一直奔正东而去。他想侥幸逃脱到青岛去。那时的青岛尚在国民党军队和美国军舰控制之下。9月28日上午，他们乘坐大车走到位于潍县西部的寿光县境，被县公安局卫队的战士刘金光、刘玉民、张宗学三人拦住。

在无法骗过审问的最后时刻，他终于承认：我就是王耀武！

5. 在胜利中收拾残兵败将

王耀武在城破后的突然出走，当时不仅不为我攻城部队所知，即使是已陷入苦战的国民党守军也不知道。他们把"王司令与他们同在"作为精神支柱继续抵抗；我军则以"活捉王耀武"作为战斗口号，继续鏖战济南。在攻城部队中，人人都想亲手逮住王耀武。

这是一个古今中外战争史上鲜见的场面，一个排山倒海、波澜壮阔、声震苍穹、势压山岳的巨大场面。这是新生力量与垂死力量在同一空间的一次竭尽全力的最后决斗。

在"山东兵团济南战役阵中日记"里，记录着攻城部队在突进内城后的进攻态势。

9月24日，发展情况如下：

9纵：25师73、74、75团由东南向西北方向发展，该师于下午2时40分突入旧省府，黄昏前占领，全歼守敌。20师向西发展，2时40分已至郭贝巷带。27师81团由东南角突入后向北发展，其余

∧ 我军攻城部队某部突入国民党山东省政府。

两个团由巽利门突入向西北发展，2时40分进至百花洲后，向南会攻旧省府，最后78团、79团与3纵、13纵解决正谊中学之敌。

渤纵：11师为27师预备队，由巽利门进城后向北攻击，接应另一个师由齐川门进城，历下亭之敌已解决（内一部为43团）。

13纵：114团沿城根向东发展直至南门（南门敌未解决），113、112团于3时50分至尚书街。111团2时至芙蓉街，115团跟进。4时以5个团四面包围新省府（珍珠泉），黄昏前敌已全部投降。马鞍山之213旅两个营向该纵投降。南门之敌为114团于25日晨6时解决400余人。莲花山、四里山、六里山之敌亦缴械。渤纵随13纵后进城者为1、2团。

3纵：一个团于13纵突破口进入后向北发展，接应22、25团在西，27、21团一个营以及特务营在南，24团在东，于4时20分包围新省府（该任务后交13纵负责）后，即扫除新省府西北之敌。

10纵：于城西北（内外城之间）包围特务旅，该敌于下午4时前全部投降。

渤前：小北门敌向车站、侯家场、刘家桥反击，我稍退后又将敌击退至车站，特务团一部现在小王庄、侯家场火力封锁小北门，大部仍在凤凰山、标山、纱厂北街～带，准备和11团、13团阻击突围之敌。该敌约1000余人已全部就歼，俘600余。该敌为15旅、19旅、王耀武特务团各一部，其余为友邻部队歼灭，300余为渤纵3团歼灭。

鲁西部队两个团插至刘家桥一带，两个团插至马庄、南洛口（将渤前部队插乱）。

没有任何方式能够阻止这顽强破壳而出的新的力量。

《渤海日报》记者描述坦克兵向前攻击——

曾在去秋立下二等功的万剑峰驾着荣膺"朱德号"的战车准备好了；立下三等功的王仁坤驾着荣膺"毛泽东号"的战车准备好了；万刚、姚应古……的战车也准备好了……

我们的战车以登高45度、倾斜30度及每小时25公里的速度运动，驶过各种复杂的地形，作扇形阵地摆开，即以平射炮向城墙、城腰上敌人工事、碉堡进行毁灭性射击。300多发穿甲榴弹和高爆弹，一颗颗从枪眼钻进地堡开了花……

驾驶员姚应古勇敢地迫近城墙40米。在硝烟弥漫中，为了更清楚地看准目标，他把坦克盖子揭开，与敌战斗……

这是一个用威严、气势使敌慑服的场面：

24日下午，第9纵第25师第73团第1营教导员王然芝率部队攻击时，在珍珠泉大院逼近敌105榴炮群阵地。战士问："教导员，怎么办？"直言快语的王然芝回答："上去，挑了！"

上百名战士端着刺刀冲上去，未待交手，敌炮兵全部投降。

这是一次用非常手段消灭顽敌的战例：

某团第4连攻击至省府后门时，遇敌军一个连坚守在一个大房子里。4连用政治攻势规劝敌军投降。耐心地等待了很长时间，敌军回答："死不投降！"团长张文和来了，得知情况后，说："既然这样，好吧！"于是，战士们按团长的命令爬上屋顶，将几个50公斤重的炸药包扔进屋内。在天崩地裂的爆炸声中，100多名敌军官兵无一生还。

这是一个所见不多的颓势，兵败如山倒的溃亡：

在大明湖南岸、西岸、北岸，失去指挥乱了建制的国民党守军上千人，被我军赶羊似地追赶着。他们在绝望的呼叫声中，把数不清的各种枪支和各种小炮扔进湖里，许多人又跳进水里。

首先突破内城的9纵73团第3营政治干事迟浩田，率营部的一些人冲到北极阁时，这里已没有了敌人。他带领几个人冲进王耀武的指挥所，只是见墙壁上挂着一张王耀武的大照片，半身的。迟浩田掏出军衣兜里的王耀武照片一对照，一样，正是他。"摘下来，砸了！"他命令拥上来的战士们，"王耀武就在这地方，快搜，他跑不了！"他不知道王耀武已经逃离这里几个小时了。

这是最后的战斗——"王耀武的指挥所投降记"（载1948年10月10日《大众日报》）：

战斗神速地进行，几道墙打开了，国民党省政府的"新省府"大门紧紧地被包围。5连3排攻击正面，1排悄悄地向敌人侧后打去。3排以一挺重机枪和两挺轻机枪封锁了"正阳大门"，最前面的六枝冲锋枪哗哗地瞄扫，小炮弹飞快地跟着打进内院。一个厢房里的敌军官交出30多条步枪，其中一个敌人顺着一条弯弯曲曲的夹道走进去说："这里还有一枝。"他交出了藏在地下室里的一枝左轮手枪。这时，在5连后尾，又从"西院门"逃过来30多个敌人，向我友邻部队缴枪。

浓烟笼罩上空，四处的房间、地堡、树木、电线杆都在被震撼、折断、倾倒。

3排直扑"主席办公室"。副排长王金香跃到院子里几棵树中间的电话线杆旁。这时，一个敌人从棚子下面的麻袋工事里钻出来招呼道："别打！别打！这里有人。"刹那间，王排长的汤姆枪早压在麻袋工事上，喊道："不许动！"枪口对准地下室的洞口。

敌人从地下室里纷纷交出了卡宾枪、大肚匣子和红油油的子弹袋。接着，兄弟部队也从前后左右打过来。地下室里，惶恐不安的王耀武的少将参谋长罗辛理和第四处少将处长张介人，只好派出国民党省政府兼任总务处长乔玉江向我军接洽投降。

战士们继续搜索着"主席办公室"，在卡宾、大肚匣子的枪堆中，发现了一支漂亮的银柄手枪。银柄上刻有中文："王耀武将军阁下 余对将军阁下之才干及卓越之功勋深表敬仰 特以此自用手枪敬赠阁下以作纪念 美军中将麦克鲁敬赠 1945 年 8 月 21 日"。

这正是 9 月 24 日的下午 6 时。内城有组织抵抗之残匪，悉数歼灭，王耀武的指挥部投降了。

这是个具有历史意义的时刻。因为，旧的历史从这时刻死亡，新的历史从这时刻诞生。

当济南城内的零星枪声尚未停息，烈火硝烟尚未飘散的时候，《大众日报》号外用醒目大字发表"特讯"：

空前伟大胜利我军完全解放济南

（本报特讯）济南前线 24 日急电：华东人民解放军于今日下午 5 时完全解放山东省会济南市。守敌无一漏网。俘虏、缴获极多，战果正清查中。我军于 16 日午夜时发动攻势，迄今为时不及八天。

华东野战军司令部公布战役结果，共歼灭国民党军队：

"第二绥靖区"司令部；整 73 师全部（辖 15 旅、77 旅）；整 2 师全部（辖 211 旅、213 旅）；整 32 师之 57 旅全部；整 83 师之 19 旅全部；整 74 师 58 旅之 172 团全部；第二"绥区"直辖特务旅全部；山东省保 3 旅、保 4 旅、保 6 旅、保 8 旅全部；第二"绥区"青年教导总队全部；特务团全部；山东自卫第 1、第 2、第 3 等三个团全部；济南城防司令部，先锋总队，中央航空高射炮第 2 团第 10 连，装甲炮团第 3 营，整 12 师之炮兵营，铁甲列车第 6 大队，山东省政

∧ 时任中央书记处书记，中央军委副主席兼人民解放军代总参谋长的周恩来。

府警卫营，第4兵站总监部及其监护营，山东省保安司令部及其特务大队。山东军管区，鲁北师管区等全部；东阿、平阴、肥城、齐河、历城、长清等6个县大队全部。

歼敌兵力：共计毙伤俘敌官兵84,296名，其中生俘61,873名，毙伤22,423名（另计有吴化文率部起义之官兵20,000余人）。

解放军于战场生俘及各地陆续查获之国民党军、政、党主官及将校级军官达513名，内计中将2名，少将33名，上校57名，中校123名，少校288名，党政主官9名。

6. 镌刻在历史上的辉煌

济南解放这伟大的胜利，标志一座历史古城带着陈迹痛苦地死亡，也带着鲜红的血迹庄严地重生。

西柏坡。午夜，满天星斗。在毛泽东住处的办公桌前，毛泽东请来周恩来、朱德和任弼时。他们刚刚落座在那褐色的破旧沙发上，毛泽东即开口道："请你们来是研究一下给济南前线的贺电。恩来已经起草好了，你们看一下。"

在朱德和任弼时阅读电报时，毛泽东兴奋地说："八天，十万，这是了不起的胜利。'这是两年多革命战争发展中给予敌人的最严重的打击之一'，这句话说得好。我认为，济南战役已经揭开了我们同国民党战略决战的序幕。"

1948 年 9 月 29 日，中共中央为解放济南给华东人民解放军的贺电飞越三山五岳，来到泰山北麓：

陈毅，饶漱石，张云逸，粟裕，谭震林，许世友，王建安诸同志，并转华东人民解放军全体同志：

庆祝你们解放济南，歼敌 10 万的伟大胜利。你们这一勇猛果敢敏捷的行动，并争取了吴化文将军所率 96 军的起义，证明人民解放军的攻坚能力已大大提高，胜利影响已动摇了蒋介石反动军队的内部。这是两年多革命战争发展中给予敌人的最严重的打击之一。尚望继续努力，为歼灭更多蒋军、解放全华东人民而战！解放济南战役中的烈士们，永垂不朽！

中国共产党中央委员会

1948 年 9 月 29 日

经刘少奇、周恩来修改后，毛泽东最后修改审定的新华社社论《庆祝济南解放的伟大胜利》指出：

这是证明人民解放军强大的攻击能力，已经是国民党军队无法抵御的了，任何一个国民党城市已无法逃脱人民解放军的攻击了。

一辆美式中型吉普在泰山西麓的道路上向北疾驰。

< 1949 年，时任华东野战军代司令员兼代政治委员的粟裕。

坐在车上的粟裕无心领略泰山风光，他急于赶到攻城总指挥部去看一看那些各路纵队的指挥员们，也要亲眼看一看济南古城。

山高林密的泰山北麓一个小镇。战前战后，指挥部都曾在这里驻扎。司令员许世友、政治委员谭震林、副司令员王建安、参谋长李迎希、政治部主任谢有法和参战各纵队司令员、政治委员们在一座古庙式祠堂外迎候粟裕。

汽车刹住，粟裕跳下车。一个个标准的军礼，一张张兴奋的脸庞，一双双热情的大手。粟裕一般很少动情，但今天他掩饰不住内心的激动："同志们，我专程来看你们，来看我们的攻城部队。我们终于打胜了。这胜利是由你们和英雄的攻城部队夺取的。我们不能忘记那些牺牲在城头的战士和干部。我告诉你们，由于攻城部队迅速拿下了济南，南路援军已停止前进。"

记者们纷纷拥上，请粟裕谈济南战役。

粟裕说："解放济南的胜利首先应当归功于毛主席和党中央的英明领导。毛主席和党中央的战略思想和战略指导，使我们粉碎了敌人对山东的重点进攻，最后造成解放济南并解放全山东的胜利形势。第二，是由于各战略地区军民与兄弟兵团的密切配合，使敌人无法向济南增援。第三，是由于中共华东中央局和华东军区的正确领导，以及华东党政军组织和广大人民的支援。"

粟裕充满信心地说："济南解放一战集中表现了人民解放军的无比强大，特别是攻坚能力的强大。济南战役的胜利证明，蒋介石的任何防御皆挡不住人民解放军的进攻，而我们能够攻占任何坚固设防的大城市！"

粟裕的讲话在山间回荡。

他缓步走上一个山头，向北遥望苍茫中的济南。他说，到前面看看去。在许世友、谭震林的陪同下，他乘车向北去了。

我们想引用台湾作家江南的话，说出一段历史结语：

国军的总崩溃，由济南首开其端，跟着东北沦亡，林彪大军进关，直迫平津。徐蚌惨败，蒋先生的嫡系部队，消灭大半，寄希望于长江天堑，挡共军新锐，结果还是美梦一场。

上海失守，蒋先生有切肤之痛，认为伤及国际观瞻，更毋论其经济地位。盱衡世局，国民党的覆亡，和明末一样，无可挽救。

在江南的文章里，他还透露了蒋介石离南京时一桩世人极少知道的情景：

蒋驱车先至中山陵，面孔严肃地站在国父陵前，默然无语，已悲从中来。距离1946年还都，三年不到，江山易手……4时10分，乘座机离京，临空后，吩咐座机驾驶依重恩，绕空一周，向首都作最后一瞥。苍山含黛，江流鸣咽，"别时容易见时难"，落木怆怀，悲恸难已。

蒋介石悲矣，国民党悲矣！仅仅从军事上的失利，检讨自己的溃败，注定还要败得一塌糊涂！

济南战役之后，华东野战军数十万大军迅速向南开进，伟大的淮海战役即将拉开战幕……

∨ 1949年1月21日，蒋介石宣告"引退"，他离开南京前前往中山陵谒拜。

❶我军攻击部队步步逼近敌人龟缩的村庄，并发起冲击。

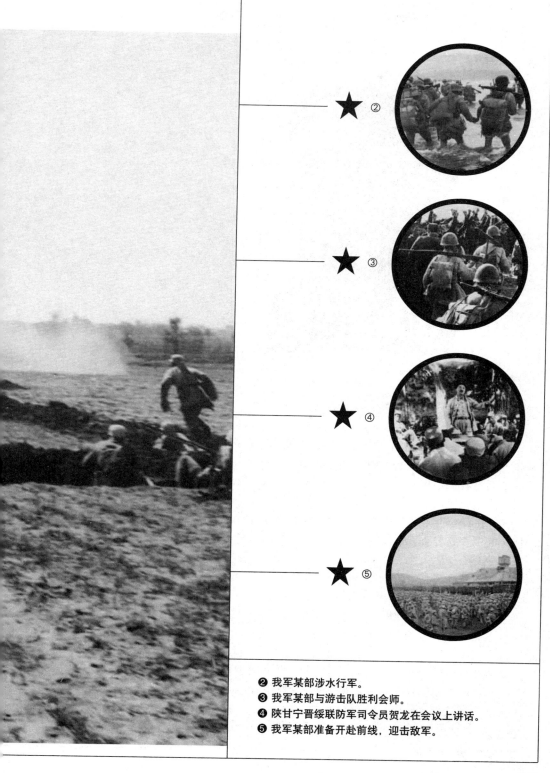

❷ 我军某部涉水行军。
❸ 我军某部与游击队胜利会师。
❹ 陕甘宁晋绥联防军司令员贺龙在会议上讲话。
❺ 我军某部准备开赴前线，迎击敌军。

聂凤智
（时任华东野战军第9纵队司令员）

济南战役中，我们节节胜利，使敌人发出一声声无可奈何花落去的悲鸣："料想不到！"而对于我们来说，则正好相反，对敌人的每个失败，都是不出所料。这是因为我们不仅仅明于知己，而且善于知彼，指战员们通过认真研究敌人，把王耀武集团摸透了。

早在1948年初，华东野战军和山东兵团为着解放济南，就抓紧对王耀武集团情况的调查研究。华东野战军粟裕副司令员亲自指导我们，从各个方面分析研究敌人。3月的周村战斗中，我纵俘获敌一旅长，就要他把济南敌兵力、工事和王耀武行动特点等情况交代出来。

......

王耀武不得不多次叹息："对共军炮火估计不足，被炮火杀伤的占十分之七。"敌整编第73师师长曹振铎在战役发起前，曾狂妄地吹嘘说：我从来没有做过这样坚固的工事，就怕共军不敢来，如来攻定会把他们击败。我们研究了敌工事的特点和制服的办法，组织炮兵和坦克协同，用4辆坦克抵近这些工事，给以毁灭性的打击，使曹振铎束手无策，被我俘获。被俘后，他不得不承认："贵军火力太厉害了，没想到。"又是一个"没想到"！

——摘自：聂凤智《忆济南战役中的华东野战军第9纵队》

★★★★★

粟　裕

（时任华东野战军代司令员兼代政治委员）

据被俘之敌高级军官供称：你们连续不断的打法，完全出乎我们意料。

王耀武在指挥上最感痛苦的就是时间不够用，没有时间调动和部署兵力。

你们扫清外围之后，王耀武估计至少停3至4天再攻城，结果你们只隔一天就攻破外城。

以后又估计至少准备3至5天再攻内城，正准备加修巷战工事，但不到一天，你们又攻破内城。

由此可见，轮番使用兵力，连续不断地攻击，实为制胜的法宝……

——摘自：粟裕《回忆济南战役》

《聚歼天津卫》　《解放大上海》　《合围碾庄圩》　《进军蓉城》
《保卫延安》　《血拼兰州》　《喋血四平》　《剑指济南府》
《鏖战孟良崮》　《席卷长江》　《攻克石家庄》　《总攻陈官庄》
《围困太原城》　《登陆海南》　《兵发塞外》　《重压双堆集》

1.部分图片由解放军画报社供稿

摄影作者(按姓氏笔画排列)：

于天为	于庆礼	于成志	于坚	于志	于学源	马金刚	马昭运	马硕甫	化民	孔东平	毛履郑
王大众	王文琪	王长根	王仲元	王纪荣	王甫林	王纯德	王国际	王奇	王学源	王林	王述兴
王青山	王春山	王振宇	王晓羊	王鼎	王毅	邓龙翔	邓守智	丕永	冉松龄	史云光	史立成
田丰	田建之	田建功	田明	白振武	石嘉瑞	艾莹	边震遐	任德志	刘士珍	刘长忠	刘东鉴
刘叶	刘庆瑞	刘寿华	刘保璋	刘峰	刘德胜	华国良	吕厚民	吕相友	孙天元	孙庆友	孙候
安靖	成山	朱兆丰	朱赤	朱德文	江树积	江贵成	纪志成	许安宁	齐观山	何金浩	余坚
吴群	宋大可	张平	张宏	张国璋	张举	张炳新	张祖道	张崇岫	张鸿斌	张谦宜	张超
张颖川	张熙	张醒生	张麟	时盎棋	李丁	李九龄	李久胜	李书良	李夫培	李文秀	李长永
李风	李克忠	李国斌	李学增	李家震	李晞	李海林	李基禄	李清	李维堂	李雪三	李景星
李琛	李锋	李瑞峰	杜心	杜荣春	杜海振	杨绍仁	杨绍夫	杨玲	杨荣敏	杨振亚	杨振河
杨晓华	沙飞	肖迟	肖里	肖孟	肖瑛	苏卫东	苏中义	苏正平	苏河清	苏绍文	谷芬
邹健东	陆仁生	陆文骏	陆明	陈一凡	陈书帛	陈世劲	陈希文	陈志强	陈福北	周有贵	周洋
周鸿	周锋	周德奎	孟庆彪	孟昭瑞	季音	屈中奕	林杨	林塞	罗培	苗景阳	郑景康
金锋	姚继鸣	姚维鸣	姜立山	祝玲	胡宝玉	胡勋	赵化	赵良	赵奇	赵明志	赵彦璋
郝长庚	郝世保	郝建国	钟声	凌风	唐志江	唐洪	夏志彬	夏枫	夏苓	徐光	徐肖冰
徐英	徐振声	流萤	耿忠	袁汝逊	袁克忠	袁绍柯	袁苓	贾健	贾瑞祥	郭中和	郭良
郭明孝	钱嗣杰	陶天治	高凡	高礼双	高帆	高宏	高国权	高洪叶	高粮	崔文章	崔祥忱
常春	康矛召	曹兴华	曹宠	曹冠德	盛继润	章洁	野雨	隋其福	高雪印	博明	景涛
程立	程铁	童小鹏	董青	董海	蒋先德	谢礼廓	雁兵	韩荣志	鲁岩	楚农田	照耀
路云	熊雪夫	蔡远	蔡尚雄	裴植	潘沼	黎民	黎明	冀连波	冀明	魏福顺	

(部分照片作者无记载：故未署名)

2.部分图片由 gettyimages 供稿